本研究成果获教育部重大研究课题“非洲高等教育国别研究工程”项目和国家留学基金委高级访问学者项目的资助

非洲高等教育研究丛书

徐辉　顾建新　主编

非洲研究文库・非洲高等教育国别研究系列

肯尼亚高等教育研究

HIGHER EDUCATION IN KENYA

万秀兰等　著

中国社会科学出版社

图书在版编目（CIP）数据

肯尼亚高等教育研究／万秀兰等著．—北京：中国社会科学出版社，2009.9

（非洲高等教育研究丛书）

ISBN 978-7-5004-8065-5

Ⅰ．肯… Ⅱ．万… Ⅲ．高等教育-研究-肯尼亚 Ⅳ．G649.424

中国版本图书馆 CIP 数据核字（2009）第 148127 号

责任编辑　张　林
特约编辑　黄　丹
责任校对　周　昊
封面设计　李尘工作室
技术编辑　戴　宽

出版发行　中国社会科学出版社
社　　址　北京鼓楼西大街甲 158 号　　邮　编　100720
电　　话　010—84029450（邮购）
网　　址　http://www.csspw.cn
经　　销　新华书店
印　　刷　新魏印刷厂　　装　订　广增装订厂
版　　次　2009 年 9 月第 1 版　　印　次　2009 年 9 月第 1 次印刷
开　　本　880×1230　1/32
印　　张　10.25　　插　页　2
字　　数　266 千字
定　　价　28.00 元

深入了解非洲，增进中非友好

——《非洲研究文库》总序

非洲是人类文明发祥地之一，地域广阔，物产丰富，历史文化悠久，人口约10亿，共有53个独立国家和1500多个民族，是发展中国家最集中的大陆，是维护世界和平、促进全球发展的一支重要力量。近年来，非洲局势发展总体平稳，经济保持较快增长，一体化建设取得重要进展，国际社会对非洲关注和投入不断增加，非洲在国际格局中地位有所上升。

中国是非洲国家的好朋友、好伙伴，中非传统友谊源远流长。早在2000多年前的汉朝，中非双方就互有了解，并开始间接贸易往来。1405—1433年，明朝航海家郑和率船队7次下西洋，其中4次到达东非沿海，至今肯尼亚等国还流传着郑和下西洋的故事。1949年新中国成立开辟了中非关系新纪元。1956年5月，中国同埃及建交，开启了新中国同非洲国家的外交关系。中国曾大力支持非洲人民反帝反殖、争取民族独立的正义斗争；在非洲国家赢得独立后，中国坚定支持非洲国家维护主权和尊严、真诚无私地帮助非洲国家发展经济、提高人民生活水平，赢得了非洲朋友的尊重和信任。中非友好经受住了时间和国际风云变幻的考验，中非人民的友谊与日俱增。

进入新世纪以来，在中非双方领导人共同关心和亲自推动下，中非关系在传统友好基础上呈现新的全面快速发展的良好势头。2000年10月，中非合作论坛正式成立并召开首届部长级会议，这在中非关系史上具有重要意义，此后论坛逐步发展成为中非集体对话的重要平台和务实合作的有效机制。2004 年和 2006 年，胡锦涛主席两次访问非洲，同非洲领导人就新形势下进一步发展中非关系深入交换意见，达成广泛共识。2006 年初，中国政府发表《中国对非洲政策文件》，将“真诚友好，平等相待；互利互惠，共同繁荣；相互支持，密切配合；相互学习，共谋发展”确定为新时期中国对非政策的总体原则和目标，受到非洲国家的普遍赞赏和欢迎。

2006 年 11 月，中非合作论坛北京峰会暨第三届部长级会议成功举行，中非领导人共同确立政治上平等互信、经济上合作共赢、文化上交流互鉴的中非新型战略伙伴关系，胡锦涛主席代表中国政府宣布了加强中非务实合作、支持非洲国家发展的 8 项政策措施，中非关系由此进入新的发展阶段。2007 年初，胡锦涛主席专程访问非洲，全面启动了北京峰会后续行动的落实。2009 年 2 月，胡锦涛主度再次访问非洲，进一步巩固了中非传统友谊，拓展了双方务实合作，有力推动了北京峰会各项成果的全面落实。在短短的 8 年时间里，中非经贸合作取得跨越式发展，中非贸易额从 2000 年首次突破 100 亿美元上升至 2008 年的 1068 亿美元，提前两年实现 1000 亿美元的目标。中非在文化、科技、金融、民航、旅游等领域的合作也取得新的重大进展。

随着中非关系的蓬勃发展，中国社会各界深入了解非洲与中非关系的兴趣和需求逐年上升，这对国内从事非洲问题研究的专家学者提出了新的任务和需求。在此背景下，浙江师范大学非洲研究院主持编撰的大型非洲研究丛书《非洲研究文库》应运而生。《非洲研究文库》由国内外知名专家学者按照“学科建设和社会需求并重”、“学术追求与现实应用兼顾”的原则，遴选非洲研究领域的重点课题，分《非洲高等教育国别研究》、《中非关系研究》、《非洲国际关系研究》、《非洲发展研究》、《非洲研究博士论文》、《非洲专题史》、《非洲国别史》、《非洲研究译丛》等八个系列逐步编撰出版，集学术性和知识性为一体，力求客观地反映非洲历史和现实，是一项学科覆盖面广、具有鲜明特色的非洲基础研究成果。这套丛书致力于为研究非洲问题和中非关系提供详尽的史料和新颖的视角，有利于增进各界对非洲的深入了解和认知。丛书第一本《全球视野下的达尔富尔问题研究》于2008年10月问世，社会反响良好，该书对全面客观地了解达尔富尔问题和中国对非外交具有积极意义。

《非洲研究文库》的推出离不开浙江师范大学非洲研究院的辛勤工作。浙江师范大学开展对非洲研究工作已有十多年历史，取得不少成果，2007年9月，该校正式成立非洲研究院。这是国内高校中首家综合性非洲研究院，设有非洲政治与国际关系、非洲经济、非洲教育、非洲历史文化4个研究所，以及非洲图书资料中心、非洲艺术传媒制作中心和非洲博物馆，是教育部教育援非基地，在喀麦隆建有孔子学院，为推动中国的非洲问题研究、促进中非关系、文化交流和合作发挥了积极作用。

我本人多年从事和主管对非外交，对非洲大陆和非洲人民怀有深厚感情。得知世界知识出版社、中国社会科学出版社与浙江师范大学非洲研究院合作推出《非洲研究文库》系列丛书，甚为欣慰。我为越来越多的国人将通过丛书进一步了解非洲和中非关系，进而为中非友好事业添砖加瓦感到振奋；我也为中国学者在非洲和中非关系研究领域取得具有中国特色的学术成果感到高兴。我相信，《非洲研究文库》系列丛书的出版，将推动国内对非洲和中非关系的研究更上一层楼。谨此作序，以表祝贺。

中华人民共和国外交部部长助理　翟　隽

2009年2月

前　言

非洲大陆地域辽阔，文明悠久，民族众多，发展潜力巨大。中国与非洲的友好交往源远流长，尤其在新中国成立后发生了质的飞跃。近年来，随着全球化的推进与中非关系的快速发展，国内各行各业都产生了走进非洲、认知非洲、了解非洲的广泛需要。加强对非洲政治经济、历史文化、科技教育、中非关系各方面的研究，培养相关专业人才，已经显得日益重要。

浙江省地处中国东南沿海，经济发达，文化繁荣。改革开放30年来，浙江与外部世界的交往日趋紧密，已成为中国对外开放程度最高的省份。早在20世纪80年代，就有一批批浙江人远赴非洲闯市场，寻商机。如今在广袤非洲大陆的城市与乡村，都可以找到浙江人辛劳创业的身影。与此同时，也有越来越多非洲人来到浙江经商贸易，寻求发展机会。

世纪之交，基于主动服务国家外交战略、地方社会经济发展以及学校特色学科建设的需要，浙江师范大学努力发挥自身优势，凝炼办学特色，积极开展对非工作，重点在汉语国际推广、人力资源开发与非洲学术研究三个方面取得了显著成绩，产生了广泛影响。1996年，受国家教委派遣，我校在喀麦隆雅温得第二大学国际关系学院建立了“喀麦隆汉语教学中心”，十多年来，已有1000多人在该中心学习汉语与中国文化，其中外交官和研究生达500多名，对象遍及非洲近二十个国家。中心在非洲诸多国家已声名远播，被喀麦隆政府及周边国家赞誉为“体现南南合作精神的典范”。2005年，为表彰中国教师在传播汉语言文化、发展中喀友谊方面所作的特殊贡献，喀麦隆政府授予我校

3 位教师“喀麦隆金质劳动勋章”。2007 年胡锦涛主席访问喀麦隆期间，中喀两国元首共同做出了合作建设孔子学院的决定。同年 11 月 9 日，中国国家汉语国际推广领导小组副组长陈进玉率团赴喀举行隆重的孔子学院揭牌仪式，由此掀开了中喀文化教育交流新的一页。

从 2002 年开始，我校在中非合作论坛的框架下，在教育部国际司和商务部援外司的具体指导下，积极承担教育部和商务部的人力资源开发项目，邀请非洲各国高级教育官员和大学校长到国内研修。迄今为止，我校已举办了 13 期非洲高级教育官员研修班，有 42 个非洲国家的 240 余名大、中学校长和高级教育官员参加了研修。2004 年，我校成为教育部 4 个教育援外基地之一。2006 年，我校承办国家教育部“首届中非大学校长论坛”，来自 14 个非洲国家的 30 名非洲大学校长、高级教育行政官员以及国内几十所高校的校长、学者和部分教育行政官员参加了论坛。此外，学校还于 2009 年 5 月承办了教育部第七次对发展中国家教育援助工作会议。

在积极开展汉语国际推广、人力资源开发的同时，学校审时度势，抢抓机遇，迅速启动非洲研究与学科建设工作。2003 年，我校成立了国内首家专门研究非洲教育及发展的学术机构——非洲教育研究中心，由时任校长的徐辉教授兼任主任。随后，中心承担了国家教育部、国家留学基金委支持的“非洲高等教育国别研究工程”项目，派遣 14 人分赴非洲 7 个国家进行实地调研。几年来，学校还承担了多项国家汉办对非汉语推广研究课题，并向教育部提交了多个有关中非教育合作的政策咨询报告。2007 年 9 月 1 日，经多方论证，精心筹划，与中国教育国际交流协会联合共建，成立了国内首家综合性的非洲研究院——浙江师范大学非洲研究院，由时任校长的梅新林教授兼任院长，刘鸿武教授任执行院长，顾建新教授任副院长。期间，学校同时主办了

"面向21世纪的中非合作：战略与途径"国际学术会议。非洲研究院的成立，标志着我校的对非工作进入了一个汉语国际推广、人力资源开发与非洲学术研究三位一体而重点向非洲学科建设迈进的崭新历史阶段。

浙江师范大学成立非洲研究院的学术宗旨是主动服务国家外交战略、服务地方经济建设、服务学校学科发展。其发展目标是以"非洲情怀、中国特色、全球视野"的治学精神，构建一个开放的学术平台，聚集国内外非洲学者及有志于非洲研究的后起之秀，开展长期而系统的非洲研究工作，通过若干年持续不断的努力，使其成为国内一流、国际有影响的非洲学人才培养基地、学术研究中心、决策咨询中心和信息服务中心，以学术服务国家，为中非关系发展作出贡献。

非洲研究院集学术研究、人才培养、国际交流、政策咨询等为一体，设有非洲政治与国际关系、非洲经济、非洲教育、非洲历史文化4个研究所，以及非洲图书资料中心、非洲艺术传媒制作中心与非洲博物馆。现有专职人员25人。他们的成果曾获国家领导人嘉奖，有的获全国优秀教师称号、教育部国家级教学成果奖、全国高校优秀教材奖、省政府特殊津贴，年轻科研人员多数为毕业于国内名牌大学的博士，受过良好学术训练并有志于非洲研究事业。研究院还聘请了一批国内外知名专家学者担任顾问、客座教授、兼职研究员。

非洲研究院成立一年多来，工作成效显著，获得浙江省政府"钱江学者"特聘教授岗位，组建起了一支以省特聘教授、著名非洲研究专家刘鸿武教授为学科带头人的非洲研究团队，先后承担国家外交部、中联部、教育部、国家社科基金、国务院侨办等部门一系列重要研究课题与调研报告项目，出版发表了包括《全球视野下的达尔富尔问题研究》等一批有学术影响力的成果。2008年，非洲研究院被国家留学基金委列为与非洲国家互换奖学金项目单位后，开始启动“非洲通人才培养计划”，一批青年科研人员与研究生被选派至非洲国家的大学进修学习。2009年，在浙江省与中国社会科学院领导支持下，非洲研究院列入浙江省与中国社科院省院共建重点学科行列，并与该院西亚非洲研究所、世界经济与政治研究所开展了很好的合作，与非洲及欧美国家非洲研究机构的学术交流也日益频繁。

我校的对非工作与非洲研究，得到了国家有关部委、学术组织的充分肯定和大力支持。教育部、中国社会科学院、浙江省委省政府、国家留学基金委、中国教育国际交流协会、中国国际关系学会、中国民间组织国际交流促进会、中国非洲史研究会领导相继莅临视察，指导工作；外交部非洲司、政策规划司，中联部非洲局，教育部社科司、国际司，商务部援外司，国家汉办以及外交学院，中央党校国际战略研究所，北京大学国际关系学院，中国人民大学国际关系学院，上海国际问题研究院等有关领导和专家先后来院指导发展规划、建设思路及科研工作；浙江省委宣传部、省教育厅、省外事办、省社科院、省社科联等部门领导与专家也对研究院给予了多方面的帮助和指导，有力地推动了我校的对非工作与非洲研究的顺利开展。

编纂《非洲研究文库》是浙江师范大学非洲研究院长期开展的一项基础性学术工作，由相关部门领导与著名学者组成编纂委员会，以“学科建设与社会需求并重”、“学术追求与现实应用兼顾”为基本原则，遴选非洲研究重大领域及重点课题，以国别和专题研究之形式，集合为八大系列的大型丛书，分批分期出版，以期形成既有学科覆盖面与系统性，同时又具鲜明特色的基础性、标志性研究成果。值此《文库》即将出版之际，谨向所有给予研究院热忱指导和鼎力支持的有关部门，应邀担任《文库》顾问与编委的领导与专家，为《文库》撰写《总序》的外交部部长助理翟隽先生，以及出版《文库》的中国社会科学出版社、世界知识出版社，一并表示衷心的谢忱！

中国的非洲研究经过几代学者的努力，现在已经有了初步的基础，目前国家高度重视非洲研究和人才培养，国内已经有多所大学建立了非洲研究的学术机构。我们希望在今后的工作中，与各相关单位开展更有效的合作，共同努力，为中国非洲学的发展贡献力量。

浙江师范大学 党委书记 梅新林
校　　长 吴锋民

2009 年 5 月

序　言

现今，非洲的大学面临着各种各样的挑战与机遇，浙江师范大学推出了非洲高等教育的系列研究成果，这正当其时。长期以来，浙江师范大学不仅承担了许多面向非洲大学校长和教育行政官员的人力资源开发合作项目，被中国教育部确定为教育援外基地，而且与非洲许多国家的高等教育机构建立了伙伴关系。2007年9月，浙江师范大学组建了非洲研究院，这更使得该校的非洲研究声名远播。

整个非洲高等教育国别研究系列将涵盖20个左右的国家。首期7个国家（包括埃及、南非、喀麦隆、尼日利亚、肯尼亚、埃塞俄比亚和坦桑尼亚）的国别研究涉及非洲多样的大学发展经历。难能可贵的是，这些研究并没有将对象局限在撒哈拉以南的非洲，而是覆盖了从北非到南非、从东非到西非的主要代表性国家。这就使得我们有可能对整个非洲大陆有关高等教育的问题进行比较分析。此外，中国擅长于通过南南合作来学习他国之长，因此，中国想必也能从这一系列的研究中为自身许多欠发达地区的高等教育发展汲取经验。这些经验包括如何创造性地利用公共和私人资金资助大学入学，如何完善大学的内部治理结构，如何通过与本国有优异传统的高等院校的合作来改善弱势院校的办学（如在南非那样），等等。

该系列研究的结构大体相同，主要描述并分析了各国高等教育体系的形成、构成、职能、管理体制与运行机制、发展与变革以及所面临的主要机遇与挑战等。

此外，该系列的研究也肯定能加深我们对以下问题的理解：

高等教育在非洲国家发展中起着什么样的作用？非洲国家在高等教育本土化方面有什么经历？非洲高等教育在全球化的世界中面临的国际压力是什么？各国如何应对这些压力？大学与政府及市场的关系如何？管理主义对非洲高等教育治理结构有何影响？非洲大学中科学研究是如何发挥作用的？科研活动中高校与私营部门的关系如何？日益增多的私立高等教育机构在非洲高等教育发展中扮演着什么样的角色？

该系列研究成果在中国得以出版，表明了中国国内比较教育学界对发展中国家教育研究的兴趣日益浓厚。待其中的部分或全部成果用英语发表之后，国际高等教育学者也将能获得对非洲高等教育的一个全新视角。中国与非洲大学的合作传统与现有的法国模式、英国模式、德国模式、美国模式、加拿大模式以及荷兰模式相比有何不同？这些研究如何处理非洲高等教育多方面的不足？这些研究对非洲大学改革的看法是否没有西方许多学者那样带有明显的价值判断？

我们衷心感谢徐辉、顾建新两位教授及其团队所做的研究，感谢他们将非洲主要国家的高等教育系统、完整地呈现在我们面前，供我们讨论和研究。

肯尼思·金

英国爱丁堡大学国际与比较教育荣誉教授、
非洲研究荣誉教授

全球化背景中非洲高等教育的本土化（代序）

高等教育全球化、国际化、本土化及其与现代化的关系，都是高等教育现代化议题中的重要理论问题。在西方政治、经济、科技、文化占据强势的背景下，高等教育的全球化和国际化不可否认地在很大程度上是高等教育思想、体制、课程、技术的西方化以及西方高等教育的输出。历史上作为西方殖民地的非洲，在高等教育上一贯深受西方影响，至今与西方有着千丝万缕的联系。本文拟探讨的是在这种情况下非洲高等教育本土化的语境和内涵，高校对此的认识和实践，成绩和局限，制约因素，未来发展的趋势和根本点。

一、非洲高等教育本土化的语境

“非洲高等教育本土化”（indigenisation）与“高等教育非洲化”（Africanisation）一般在同一意义上使用。它虽然有意识形态的意味，但更有发展主义意味。非洲知识分子更多的是从非洲综合发展角度要求高等教育本土化的。非洲人认识到，非洲在全球化境遇中已经被边缘化甚至有被进一步边缘化的危险，唯一的出路就是发挥内部的发展潜力。非洲高等教育强调本土化就是这一认识的一个具体体现，主要是为发挥非洲内部发展潜力服务的。

（一）全球化中非洲的边缘化

一些发达国家能从全球化中获得巨大的利益，而一些不发达国家在其中处处碰壁，步履维艰。非洲是在毫无准备的情况下被卷入全球化的。这一方面反映在南撒哈拉非洲人均无线电收音机、电视机、电话机、因特网用户数量过低，文盲率过高[①]；另一方面反映在非洲经济的生产基础薄弱，生产力低，经济基础结构不平衡、投资市场不景气。此外，非洲一些国家政治不稳定、债务负担沉重，战乱等社会状况也非常不利于融入全球化经济洪流。国际私人资本完全忽略了非洲；就连非洲出身的大多数人也宁愿把自己的资金投资到其他地区。除资本外流外，人才流失也很严重，削弱了非洲社会的创新能力。“非洲生活的很多方面都存在着高度的外化倾向，而与国内的联系有限。”同过去一样，非洲青年人“努力逃避严酷的社会化经济条件，乐意离乡背井，并准备在任何情况下忍受所在国的侮辱、敌意和排斥”。这样，有人不无极端地说，非洲给人的感觉是“失去了重新创造自我的能力，它没有与世界其他地区同步前进”——撒哈拉以南非洲所占世界贸易总额还不到2%；“几乎没有一个非洲国家被包括在全球价值创造系列之中”；“世界贸易自由化使非洲大多数国家进一步走向边缘化”[②]。

（二）发挥非洲“内部发展潜力”以遏制边缘化

虽然非洲不断接受国际援助，但是“国际善举有如杯水车薪，它不像上天赐雨，人人同沐甘露”。要摆脱困境，需要全体非洲人自己的努力，探索更多的根本地解决问题的路子。非洲人认识到“通过发挥内部的发展潜力非洲可以避免进一步边缘化”。这种内部发展潜力不仅包含内部的经济增长方面，而且是着眼于“国家或地区的内部前景”。相应地，“内生的发展”这

① 详见联合国开发计划署各年度《人力发展报告》(*Human Development Report*)，http：//hdr. undp. org.

② ［德］赖纳·特茨拉夫：《全球化压力下的世界文化》，江西人民出版社2001年版，第129—171页。

个概念经常被用作选择性的、自主的发展或自力更生的同义词。在全球化中谋求自力更生、自主发展，对高等教育而言意味着人才培养从思想意识、道德情操到工作能力的培养都密切结合当地发展的需要，教育内容密切联系本土实际。不仅从非洲物质层面也从精神层面的发展要求高等教育本土化。因为在全球化中谋求非洲的自力更生、自主发展需要有强大的内在精神力量支撑。"非洲虽然必须致力于融入全球经济的主流并成为这一新运动的组成部分，但重要的是，要把非洲的遗产作为非洲精神以及非洲特征的重要内容来看待并加以保护。"①

二、非洲高等教育本土化的内涵

"非洲高等教育本土化"（"高等教育非洲化"）与教育全球化、国际化密不可分。没有全球化和国际化也就无所谓本土化。

在非洲，与本土化、非洲化相关的概念还有内生化。虽然"本土的"（indigenous）和"内生的"（endogenous）两词在植物学领域的使用有明显区别②，但在非洲社科研究发展协会（CODESRIA）出版的《21世纪非洲大学》一书中，高等教育的"本土化"、"非洲化"和"内生化"被交替使用，指的是高等教育融入背景或"背景化"的过程（a process of contextualisation），也就是使高等教育在组织结构和课程上适应非洲背景。它们不仅意味着非洲高等教育不受制于对世界的支配性解释（dominant narratives）及其方法论，而且意味着通过相对自治的研究和教育机构、独立的方法论、观点和主题的选择而拥有原创的和批判性的智力产品

① ［德］赖纳·特茨拉夫：《全球化压力下的世界文化》，江西人民出版社2001年版，第132—163页。

② 在那里，"本土的"主要是指在某一特定地形学（topography）上物种是土产的、本地的；而"内生的"指的是一种植物"基于自身的资源而发展"的能力，或者"生长或起源于内部"的能力——*Concise Oxford Dictionary*. 9th Ed.

的能力。该书假设，"内生化指的是非洲大学及其生产过程的发展所遵循的路线与它们所从属的或它们所服务的人民的文化方向和物质条件（它们本身在持续变化）相一致。这样，它被理解为：高等教育机构的发展方向和组织结构形式可能在物质和学术上相对独立（但绝不孤立）于全球教育形式（forms）。"①

在该协会一名负责人的一篇文章中，高等教育的非洲化则意味着要冲破西方传统认识论的桎梏，要摒弃由过去西方殖民统治和现实的西方文化霸权造成的非洲教育的"外向性"（extraversion），因为它从外部导致非洲教育发展历程中充满"无能感"（sense of inadequacy），并使这种感觉内化，贬低了非洲人的"创造性、作用和价值体系"，导致非洲人对自己文化的疏远；这种疏远又强化了非洲人的"自我贬低和自我厌恶"，强化了他们深深的"自卑感"。因此，他强调非洲高等教育要"在非洲和（或）为非洲"；非洲大学和学者在国际舞台上，要"根据自己的条件和主张行事，把普通非洲人的利益和关切作为指导原则"。② 还有学者认为，"高等教育非洲化要反对的是长此以往会导致永久奴化非洲人的种族主义优越心理和哲学；是被外人强迫接受的、常常离间与本土联系的、并非符合非洲主要利益的外国的行为模式和大学。"③

---

① Peter Crossman. Perceptions of "africanisation" or "endogenisation" at African universities: Issues and recommendations. In Paul Tiyambe Zeleza and Adebayo Olukoshi. *African Universities: in the Twenty-first Century*. Volume II: Knowledge and Society. Dakar: Council for the Development of Social Science Research in Africa. 2004. pp. 325 – 326.

② Francis B. Nyamnjoh. A Relevant Education for African Development: Some Epistemological Considerations. *Africa Development*. Vol. XXIX, No. 1, 2004, pp. 161 – 184.

③ K. MacGregor, "Getting to Grips with Africanization," *New Nation*, May 17, 1996, vii. http://www.bc.edu/bc_org/avp/soe/cihe/newsletter/News12/text9.html. 2007—07—27.

可见，高等教育非洲化的内涵大致可分为两个相互联系的方面：一是高等教育非洲化目的层面。高等教育非洲化就是非洲高等教育要为非洲服务，密切联系非洲实际，从非洲的利益出发培养热爱非洲、扎根非洲、能创造性地建设非洲的人才；二是高等教育非洲化途径层面。为了达到上述目的，非洲高等教育要摆脱西方高等教育模式的束缚，不局限于西方认识论，克服外向性，驱散自卑阴霾，从而独立认识和自主建设符合非洲实际的自己的高等教育组织结构、课程体系。

三、高等教育非洲化：认识与实践

（一）非洲教师对高等教育非洲化的观点和态度

就观念层面而言，非洲大学教师对高等教育非洲化的观点分为三种情况[①]。第一种情况是大多数教师表明接受甚至需要非洲化；他们把它置于发展主义框架内，强调非洲化和发展之间的联系；不过在面临严酷的物质环境或全球化压力时采取听天由命的态度。发展主义倾向导致了“发展大学”的创建——最早的是苏丹朱巴（Juba）大学、最近的是加纳发展大学（Ghana's University for Development）——而且这些大学创建了重在发展研究（development studies）的系科。第二种情况是许多教师带着浓重的怀疑觉得“非洲化必须具备基本条件”。虽然他们同意非洲化原则，但他们认为非洲化在目前的实践中是不可能的。由于缺乏出自非洲的课程大纲、课本和研究成果，大多数教师和研究人员仍然更多地依靠出自非洲大陆之外的文献，这些文献反映的观

---

① Peter Crossman. Perceptions of “africanisation” or “endogenisation” at African universities: Issues and recommendations. In Paul Tiyambe Zeleza and Adebayo Olukoshi. *African Universities: in the Twenty-first Century*. Volume II: Knowledge and Society. Dakar: Council for the Development of Social Science Research in Africa. 2004. pp. 326 – 330.

点大体上与非洲大陆无关。例如当下仍在使用的社会学教材的重点在于欧洲或美国的城市或乡村环境。学校灌输的关于全面而系统的西方科学的预设。很明显，致力于课程非洲化或为课程非洲化的任何独立的学术，都要求有一种对任何全球的和占统治地位的解释或意识形态进行批判的基本能力。第三种情况是少数大学教师完全反对非洲化的观点。第一层次的反对源自这样一个假设，即只可能有一种形式的科学，就是通过殖民历史和西方教育系统的灌输而被接受的"统一的"传统。这种观点可视为内生知识基本条件的对立面。第二层次的反对折射了对合理理由的严肃思考，试图把学术从妨碍人们掌握事物联系性的"统一"科学的束缚中解脱出来，也从妨碍人们获得批判性、原创性思维的小民族的机械联想中解脱出来。

（二）高等教育非洲化在南非的实践

就行动层面而言，调查发现，只有少量非洲学者完全以非洲化本身的优势和理由而接受非洲化的观念并以某种具体的行动予以促进。"至少在南非之外几乎没有什么大学支持非洲化的迹象；而且非洲化支持者大多是孤立无援的。"查文杜卡（Chavunduka）教授的个人史就是一个例子：他在创造性促进传统医学方面声名卓著，但在争取副校长职位以便改革所在大学课程时却没能成功。还好非洲化的主题至少在某种形式上在南非得到重视。南非的本土知识观念（IKS）在20世纪90年代被纳入学术讨论，现在成为一个主要研究主题得到国家科研基金资助，每年的科研经费达到近百万美元。

关于为何出现这种反差，比利时学者彼得·克罗斯曼（Peter Crossman）认为："南非历史上在殖民控制和种族隔离制度下比其他任何国家经历了更强、更广泛和更长时间的与自己的文化之根特别是与自己的传统地域（traditional lands）的疏离……取代和剥夺的影响在南非最深远。加剧的被剥夺感更易于催生在意识形态上的身份追求；非洲化就是这种追求的一种表达。”在1994年南非民主选举之后的过渡时期，这一概念被一些最重要的黑人政治家引入公共领域，而且明确地与“非洲复兴”等意识形态系统相联系。艺术、文化、语言、科学和技术部长莱昂内尔·穆察里（Lionel Mtshali）在1998年的一次讲话中说道：“本土知识系统和本土技术的新生是我们非洲复兴经验的一个重要方面。”这种观点被视为泛非主义学派和黑人意识学派的继承。与这些宣言相伴随的是呼吁大学承担“恢复”和调动非洲本土知识并真正把它引入课程的任务。在政府资助下一些大学的系（部）逐渐实施了这一方向的研究计划。

值得注意的是，最近受科研资助来源的影响，南非关于本土知识的研究实际上从对它的意识形态的理解转向它对环境、农业和当地经济等问题中去了。科学和工业研究学会（CSIR）资助的全国“本土技术摸查工程”（Indigenous Technologies Audit Project）明显地把研究重点放在各种工农业技术、有发展或商业潜力的工艺和民间传说等项目上。但该工程的首次研讨会明确呼吁把IKS纳入大学课程。全球贸易相关因素迫使国家就知识产权和贸易相关问题的立法，也有助于这一观念进入大众议题。随着世界贸易组织的建立，这一问题不仅成为人们关注的中心，而且南非已经向世界透露了其开发南非多样化生物系统巨大本草疗法潜力的制药学意图。[1]

四、几点思考

（一）非洲高等教育本土化的成绩与局限

非洲高等教育本土化从思想观念到客观条件都面临巨大困

① Peter Crossman. Perceptions of "africanisation" or "endogenisation" at African universities: Issues and recommendations. In Paul Tiyambe Zeleza and Adebayo Olukoshi. *African Universities: in the Twenty-first Century*. Volume II: Knowledge and Society. Dakar: Council for the Development of Social Science Research in Africa. 2004. pp. 331 – 333.

难，但也取得了一些进展，产生了一些作用，比如：在内涵上进行了澄清，消除了一些误解；既从民族意识、民族精神、民族自尊等意识形态层面着眼，也从经济振兴、科技发展需要出发；南非关于本土知识的讨论已“引起一定范围内的知识分子对按西方范式所培训的那些东西的不安。”不过，这种进展和作用不能掩盖非洲高等教育本土化水平很低的现实。如前所述，非洲学者对非洲高等教育本土化大多持消极甚至怀疑态度，非洲高等教育本土化还只有零星的研究和实践；“高等教育本土化在非洲大多数国家高等学校中被忽略”。①

（二）非洲高等教育本土化的制约因素

影响非洲高等教育本土化的因素比较多。这里重点讨论三个方面：

1. 西方殖民教育传统养成的非洲高校的“外化倾向”。这种倾向即非洲高等教育对西方全方位崇拜抑或不得已而为之的单向依赖，从组织的设立和管理、教学的内容和方法、教师和教学的评价标准、科研的评价标准到教科书和教师培训等莫不如此。更重要的是，这导致对摆脱这种依赖的可能性的怀疑。这不仅表现在教育上，也表现在整个社会科学，甚至体现在非洲整个政治、经济和社会生活之中。“非洲教育是西方认识论输出的牺牲品。这种输出使科学充当了意识形态和霸权的工具。在这种认识论输出下，在非洲和（或）为非洲人的教育一直像是在面向西方知识分子的理想朝圣。非洲教育……成为贬低或灭绝非洲人创造性、行为力（agency）和价值体系的帮凶。”结果，学生们了解

① Peter Crossman. Perceptions of "africanisation" or "endogenisation" at African universities: Issues and recommendations. In Paul Tiyambe Zeleza and Adebayo Olukoshi. *African Universities: in the Twenty-first Century*. Volume II: Knowledge and Society. Dakar: Council for the Development of Social Science Research in Africa. 2004. pp. 331 – 334.

欧洲的情况比了解本国的更多;“非洲生产的研究者和教育者在自己生长的周围社区不能起作用,但能得心应手地工作于任何工业化国家的任何机构”。有时候,“图书馆塞得满满的图书在观点和内容上也许与非洲大陆的急迫问题和特异性没有任何关联”。①

2. 非洲民族国家的发展历程。非洲高等教育本土化面临的挑战之一是民族国家身份认同问题。这与非洲许多“民族国家”的发展历程有关。非洲大多数国家都曾经是欧洲人的殖民地。许多殖民地政府的边界是通过欧洲随意达成的协议划分的,并没有考虑人们的经济、文化或种族差别。结果,这些殖民地独立时,很难形成一种民族意识和民族归属感。“在非洲一些地区还没有充分形成国家与民族国家”② 是独立后一些国家不断受到内部对抗甚至内战的威胁的重要原因之一。这大大限制了高等教育本土化的底蕴和基础。

3. 本土语言的待遇。与殖民教育传统、民族意识缺乏或民族国家政府权威偏弱相关,目前“只有少数国家采取政策鼓励用非洲语言进行教学”,而且这些国家已经倾向于把当地语言的教学和使用限制在小学和中学而不涵盖大学。马拉维的卡马祖学院(Kamuzu Academy)的许多做法体现了极端的媚外,不切实际。该校教师会毫不犹豫地对“被逮到讲母语”的学生进行体罚。这些惯例使非洲语言在非洲学生眼中“成为次等语言”。除了坦桑尼亚外,没有任何南撒哈拉非洲大学“用某一非洲语言作为主要教学语言提供完整的文凭课程计划(a full diploma programme)”。③ 民族语言与民族意识和民族情感密切相关,进

---

① Francis B. Nyamnjoh. A Relevant Education for African Development: Some Epistemological Considerations. *Africa Development*. Vol. XXIX, No. 1, 2004, pp. 161 - 184.

② [英] 安东尼·吉登斯:《社会学》,北京大学出版社 2003 年版,第 563 页。

③ Francis B. Nyamnjoh. A Relevant Education for African Development: Some Epistemological Considerations. *Africa Development*. Vol. XXIX, No. 1, 2004, pp. 161 - 184.

而与民族国家的政治、经济和文化建设相关。严重影响非洲大学师资和物质设施的非洲人才外流和资本外逃，虽说与非洲大陆的生存和投资环境恶劣有关，但无疑也与包括语言政策在内的民族虚无主义有关。

（三）非洲高等教育本土化何去何从

虽然任何一个国家或地区要达成现代化，都要“逐步形成国际上大多数国家尤其是现代化先行者采用的制度化教育模式、民主化的办学道路、反映科学知识的教学内容、先进的教学手段等”，但从理论上讲，高等教育本土化作为教育本土化的一部分是“教育现代化过程中必经的阶段；而且本土化也可看做是现代化发展的一个结果或者说一种表现形式”①。没有教育的本土化便没有真正的教育现代化。虽然高等教育本土化对非洲来说的确需要时间和一定的客观条件，但高等教育本土化本身的价值是不容置疑的。因此，非洲高等教育本土化对广大非洲大学和教师来说，不是是否同意、是否可能的问题，而是必须去促进、去落实、去加强的问题，正如非洲学者自己所言，“非洲高等教育的未来只有通过谨慎而创造性的文化回归和本土化过程才能有希望。”②

那么，非洲高等教育本土化未来发展的根本点是什么？非洲学者曾提出“让非洲大学在非洲土壤上扎根”，指出了非洲高等教育本土化的根本方向。为此，非洲高等教育界要仔细反思非洲人的利益和优先任务，明确致力于“非洲大陆及其人民多方面

① 郑金洲：《教育现代化与教育本土化》，载《华东师范大学学报》（教育科学版）1997 年第 3 期。

② Francis B. Nyamnjoh. A Relevant Education for African Development: Some Epistemological Considerations. *Africa Development*. Vol. XXIX, No. 1, 2004, pp. 161 - 184.

的真正解放的使命”①。目前，非洲高教本土化，首先，要逐渐摆脱西方中心倾向，立足非洲需要。因为西方的办学理念和制度、教材、语言、知识体系、评价标准等等，无不充斥着非洲高等教育；大学教师也具有强大的西方留学的背景。对于非洲高等教育机构而言，不适应非洲需要的西方的东西太多了。政府可采取措施鼓励本土急需的应用知识的教学和科研。非洲高等教育机构不妨大力加强与非西方的高等教育机构的合作。其次，要强化非洲民族意识培养和民族使命感教育。非洲高等教育本土化最艰巨的任务，也许是加强非洲传统文化、非洲历史和非洲当前形势和任务的教育。为此，课程设置和教学内容选择上要更多地涉及本土的知识，更多地致力于本土问题的解决，而不是让西方的文化、西方性的问题挤占本土文化、本土性问题的空间。此外，还须重视民族语言的教学，甚至在一些专业以民族语言为教学语言。

徐　辉　万秀兰
2008年8月8日

① Francis B. Nyamnjoh. A Relevant Education for African Development: Some Epistemological Considerations. *Africa Development*. Vol. XXIX, No. 1, 2004, pp. 161 - 184.

目　　录

第一章

肯尼亚教育体制:传统与变革

第一节　肯尼亚教育的历史回顾

公元700年前，肯尼亚大地施行的是原初意义的教育，尚无专门的教师，没有正式的学校教育制度，由家庭和社会共同承担对下一代的道德、风俗、习惯、语言的教育。儿童6岁之后，按不同性别施行不同的劳动教育。[①] 公元700年后，肯尼亚本土教育传统开始被两个外来影响所打断。一个是伊斯兰教，一个是基督教，分别往东非引入《古兰经》教育和西方教育。西方教育是正式教育，是在19世纪由西方传教士传入的。

一、东非古兰经学校

包括肯尼亚在内的整个东非的非本土正式教育，是伴随阿拉伯人和波斯人的到来而开始的。他们在东非定居下来时建立了清真寺，并把古兰经学校附设其中。这种学校的主要目的就是教《古兰经》和伊斯兰法律，使入学者都皈依伊斯兰教。[②] 穆斯林教育比非洲本土教育更正规，把教育明确分为初等水平、中间水平和清真寺水平三级。引入伊斯兰教后，许多非洲人成为穆斯林，颠覆了非洲关于“神”的传统思想。皈依伊斯兰教的人在

---

① 详见 Eshiwani，George S.，*Education in Kenya Since Independence*. Nairobi：East African Educational Publisher. p. 15.

② 详见：Bogonko，S. N.，*A history of modern education in Kenya*（1985 ~ 1991）. Nairobi：Evans Brothers Kenya Limited. 1992. pp. 1 – 10.

他们的同族者眼中被视为比较开化的人。许多年轻的肯尼亚人在古兰经学校接受他们最初的识字教育。能认识阿拉伯文字或斯瓦希里文字，对很大程度上通过口头进行的肯尼亚传统教育来说是一个进步，也对基督教会学校的识字构成挑战。

另一方面，穆斯林学校并没有较高的质量，因为六年教育时间大多用来记忆《古兰经》和伊斯兰法律，而没有为学生准备适当的知识和技能来适应东非社会的工作。这种教育延迟了学生进入西方学校的时间，对女孩来说负面影响更大。因为从古兰经学校毕业就接近早婚年龄，而且家长认为女孩用不着接受西方教育，肯尼亚女孩中只有少数印度裔女孩上西方学校。这样，"穆斯林占领的滨海省和东北省地区成为肯尼亚最不发达的地区，大大落后于建立西方教育的其他地区。"[①] 接受穆斯林教育的人很少在殖民时期的肯尼亚找到较好的领工资的工作，社会升迁的道路受到影响。

尽管如此，穆斯林社区的一些努力促进了肯尼亚近现代教育的发展。肯尼亚的蒙巴萨穆斯林教育学院（Institute of Muslim Education）和桑给巴尔伊斯兰和阿拉伯研究穆斯林学园（Muslin Academy for Islamic and Arabic Studies）分别于1948年和1952年成立，主要进行伊斯兰道义和文化价值观教育；后者成为整个东非的中心，为该地区的清真寺和古兰经学校培养宗教教师。因为东非没有穆斯林大学，当地这些学院、学园最好的学生被派到埃及、利比亚、沙特阿拉伯、苏丹和巴基斯坦深造。什叶派穆斯林的一个分支于1945年在蒙巴萨建立了东非穆斯林福利社（the East African Muslin Welfare Society，EAMWS）；其目的是促进泛伊斯兰兄弟会（Pan-Islamic Brotherhood），提升非洲穆斯林道德，

① Bogonko, S. N., *A history of modern education in Kenya* (1985 ~ 1991). Nairobi: Evans Brothers Kenya Limited. 1992. p. 15.

使非洲人伊斯兰化。EAMWS通过建造清真寺和学校、提供古兰经教师、宣传伊斯兰文化、为马克里尔学院[①]和国外的穆斯林学生提供资助等手段来传播伊斯兰教。“穆斯林社区所做的这些对肯尼亚现代教育的贡献不可谓不大”。

穆斯林社区对教育的另一个贡献是，许多最初为穆斯林孩子设立的学校后来对非穆斯林社区儿童开放，同时引入了更多的世俗教育；不过非穆斯林儿童所交学费要贵一半。独立后肯尼亚政府把英语作为各级教育的教学语言，不仅试图将当时存在的许多学校制度转变为统一的国家教育制度，而且试图将学校的费用也统一起来。这样，过去的穆斯林学校在独立后进一步对所有种族开放，过去语言和费用的那种障碍也消除了，促进了非裔学生的入学。例如，1968年博哈拉（Bohra）小学115名学生中没有非裔学生，到1971年在120名学生中有16名非裔学生，1974年147名学生中有49名非裔学生。

古兰经教育和非洲传统教育之间有很多相似之处。第一，两种教育都是终身的；第二，两种教育都注重在学习者和社区内部创造一致、凝聚力、平等和共同身份；第三，都是规范性的，都强调通过学习培养标准的信念和行为方式；第四，都不像西方教育那样强调资格证书，教育制度中不鼓励个人主义和竞争，而强调对集体的忠诚。[②]

二、19世纪至1920年前西方教育在肯尼亚的建立和发展

西方教育是被引入肯尼亚的第二种非本土教育。这种引入始于19世纪基督教传教士的活动。1920年前西方教育是在肯尼亚

① 详见本书第二章。

② Bogonko, S. N., *A history of modern education in Kenya* (1985 ~ 1991). Nairobi: Evans Brothers Kenya Limited. 1992. pp. 16 – 17.

传播最广的教育制度，虽然殖民政府和本地人对教育表达了越来越多的观点，但其影响十分微弱，远不如传教士。

基督教传教士在东非建立欧洲殖民统治大约始于1895年。但被称为东非保护地的肯尼亚，直到1920年英国宣布对它的霸权为止，其腹地并没有传教士涉足。

1920年之前，肯尼亚只在沿海有少量基督教影响。西方教育真正在整个肯尼亚生根发芽，始于1844年和1846年基督教传教团（the Church Missionary Society，CMS）的约翰·卡拉普夫（John Krapf）和约翰·雷伯曼（Johan Rebmann）的先后到来。他们把《圣经》翻译成斯瓦西里语，并为蒙巴萨附近的拉拜·姆皮亚（Rabai Mpya）地区酋长的儿子们举办学校，它就是1846年建立的第一所西方传教士学校。[①] 然而，早年获得这种教育的是被释放的奴隶，酋长们和非洲其他人都宁愿要传统的教育而不是基督教教会学校的教育。加上马赛人袭击传教士导致一些传教士死亡，奴隶贸易开始出现，CMS的最初尝试只局限于蒙巴萨。直到蒙巴萨—基苏木铁路修建（1895～1901年）后情况才有变化。1873年禁止奴隶贸易后，西方传教士在蒙巴萨为释放的奴隶建立定居点和学校，对他们进行农业和工业教育。到19世纪80年代，西方教育在蒙巴萨扎下根来。

1920年肯尼亚成为英国殖民地后，西方（特别是英国）的宗教、贸易和行政伴随着殖民者迅速地深入到肯尼亚腹地。

殖民统治建立前后，传教士主要关心的是传播福音，劝诱非洲人信奉基督教。传教士要扩大传教必须有一个基地，需要有食物；这需要有收入来源。满足政府的工业培训要求就能获得政府资助，而这只需要简单的农业和技术方面的实业培训。“在基督

① Eshiwani，George S.，*Education in Kenya Since Independence.* Nairobi：East African Educational Publisher. p. 15.

教教会学校，普通文化教育从来没有占优势”。[1] 但非洲人很早就开始要求普通文化教育（academic education），以便“帮助自己在社会、经济和政治上得到发展”[2]。非洲人的这些压力最终迫使传教士增加一般教养的教育或普通文化教育。教会学校的这种转变，促进了更多学校的建立。到 1910 年大多数在肯尼亚的传教团体建立了中心学校（central schools）或乡村学校（village schools）。后来，又建立了更高一级的神学院。

虽然当时有一些势力反对现代西方教育在肯尼亚的传播，但是随着殖民统治对有知识的人的需要，随着人们看到接受西方教育的本地人能获得更高的工资，肯尼亚黑人对西方教育的兴趣被激发起来。不过，在这些教会学校中，宗教教育比其他一切更重要。除了宗教课程外，“即使在初等学校，基督教会学校的课程主要还是制砖、木工工作、裁缝、农业和筑路等，普通文化教育不受重视”。这与殖民政府和殖民者对肯尼亚黑人的教育政策是一致的。由于经费不足、合格师资不足，即使上述这些劳动教育也存在很大问题。因此西方教会学校的教育受到许多质疑。例如，1912 年尼亚萨北部一所教会学校的学生们举行了罢课，反对宗教教育和实业教育，声称他们“需要的是书籍、石板和铅笔而不是宗教”，“到学校是为了学习读和写，而不是体力劳动”。

不过，1920 年前的基督教会学校在殖民政府和肯尼亚黑人帮助下取得了一些成绩。到 1917 年肯尼亚基督教会有 82 所中心学校，410 所乡村学校，学生分别达到 1.2 万人和 11.9 万人。

---

① Bogonko, S. N., *A history of modern education in Kenya* (1985 ~ 1991). Nairobi: Evans Brothers Kenya Limited. 1992. p. 21.

② Eshiwani, George S., *Education in Kenya Since Independence.* Nairobi: East African Educational Publisher. p. 17.

从中还产生了第一批非洲精英，包括后来成为肯尼亚总统的乔莫·肯雅塔。从这些学校中，还产生了1919年向东非保护地教育使团要求建立大学学院的一批非洲人，产生了政府和私立部门雇用的第一批有文化的当地工作人员——牧师、教师、职员、电话操作员、木工等。这些学校引领了肯尼亚现代社会的变革——水厂、砖房的建立和现代农业的实践。

肯尼亚殖民政府最初对参与非洲教育很勉强。英国殖民者最初“对经济和政治事务而不是教育等事务感兴趣”。在肯尼亚，“殖民当局完全不愿参与任何教育”。查理斯·埃利奥特（Charles Eliot）坚持认为，非洲人正在从西方教会学校获得适当的、足够的教育。

不过，1909年《东非保护地教育报告》表明，“雇用亚洲劳动力的日益上升的昂贵费用，迫使殖民当局考虑给肯尼亚黑人提供技术教育”。殖民当局开始通过两条途径参与教育。一是在教会影响最少的地区提供教育，二是补助基督教教会学校。但政府建立的学校太少，到1910年只有3所，而且到1920年，只剩下马查科学校（Machakos School）。该学校幸存主要是因为教学中较好地将技术教育和普通文化教育结合起来，而且几乎不包含宗教教条。该校提供教师培训课程，并围绕教师培训发展乡村学校。政府从1915年开始为基督教教会学校的技术教育提供资助。而且经费多少与这些学校学生在技术教育考试中成绩的高低挂钩。

此外，殖民政府发布了教育委员会关于教育的系列报告，即教育行动指南。通过这些报告，殖民者和政府把肯尼亚黑人纳入实业教育轨道，而把欧洲人纳入普通文化教育轨道。1911年成立教育局。首任局长“以学生参加技术学科考试的成绩为基础提供资助。”[①] 但传教士不热心这种技术教育，因为它对传教士来说成本太高。“世俗学校所教学科不同。其普通文化课方面有英语、斯瓦西里语、地理、数学、历史、公民和自然研究。斯瓦西里语是整个教学系统的教学语言”。由于实业教育有助于战胜非洲环境，有助于建立行政中心，而且手工艺人的培养是肯尼亚殖民地发展的重要组成部分，因此“木工、印刷、书籍装订、缝纫、锻铁、制砖、农业构成了课程的一部分。”在许多方面，政府教育开始胜过教会教育。“世俗学校为政府治理国家培养行政管理骨干，但教会学校仍然是这些骨干的主要培养者。”

政府对肯尼亚欧洲人和亚洲人的教育有几种方式。政府在内罗毕建立有印度学校，一些亚洲人进入内罗毕和蒙巴萨的基督教教会学校，但亚洲人的教育主要还是由父母负担费用，政府多少给一些资助。但“对欧洲人的教育政府给的补助很多”。除了铁路当局最初建立的内罗毕欧洲学校（1907 年由政府接管）外，政府 1911 年在纳库鲁建立了小学，1915 年在埃尔多雷特建立了小学。到 1918 年，为欧洲儿童建立的学校共有 3 所寄宿制学校和 1 所走读学校。由于政府的支持，“欧洲学校在物质设施和师资上都更先进”。一些传教士团体也为欧洲儿童提供教育。

学校教育制度的引入对非洲人而言面临的最大问题是如何使其适应自己的需要。“传教士和殖民当局都没有真正尝试把非洲教育与非洲问题和非洲文化传统联系起来。”[②]

---

① Bogonko, S. N., *A history of modern education in Kenya* (1985 ~ 1991). Nairobi: Evans Brothers Kenya Limited. 1992. pp. 21 – 23.

② Eshiwani, George S., *Education in Kenya Since Independence.* Nairobi: East African Educational Publisher. p. 15.

值得一提的是，在1920年前，有几位非洲人开始在肯尼亚建立独立于殖民政府和教会的学校。

三、两次世界大战之间的教育（1919～1939年）

在20世纪20年代，殖民政府开始较多地直接为肯尼亚本地人开办学校。根据1918年教育委员会的建议，殖民政府为肯尼亚人的教育提供经济援助，有时候也提供土地。当然，对这些学校，教会提供教师、建筑物以及若干经费。[①] 但值得注意的是，这一时期大多数当地人的教育仍由罗马天主教和新教传教士团体主办。在第一次世界大战结束到第二次世界大战爆发之间，肯尼亚人的教育仍然与传教士的工作密不可分。

与为欧洲人和印度人提供的教育不同，为肯尼亚黑人提供的教育，其“性质长时期没有明确”。教会学校所提供的主要是所谓的实业教育，但他们培养的肯尼亚手艺人总不如亚洲手艺人，“只能干些粗活”。因此这种教育持续受到各地官员的抱怨。教会学校提供的普通文化教育同样是粗浅、有限的。二三十年代的殖民地官员抱怨教会学校的学生“在殖民当局政府机构中不能胜任办事员和会计的工作”。各地教会学校的毕业生在申请办事员和会计之类的工作时被发现仍然是“半文盲”。原因之一是绝大多数教会学校并未提供超过3年级或4年级的教育。它们被称为乡村学校，提供非常少的世俗教育。1931年统计显示，肯尼亚有2266所教会学校，其中绝大多数是乡村学校，只有32所被发展成为中心学校。1935年只有45所学校提供的教育达到小学毕业水平。乡村学校从20世纪30年代初开始提供小学6年级课程，但真正能做到的学校数量很少。6年级课程提供预备性的普

---

① Eshiwani, George S., *Education in Kenya Since Independence.* Nairobi: East African Educational Publisher. p. 16.

通知识教育（学生可升入教师培训课程的学习）；提供普通教育和职业教育（其技术性日益明确）相结合的课程，侧重学习职业技术课程的学生可升入土著实业培训营（Native Industrial Training Depot，NITD）两年制课程的学习，侧重学习普通文化课程的学生可升入中学。但在20世纪30年代的肯尼亚，中学是最稀缺的东西。1927～1929年三年中初级中学入学考试的申请者分别只有41人、35人和40人，而且只有11人、13人和15人通过了考试。1928年第一批高中入学考试申请者中只有5个人通过了考试。30年代的情况变化不大。1936年非裔学生在不同教育阶段的比例是：初级小学96.77%，高级小学3.05%，中学0.18%。[①] 教会学校教学质量差的另一个原因是缺乏受过适当培训的教师。教会学校的教师有许多是半文盲兼传教士。当时从事教师的职业前景并不光明，因为缺乏住房，薪水不足而且没有保障。传教士中也没有专业上合格的人投身于教学、教师培训和学校管理。第三个原因即缺乏监督。教师们工作量太大，而且主要集中在尼亚萨、中央和滨海三省。另外，教会学校不能维持其有效作用，致使它们难以获得公共资金。政府不太情愿资助这些学校。

传教士教育体制的缺点促成了面向非裔肯尼亚人学生的中学的产生。第一次世界大战后，新教使团组成一个联盟，决定建立一所联合中学来提供中等教育。这样1926年联合中学（Allience High School）建立起来。该校是第一所为肯尼亚黑人举办的中学。虽然该校提供某些方面的实业教育，但发展趋势是提供普通文化教育。学生学习为期两年的普通文化课程（其后续课程是教师培训课程、农业课程和商业课程）。另一种有关班图人研究

---

① Bogonko，S. N.，*A history of modern education in Kenya*（1985～1991）. Nairobi：Evans Brothers Kenya Limited. 1992. pp. 27－28.

的课程旨在指导学生注意欧洲人到来之前本民族的文化及西方文明对非洲的影响。在第二次世界大战前的大部分时间中，学生学完这些课程就可以参加申请初中教师证书、参加初中毕业考试。该校学习英国公学的办学模式，培养了现代肯尼亚第一批精英。该校最初从中央省的苏格兰教派使团（CSM）的学校中招生，后来很快扩大到面向肯尼亚全境的新教学生招生，甚至远及坦噶尼喀（Tanganyika，坦桑尼亚一部分）、乌干达和埃塞俄比亚的新教学生。到1929年还招进政府举办的肯尼亚黑人学校的11名男生。这些被录取的人是众多申请者中最精华的极少部分。学校课程中引入了物理学和化学。由于联合学校不招收天主教的学生，所以，联合学校一成立，罗马天主教就呼吁建立招收天主教儿童的中学。在政府的支持下，1930年在喀巴（Kabaa）成立了招收天主教学生的中学。到第二次世界大战前，上述两所中学仍是初中。不过学完这些中学的课程可参加高中入学考试，通过考试者进入马克里尔学院继续学习两年，完成中学课程，获得英国的普通教育水平证书。1940年联合学校和喀巴学校开始在当地举行普通教育水平考试。1938年和1939年另有英国教会传教士协会马塞诺学校和圣玛丽学校亚拉（Yala）分校分别开设初中课程。在1939年，肯尼亚共有227名非裔中学生。但到1935年为止，在肯尼亚人口很少的欧洲殖民者却有由殖民政府举办的5所中学，果阿人[①]也是很小的少数民族，举办了4所政府资助的中学。这些学校的学生大多达到学校证书水平（School Certificate Level），而威尔士王子学校（后改为内罗毕学校）的学生则达到高级学校证书水平。

可以看出，肯尼亚教育在这一段时间中有明显的种族差异，实际上也是阶级差异。统治者子女接受文化教育，而被统治者接

① 果阿，Goan，印度西南部一地区。

受的是实业教育。

如果说高级小学和中学教育的发展让位于初级小学教育的发展，那么，教师教育的步伐更慢。“缺乏合格教师是肯尼亚教育体制中长期面临的一个主要问题。”这在当今也未解决。但相比政府而言，宗教使团更早更有力地采取了措施以改善这种情况。传教士所进行的教师教育可追溯到 19 世纪中期。那时，被解放的自由奴被允许到印度 Nasik 的 Sharnpur。Sharnpur 是由英国教会传教士协会（CMS）威廉·S. 普林斯建立起来的，在 1860 年大多数获得自由的非洲奴隶被安置到那里，以接受各种培训课程，包括教师教育。当这些人在 19 世纪 70 年代回到肯尼亚时，他们成为促进基督教和教育的先锋。这些“孟买非洲人”以其英语和斯瓦希里语知识影响了一代人，但他们的工作主要局限于肯尼亚沿海地区。

随着基督教传播和殖民统治的深入，对教师的要求日益强烈。传教士最初将教会学校中较好的学生派出去作为教师兼传教士。他们平时从事教学，在学校节假日则到传教士使团总站接受培训。除了博克斯顿中学（the Buxton High School）提供相当好的教师教育外，“20 世纪 20 年代中期以前的肯尼亚教师培训大多是在职培训。但到 30 年代，每个传教士使团都在一个或更多的总站设有教师培训机构。1931 年 15 个教师培训机构中，12 个由宗教使团举办，其余的由政府举办。1933 年、1935 年和 1937 年宗教使团管理的教师培训中心数量分别达到 14 个、32 个和 33 个。”① 不过，由于缺乏经费，大多数小的宗教使团的教会学校使用没有接受过培训的部分时间制导生（pupil teachers）。

---

① Bogonko, S. N., *A history of modern education in Kenya* (1985 ~ 1991). Nairobi: Evans Brothers Kenya Limited. 1992. pp. 29 - 31.

表 1－1　　非洲教师证书考试结果（1935 年）

教师证书种类	考试人数	考试合格人数
初级小学教师证书	139	60
中高级小学教师证书	134	36
高级小学教师证书	19	1
合　计	292	97

资料来源：Bogonko，S. N.，*A history of modern education in Kenya*（1985～1991）. Nairobi：Evans Brothers Kenya Limited. 1992. p. 32.

喀巴学校和联合中学的教师培训课程通向初中教师资格证书，其他教师培训机构提供初级小学教师证书或中高级小学教师证书或高级小学教师证书课程。其中，初级小学教师证书是对最低级学校的教师提出的要求。中高级小学教师证书需要完成完整的高级小学课程外加一些教师培训课程；这一时期非洲大多数教师持的是这种证书。高级小学教师证书需要接受两年的中等教育和适当的教师培训。到 1935 年，所有宗教使团正在培养的教师有 450 位，但成绩很差。该年的非洲教师证书考试结果证明了这一点：292 位申请者中，只有 19 位申请高级小学教师证书考试，而且结果只有 1 位通过了考试。参见表 1－1。

所以，当时肯尼亚教师的资格水平普遍偏低。殖民政府开始意识到太多的小培训机构不适于控制和管理，需要有专门人员、服务于专一目的的、数量较少但规模较大的中心培训机构来培养小学教师。当然，宗教使团开展的教师教育的问题，也有政府的责任。直到 1936 年，政府才第一次拨 3758 英镑的专款给各使团，帮助他们建立培训中高级小学教师的中心机构。政府的教师教育机构加强了宗教使团的教师培养。不过严格意义上的教师培训学院是在第二次世界大战之后建立的。[1]

关于政府在教育中的作用，除了前述的政府专项拨款和政府举办自己的学校外，政府对使团学校的监督、指导和资助也直接推动了使团学校的进步。

从表 1－2 可以看出，受政府资助的使团学校的数量及其占使团学校总数的比例都在逐渐增加，但到 1938 年这一比例仍然不到三分之一。不过，未受公款补助的那些学校主要是低于小学水平的学校，而且宗教教育色彩浓厚。而初小和高小水平的学校受助比例较高。例如，1935 年在 45 所使团高级小学中有 41 所接受政府资助；500 所使团初级小学中有 215 所受政府资助。

表 1－2　　1932～1938 年殖民政府资助的使团学校

年份	总数	公款补助学校数	公款补助学校比例（%）
1932	1264	218	17
1934	1374	291	21
1936	1437	373	26
1938	1398	391	28

资料来源：Bogonko, S. N., *A history of modern education in Kenya* (1985～1991). Nairobi: Evans Brothers Kenya Limited. 1992. p. 34.

殖民地政府除了支持教会学校的教师培训外，也举办政府学校的教师培训。根据 1919 年《东非保护地教育委员会报告》和 1924 年《费尔普斯—斯托克委员会报告》的建议，殖民地政府应该帮助培训教师以便改善政府举办的肯尼亚黑人教育的质量。这样，肯尼亚殖民政府的第一个教师培训中心 1925 年在卡比特

① Bogonko, S. N., *A history of modern education in Kenya* (1985 ～ 1991). Nairobi: Evans Brothers Kenya Limited. 1992. p. 33.

(Kabete) 建立起来，并被称为珍妮学校 (Jeanes School)[①]。该校从一开始就采用美国所采用的培训美国黑人教师的珍妮方法，来培训整个殖民地乡村学校的教师和管理者。事实上，该校培养的教师基本上成为乡村学校的管理者和社区事务的领袖。“在整个20世纪30年代，肯尼亚每年平均有3所政府举办的教师培训机构”，其中珍妮学校是自始至终存在的。“政府举办的教师培训机构的受训教师，占肯尼亚全部教师培训机构受训教师人数的16%”。

1919年《东非保护地教育委员会报告》中还提到把白人殖民者培养成殖民地的领袖，提到义务教育延伸到白人以外的所有种族但不包括肯尼亚黑人。遗憾的是政府都照办了。1924年有4个事件对肯尼亚教育影响较大。一是费尔普斯－斯托克委员会到访肯尼亚；二是通过了第一个《教育令》 (Education Ordinance)；三是任命了各殖民地的“殖民地教育咨询委员会”；四是任命了非洲教育咨询中心委员会 (CACAE)。这些委员会和法令都强调实业教育课程对肯尼亚黑人的重要性，强调大众 (肯尼亚黑人) 的教育与其统治者 (欧洲人) 的教育的区别，强调欧洲人必须接受智育以便他们能进行领导和统治，还强调政府和宗教使团的合作。

《教育令》规定，每个行政区都应该有一个区教育委员会，以便视察中心学校和乡村学校的效能。1924年底，各个学区委员会 (School Area Committees, SACs) 建立起来，各委员会的成员包括政府官员、白人定居者、传教士和肯尼亚黑人。委员会的

① 珍妮学校是在美国珍妮基金会资助下创立的帮助乡村黑人培训教师的学校。该类学校除了在美国本土设立外，还在非洲设立。肯尼亚的第一所珍妮学校创立于1925年。——T. G. Benson. The Jeanses School and the Education of the East African Native. *Journal of the Royal africanSociety*, Vol. 35, No. 141 (Oct., 1936), pp. 418－431.

工作是受理新校址申请，确保来自中央和地方政府的资源，促进各学区学校的良好运作。1931 年修订的《教育令》规定，建立咨询委员会、学区委员会和学校委员会，分别举办和管理不同层次的教育；还规定了中等学校教师报酬，把小学教师资格分为珍妮学校教师证书、高级小学教师证书、中高级小学教师证书和初级小学教师证书。

由于 SACs 在财务管理和普通学校管理方面的低效，1934 年它被学区教育委员会（District Education Boards，DEBs）取代。DEBs 的职能较多，包括管理初级小学以下的学校和初级小学，并负责给它们分配和管理资助金；受理新建学校的申请，分配中学生奖学金，决定和评估教师工资额度，负责课程更新，监督非洲地区教育的总的进步。值得指出的是，DEBs 的成员主要是肯尼亚黑人。但每个 DEBs 成员中，肯尼亚黑人不超过 6 人；而且在每个学区中从学校和政府的管理者中提名 DEBs 成员的名额不超过 4 人。DEBs 同当地人委员会（Local Native Councils）等其他类似组织一起，比较迅速地推动了肯尼亚黑人教育的发展，在 20 世纪 30 年代的后半期，他们的学校开始胜过传教士管理的学校——肯尼亚黑人要求建立更多的由本地人管理的学校；直到肯尼亚独立，这种要求不绝于耳，其原因是这些学校给肯尼亚黑人更多的普通文化教育。①

总之，在两次世界大战之间，殖民政府开始和宗教使团各自和合作兴办教育。但基督教使团学校在数量上占多数；而政府学校在效率上更胜一筹。这一时期中等教育只限于两所学校，而且只限于初中水平。政府通过法令的颁布，通过各种委员会的建立，较大地改善了肯尼亚殖民地教育的质量。

---

① Bogonko, S. N., *A history of modern education in Kenya* (1985 ~ 1991). Nairobi: Evans Brothers Kenya Limited. 1992. pp. 38 – 40.

四、1945～1952年的肯尼亚教育

1939～1945年也就是第二次世界大战期间，肯尼亚宗主国英国主要关心如何战胜德意日轴心国；由于意大利威胁要从索马里入侵进来，肯尼亚殖民地把主要注意力放在加强经济发展和军事防御，把教育等其他事务搁置起来了。而且许多欧洲传教士和非洲教师被征召入伍，服兵役。

但随着战争中殖民地和宗主国不再对抗，立法委员会（the Legislative Council）的活动得到恢复，以前由于镇压而转入地下的政治活动此时又活跃起来了。“战争的结果还形成了一些因素使非洲政治和教育走向1963年的独立。”非洲士兵在埃及、埃塞俄比亚、中东和东南亚的工作，使肯尼亚人接触到与他们一样面临殖民地问题的不同的人民。肯尼亚人带回了一些新的思想和意识；他们的视野大大扩展；一些人当上了低级军官。“非洲士兵明白了没有人应该永远接受别人的统治，还了解到教育和智慧的力量。这样，回肯尼亚后，他们渴望为他们的子女提供更好、更多、更高级的教育。这些促进了非洲民族主义和非洲人教育扩展运动的出现”。[①] 由于更多的产品卖给大量的军队，由于战争期间非洲人参与的其他贸易活动，也由于士兵从前线带回来的退伍金，非洲人有更多的机会获得报酬了。他们中许多人把这些钱投资给子女的教育，希望通过西方的教育使子女接近政治权利，在同样的外部考试中与亚洲人和欧洲人的子女竞争，在本国成为一等公民。许多父母把教育孩子视为对他们自己老年的一种投资。第二次世界大战也“增强了世界人民反对殖民主义的观点”，进而促进了殖民地人民的自决原则。而殖民地获得自由和维持独立需要更多更好的各级教育。1945年第二次世界大战结束后，英

① Bogonko, S. N., *A history of modern education in Kenya* (1985 ~ 1991). Nairobi: Evans Brothers Kenya Limited. 1992. p. 58.

国关于肯尼亚殖民地教育的政策，不再仅仅由英国政府决定。考虑非洲教育未来计划时，国际社会、英国自由主义者以及非洲人表达的观点都被严肃地予以考虑。就20世纪50年代的肯尼亚而言，就像许多殖民地一样，独立是在所难免的；这时的教育就是“为即将独立的国家培养接掌国家各种职位的能负责的肯尼亚人”。

肯尼亚在战后到独立期间的学制与战前一样，即：初小4年（从低于A年级[①]到小学2年级），高小4年（小学3～6年级），初中2年（中学1～2年级），高中4年（中学3～6年级）。1952年由于殖民政府执行比彻教育委员会报告（the Beecher Education Commission Report），上述学制变成初等教育、中间教育和中等教育各4年，该学制一直执行到独立之前。

在1945年，肯尼亚初等小学得到扩展，2000所学校培养在校生20多万。不过其中一半学生是A年级以下程度，而且低年级人数太多，拥挤不堪。同年，只有1107位同学申请高等小学毕业考试。而中学只有两所（联合中学和天主教中学）能满足剑桥学校证书（Cambridge School Certificate）水平考试的要求，其余只提供初中教学。此外，当时学校特别强调农业教育。学校有小型混合农场，学生在学校农场学习种植，学校还强调土壤肥力、轮作、土壤侵蚀等方面的教学。女子教育方面，1945年有29所接受政府资助的女子学校，离社会对女子学校的需求有很大差距。上述1107位申请小学毕业考试的学生中只有65位女生，只有55位女生通过考试，而且其中又只有7位女生达到中学入学要求。

至于高等教育，这一时期，在肯尼亚本土还没有，但1945年有14位肯尼亚新生到乌干达的马克里尔学院学习，使该学院的肯尼亚学生达到42人。

---

① sub-Standard A.

1944年成立的肯尼亚非洲人联盟（KAU）提出政府应该与文盲作斗争，应该给非洲儿童提供义务的或免费的教育。当地人委员会（LNCs）甚至提出为5～16岁的所有肯尼亚儿童提供义务教育的建议，还为马克里尔学院的肯尼亚学生争取政府的资助，为更多的肯尼亚学生到海外留学争取平等机会。当地人委员会还提出将马克里尔学院升格为大学。不过殖民政府只是部分满足了肯尼亚黑人的教育要求。关于义务教育，政府的回答是"没有钱"，或"没有适当的合格教师"，甚至说"没有充分合格的学生"。政府的政策是集中财力办少数较好的学校，而不是比较均衡地照顾到各个省的教育。政府只是考虑教育满足殖民地经济的需要而不是非洲的政治和社会发展的需要。

1948年政府发布了战后第一个计划《非洲教育发展十年规划》。该计划为了控制浪费，按合格教师数量的比例给学校提供资助，而不是依据一个地区或一个省的学校数量给予资助。该计划未重视中等教育的发展，只是计划在十年内将提供普通教育水平（"O" level）课程的学校从2所提高到16所。1948年只有2所政府高中，4所教会高中，51所初中。高中里只有联合中学和圣灵学园为学生提供普通教育水平考试课程。该计划未对高等教育进行规定；也没有对肯尼亚人的义务教育提供补贴。政府由于缺乏学校、教师和资金而未打算给肯尼亚黑人儿童提供义务教育。①

1949年的《比彻教育委员会报告》取代十年规划作为肯尼亚教育的行动指南。成立该委员会是为了调查非洲教育的规模、内容、方法、财政投入及非洲教师的工资。委员们发现教育系统不协调，没有得到适当的管理、检查和控制；高级小学的发展未

① Bogonko, S. N., *A history of modern education in Kenya* (1985 ~ 1991). Nairobi: Evans Brothers Kenya Limited. 1992. pp. 59 – 62.

受控制，影响教学质量，进而影响到中等教育；训练有素的教师数量在减少。1948 年有 2748 名受过训练的教师，未受训练的是 2852 人。他们还发现，本地培养的最高级别的教师，是在政府教师培训中心（the Government Teacher Training Center）培养并通过 KASSE（肯尼亚非洲人中等教育考试）的二级教师（T2）。不过，他们的数量很少。1944 ~ 1948 年 5 年中，每年分别新产生 8 ~ 30 名 T2 教师。1944 年开始，整个肯尼亚殖民地只有这一个中心培养 T2 教师。得到培养的教师中数量较多的是 T4 教师（接受 6 年小学教育和 1 年的教师培训），其次是 T3 教师（通过 KAPE[①] 考试并接受过两年培训的教师）。1944 ~ 1948 年每年新产生的 T4 教师人数在 215 ~ 346 人之间，T3 教师分别是 43 ~ 165 人之间。1949 年肯尼亚有 15 个 T3 教师培训中心，22 个 T4 教师培训中心。小学教师主要是 T3 教师。T4 教师主要教小学低年级学生，T2 教师教初中学生或小学高年级学生。比彻报告主张扩大和改善教师培训机构，以改善教师素质，用训练有素的教师取代未经培训的教师。因为肯尼亚当时还不能独立扩大马克里尔学院的 T1（即马克里尔教育文凭）培养机构，比彻委员会建议在肯尼亚当地的培训机构培养 KT1 教师（肯尼亚一级教师）。KT1 教师资格授予成功完成两年教师培训课程学习的“O”级证书持有者。不过，比彻教育委员会未触及教育的种族隔离，也未满足肯尼亚黑人普及初等教育的要求。比彻建议重新建构学校教育制度，即小学 4 年，中间学校 4 年，中学 4 年。报告提出到 1957 年高中新设 16 所。除了提到希望扩大马克里尔学院外，比彻委员会未涉及肯尼亚黑人高等教育。[②]

---

① KAPE 即 Kenya African Preliminary Examination，即肯尼亚非洲人预考。

② Bogonko, S. N., *A history of modern education in Kenya* (1985 ~ 1991). Nairobi: Evans Brothers Kenya Limited. 1992. pp. 62 – 63.

比彻委员会报告遭到肯尼亚黑人的激烈反对。肯尼亚非洲人联盟、肯尼亚立法委员会中的黑人成员、当地人委员会的一些成员反对该报告仍然将肯尼亚黑人置于受压迫者地位。另外，白人和印度人儿童的小学教育学制 7 年，而报告唯独将肯尼亚黑人的小学学制降低到 4 年，常常会使这些过早离开学校的儿童重新变成文盲；在该报告的学制变革中，肯尼亚教师的责任和能力未得到足够的重视；报告没有考虑为肯尼亚学生提供更多的高等教育机构；还取消了独立学校进一步开放的机会。这些对肯尼亚人来说是难以接受的。当初，为了保证从正式教育中受益，非洲人发起了独立学校（independent schools）运动。这种学校是“为非洲人的”，也是“由非洲人举办的”。它们为非洲人提供普通基础教育，使非洲文化融入基督教教义。该运动始于 1910 年的尼安萨省，从 20 年代起活跃于中央省。1939 年这种教育的自给自足达到高潮，表现为 Githunguri 教师学院建立起来，为独立学校和肯尼亚境内所有非洲人学校培养教师。这是一所全国性的培训学院。虽然该学院于 1952 年被殖民当局关闭，而且独立学校受到欧洲人的反对和批评，但非洲人学校运动日益壮大，以致到 1952 年已有大约 400 所独立学校。独立学校的发展超越了教育本身的意义，被赋予很多种族的、政治的、文化的意义。这场运动有重要影响。它表达了非洲人对殖民教育的不满，也体现了“非洲人能够自我组织起来以达到社会—经济和政治的独立”。①

尽管遭到很多批评，比彻报告还是获得了肯尼亚立法委员会的通过，并在 1952 年开始执行。而且该报告成为后来肯尼亚中等学校发展的主要支持力量。中等学校从报告发表时的 6 所发展

---

① Eshiwani, George S., *Education in Kenya Since Independence.* Nairobi: East African Educational Publisher. pp. 17 – 18.

到1960年的32所，10年间以77.8%的速度增长；这使更多的肯尼亚人能通过普通水平（“O”级）考试，进而获得在当地或海外接受高等教育的机会。

不过，总的说来，1945～1952年间，肯尼亚学生辍学率较高，坚持到小学毕业（6年级）的人数很少。1951年进入小学1年级的学生中只有三分之一完成了五年教育，只有五分之一完成了六年教育。辍学的学生中很多没有得到必要的识字和计算能力，许多回复到文盲状态。他们辍学的原因，一是学费高——在没有资助的学校，学费是每年2.5肯先令；二是非洲人仍然对教育普遍缺乏兴趣，对现代教育的用处心存怀疑；其他原因包括学校离住所的距离远，家务，定期收割庄稼，宗派对立，缺乏教材等。考试对辍学也有较大影响。在1948年，肯尼亚只有6983位学生参加PSE（the Primary School Examination，初等教育毕业考试），只有2204位参加KAPE（肯尼亚非洲人预考），194人参加KASSE（肯尼亚非洲人中等教育毕业考试），39人参加“O”级考试。虽然1949年有144所中学，但其中131所是初中，只有10所是高中能为学生参加KASSE做准备（其中只有3所高中能为学生参加“O”级考试提供训练）。1951年只有5所中学提供完全中学课程，为学生提供剑桥学校证书（CSC，Cambridge School Certificate）水平的教育。20世纪末期，政府中学没有任何毕业生参加CSC考试。直到1950年才有第一所提供“O”级水平课程的女子中学，即基库尤非洲女子中学。但到1952年，政府在整个殖民地没有为非洲人办任何女子中学。

值得指出的是，参加CSC考试的人中，非洲人通过率很高。1949年考试结果显示，通过率为98%。61位参加这一考试的肯尼亚非洲人中有60位获得通过，其中55位同时通过马克里尔学院入学考试进而接受高等教育。1950年79位来自东非和中非的马克里尔学院新生中，有34位来自肯尼亚。[①]

1945~1952年的教育财政没有什么变化，而且缺乏T2和T3教师。殖民政府从来没有满足过殖民地对各级教师的需要。殖民政府仍然相信技术教育的功效，在所有小学都开设有农业和木工课程。在小学高年级阶段，设有技术学校和职业学校。

五、1952~1963年的肯尼亚教育[②]

根据比彻报告建立的学制，4年的初等学校教育后，通过CEE（Competitive Entrance Examination，竞争性入学考试）者进入5年级即中间学校学习；中间学校学生通过2年的学习，通过KAPE者，进入中等学校学习。中间学校课程除了英语和数学外，还有为男女生开设的农业等职业技术课程和为女生开的持家课程，一方面为学生升学做准备，另一方面为学生成为熟练劳动力做准备。相应地要求他们的教师具备农业、手艺、持家等相关科目的知识。

在执行比彻报告的过程中，殖民政府意识到教育管理的重要性，为此成立了5个教育行政区，并任命省级教育官员、区级教育官员和教育监督工作组组长，让其监督和组织小学和中间学校的运作。1952年在区一级有16个教育行政机关，其中有3位肯尼亚本地人被任命为区教育长官。这一时期，殖民当局教育部门的工作重点是改善教育质量而不是增加教育数量；改善教师培养的质量，更密切地监督小学和中间学校。为此，1955年成立肯尼亚督导团。

---

① Bogonko, S. N. , *A history of modern education in Kenya* (1985 ~ 1991). Nairobi: Evans Brothers Kenya Limited. 1992. pp. 64 – 67.

② Bogonko, S. N. , *A history of modern education in Kenya* (1985 ~ 1991). Nairobi: Evans Brothers Kenya Limited. 1992. pp. 67 – 74.

殖民政府主张扩大中等教育，减少辍学率。从1955年开始，让每年参加CSC考试的中学生达到大约400名；废除CEE或增加中间学校的数量，使学生小学毕业后直接接受中间学校的教育。教育部的另一个工作重点是废除KASSE，以便中学生在中学学习4年完整的课程。这一政策在1955年开始实施。

这一时期，殖民政府根据1956/1957年第77号文件，将教育经费分配为：欧洲人19%，亚洲人28%，非洲人53%，但当时这三种人占肯尼亚总人口的比例分别为1%，3%和96%。关于教学语言方面的政策，直到1961年，肯尼亚小学用本国语（斯瓦希里语）教学，在3年级引入英语科目，但英语成为中间学校及中学、大学的教学语言，也是KAPE的试卷语言，斯瓦希里语在中间学校仍然作为一个科目来教学，以便让它在中学作为第二语言。高等教育方面，除了马克里尔学院外，1951年在内罗毕成立东非皇家技术学院，1956年开始招生。不过，在这一时期，由于被指牵涉矛矛党人（the Mau Mau）[①] 自由运动，自从20世纪20年代以来在教育上填补了巨大空白的非洲人自治学校有许多被关闭。1952年，158所自治学校中有33所被关闭。一些教师因为参加殖民主义者所称的“颠覆活动”而被关进监狱。到1954年，35位教师被杀害，一些教师受伤，133位教师被拘留。许多学校被夷为平地。

总体而言，这一时期受公款补助的初等学校和中间学校都有较大的发展。1953年有1839所受公款补助的小学，但一年后急速升至2130所。中间学校的这两组数字分别是308所和350所。1955年，有2247所接受公款补助的小学。同年，小学在校生达到344538人，中间学校在校生达到48341人。1959年小学1年级和2年级的辍学率下降到13%。不过中间学校快速发展而没

① 肯尼亚1951年出现的反对英国殖民统治的爱国武装组织。

有相应增加教师培训，引起 KAPE 水平的下降。1954 年，6115 名 KAPE 的应试者只有 2724 名通过考试。20 世纪 50 年代，斯里巴（Siriba）和卡古莫（Kagumo）教师培训学院是培养 KT1 和 KT2 教师的唯一的两所学院。

这一时期另外一个影响到独立后肯尼亚教育的问题，是教育中的种族歧视。20 世纪 50 年代，肯尼亚的欧裔和亚裔 7～15 岁儿童都接受义务教育，但非裔儿童没有。虽然两者预考分开，但前者小学教育有 7 年，后者只有 4 年。后者在预考前还得另外在中间学校学习 4 年而不是 3 年。欧裔肯尼亚人预考（KEPE）和亚裔肯尼亚人预考（KAPE）是中等教育的入学资格考试，而肯尼亚黑人预考是毕业离校考试。整个 50 年代和 60 年代初，未被中学录取的中间学校毕业生往往参加教师、医生、兽医和农业等培训机构的学习。这样，1954 年只有 13.6% 的肯尼亚黑人适龄学生升入中学，1955 年该数字为 20%。就是说中间学校辍学率很高。

这一时期多元种族融合教育的情况很少。到 20 世纪 50 年代中期，基础教育阶段只有两所学校对所有种族的儿童开放。其中一所学校 1955 年有欧裔儿童 6 人，亚裔儿童 18 人，非裔儿童 6 人。高等教育阶段，则有皇家技术学院、肯尼亚多科技术学院和穆斯林教育学院（蒙巴萨）接受来自各种族的学生。但欧裔人不太愿意进入这类高等学校，而合格的非裔学生又比较少。直到独立前夕，专为欧洲人开办的学校才允许非洲人和其他种族的人加入；这还是因为一个黑人政府即将诞生，许多欧洲人离开肯尼亚，之前的欧洲人学校留下很多空余学额。但这些学校学费很高，一般非洲人是交纳不起的。

在非洲民族主义运动和国际反对殖民主义的浪潮中，在肯尼亚立法机构非裔代表提出的肯尼亚社会各方面公平的诉求中，这一时期肯尼亚的中等教育和高等教育的发展令人印象深刻。比彻报告计划到1957年建立16所非洲人中学，但到1954年已有14所男子中学和2所女子中学。而且这些中学都是完全中学，能为学生提供满足CSC考试需要的教育。1954年受公款补助的中学有76个班级。1956年，为肯尼亚黑人举办的中等学校中，有13所为政府举办、10所受公款补助、2所为私人举办。到1959年有27所中学，1960年有32所，1962年迅速增加到50所。参加CSC考试的学生在1958年为625人，1962年则增加到1366人，而且他们的通过率显著高于亚裔、欧裔考生。获得CSC的人数由1958年的491人上升到1963年的1528人。这一时期为中间学校毕业生提供的技术教育仍然存在。斯里巴学院开始培养KT1教师。马克里尔学院的情况同上一阶段。皇家技术学院主要为学生提供建筑、商业和工程学的职业证书水平的教育。

这一时期还值得一提的是建立了英语媒体研究机构，旨在探索如何从小学一年级起将英语作为教学语言。1957年这一思想首先在亚裔学校得到成功贯彻，1962年又同样成功地在肯尼亚黑人学校得到推行。学习是以儿童为中心的，但学校让儿童用西方的方式思考，无疑导致儿童在文化和心理上对肯尼亚的疏离。

肯尼亚黑人除了要求在各级教育特别是中等和高等教育中有更多的学额之外，他们还要求教育用独立心理取代殖民地心理，为肯尼亚独立做准备；要求教育珍惜非洲文化、非洲历史和非洲人。这些要求加上意识到肯尼亚即将独立，迫使英帝国和殖民政府改革非洲教育。一个又一个委员会被建立起来对教育进行评估。根据其中的洛克伍德（Lockwood）报告，1961年皇家技术学院升格为一所大学学院。另有报告提出教育中采用适合非洲需要的内容，到1980年实现普及初等教育并为此立即发展教师教育。

第二节 肯尼亚现代学校教育制度的改革和发展

学制变革在大多数国家似乎不再是热点问题，但在肯尼亚却不然。肯尼亚现代学制的形成和演变过程，集中反映了肯尼亚教育从殖民地教育走向教育自决进而走向自我完善的历程。在这种学制的变革中，肯尼亚教育取得了很大的发展，同时也逐渐暴露出变革中的问题。讨论这些问题，不仅有助于认清肯尼亚教育变革的方向，也有助于认识变革过程的运作规律，具有普适意义。

一、肯尼亚现代学制的形成和演变

肯尼亚现代教育是在西方传教士传教于肯尼亚以及教会向教民传授一些基本的现代劳动技能的基础上形成的。这种早期教育活动于19世纪中期，最先出现在肯尼亚沿海地区，19世纪末逐渐传到内陆。到1910年，肯尼亚境内有35所教会学校。此后，各类学校逐渐增多。在殖民地时期，肯尼亚人和其他非洲人一样，经历了严重的经济、政治、社会和学术歧视。教育制度在性质上既是分层性的，也是隔离性的；教育走的是种族主义路线。这种制度没有把非洲教育与非洲的问题和非洲文化传统联系起来，是剥削非洲劳动和资源的体制，缺乏服务于整个国家的综合的、整合的计划，不利于肯尼亚人的发展。1963年肯尼亚的独立被视为肯尼亚人民获得发展的巨大转机。独立后肯尼亚教育面临的主要问题之一是“建立一种适合肯尼亚需要的教育体制”。肯尼亚政府必须迅速采取行动，制定新的教育政策和策略，以满足个体和全国的需要。①

肯尼亚独立后第一个考察国家教育问题并提出相应建议的教育委员会是奥民德委员会（Ominde Commission）。其 1964 年的报告带来了肯尼亚教育领域的重大变革，包括采用 7 - 4 - 2 - 3 学制——初等教育 7 年，初中教育 4 年，高中教育 2 年，大学教育 3 年；还包括历史、地理等学科的内容的变化，以便确立国家身份，废除初等教育中的职业技术教育。1963 年独立时参加中学入学考试性的“肯尼亚预考”（KPE）人数为 62000 人，3 年后迅速增加到 133000 人。肯尼亚独立后的新政府在 3 年内做到了殖民政府在 70 年中未做到的事情。

然而，7 - 4 - 2 - 3 制的问题逐渐暴露出来。受到强烈批评的方面主要有：（1）高度学术化，轻视就业任务。中小学所设立的教学科目有严重的理智主义倾向，缺乏对适应性技能的培养，这样毕业生不适合直接就业。日益增多的初等和中等学校学生毕业后找不到工作。（2）在教育中鼓励精英主义和个人主义态度，而这种态度不适合非洲社会背景。（3）对肯尼亚个体和劳动市场在新技能、新技术和劳动态度方面的需求变化缺少灵活反应的能力。1982/1983 年总统任命的失业委员会指出，导致失业的因素之一是学校所提供的教育的类型和质量。肯尼亚议会下设的失业委员会指出要紧急进行课程的改革：解决失业问题的根本将在于改革国家教育系统中课程的内容和范围。目前的课程过于倾向学术。学校毕业生不能应用他们所学知识从事农业或簿记、石匠、木匠和细木工之类的其他工作。因此，学校课程应予以修订，以便增加实践内容。应该在初等和中等学校中安排关于农业和实际技能的教学。国际劳工组织也呼吁

① Eshiwani, George. S., *Education in Kenya Since Independence*. Nairobi: East African Educational Publishers. 1993. pp. 15 - 18.

改革学制（包括增加课程中的技术和职业教育内容）以便减少失业。

在这种背景下，旨在开发学生就业或创业潜力的8－4－4学制（即初等教育8年，中等教育4年，高等教育4年）受到青睐。1976年的迦特奇报告（the Gathachi Report）和麦凯报告（the Mackey Report）促成了7－4－2－3学制向8－4－4学制的转变。迦特奇报告极力提请注意学生离开学校后失业率的上升问题，建议重构教育系统的课程，以便有更多的科学、数学和科技科目可以按能力分组（streams）教学。麦凯报告促使初等教育学习年限得以延长（从7年增至8年），从而也促成技术和职业教育科目（如初等学校中实践科目）的引入。这两个委员会的报告都强调，在肯尼亚整个教育系统中（从初等教育到高等教育）都要整合技术和职业教育。

这样，肯尼亚自1985年开始实行了现行的8－4－4学制。教育部指出："设计8－4－4学制旨在鼓励学生变得更自立，把他们更好地导向自我雇用。它包含相当广泛的中等和初等教育课程，除了传统的通向学术科目的课程外，还十分强调实践科目的课程。商业教育被引入小学高年级以鼓励自我雇用。"①

不过，与此同时，肯尼亚还有一些国际学校采用美式、英式、法式、德式、日式和瑞士式学制。此外，还有特殊教育和成人教育。在特殊教育方面，政府一般采取和非政府组织合作的方式，加强对残疾人的教育和技能培训。肯雅塔大学还设有特殊教育系，培养特殊教育的师资和研究人员。肯尼亚文化、性别和社会服务部设有成人教育司，指导成人扫盲和教育活动。这样，肯

① Andrew makori, "The Kenya's Educational Policy: Exploring some of the Major Impediments to Redesigning Pedagogy", A paper presented at the International conference (30th May to 1 June 2005: Nanyang Technological University, Singapore).

尼亚形成了新的教育体系。

二、肯尼亚现行学校教育制度及教育发展现状

截至2004年，肯尼亚学前教育机构2.93万所；小学1.99万所（其中公立小学占90%，但私立小学数量增长较快，在2000~2004年间增长了50.2%）；中学4022所（其中公立中学占88.3%，但私立中学数量也有较快增长，在2000~2004年间增长了37.3%）；培训学院33所，大学和独立的四年制学院23所（其中公立的占73.9%，但2000~2004年私立高教机构数增长了53.3%）。①

1. 学前教育

肯尼亚幼儿进入学前教育机构的年龄在3岁，学习期3年。肯尼亚学前儿童毛入学率在2005年达到52%，大大高于黑非洲地区14%的平均水平。②

2. 初等学校教育

在现行学制中，肯尼亚初等学校提供初等教育，学制8年；学生入学年龄6~13岁。学生毕业颁发的证书/文凭是“肯尼亚初等教育证书”（KCPE）。肯尼亚义务教育年限8年（6~13岁），2003年开始实行免费的初等教育。初等教育是大多数贫困的肯尼亚人最终的教育。设备最好的质量最高的学校是大城市中的私立学校，而乡村地区公立的、社区的学校教学质量普遍要低得多。肯尼亚的官方语言是英语和斯瓦希里语，但第一语言是当地的部落语言。而肯尼亚教育的官方语言是英语，所以部落儿童

---

① Central Bureau of Statistics. *Economic Survey* 2005, Ministry of Planning and National Development, Republic of Kenya. p. 44.

② UNESCO Institute for Statistics, “Statistics in Brief: Education in Kenya”. May, 2007. http://www.uis.unesco.org/profiles/EN/EDU/countryProfile_en.aspx?code=4040. 2007-11-20.

的教学语言是他们的第三语言。

2003 年免费初等教育政策实行后，2005 年肯尼亚初等教育毛入学率达到 112%，与 2002 年相比，提高了 18%；净入学率达到 79%，提高了 16%；与南撒哈拉地区平均水平相比，2005 年肯尼亚的毛入学率高出 15%，净入学率估计高出 9%。[①] 肯尼亚初等教育的毕业率从 2003 年的 52.0% 上升到 2004 年的 56.0%。申请肯尼亚初等教育证书（KCPE）考试的小学毕业生从 2003 年的 57 万人上升到 2004 年的 64.5 万人。[②] 2004 年在 17.64 万学历合格教师中，33.6% 有 S1/[③]文凭、核准资格、研究生水平，其余拥有 P1、P2、P3 资格（小教 1 ~ 3 级）。不合格的小学教师从 2003 年的 2306 人下降到 2004 年的 1803 人（约占小学教师总数的 1.01%）。小学教师中，女教师占 44.4%。[④]

3. 中等学校教育

肯尼亚中等学校提供中等教育，学制 4 年；中学生就学年龄 15 ~ 18 岁。肯尼亚中学的招生以标准化的 KCPE 考试为基础。成绩名列全国前 2000 名的考生进入 8 所享有声望的精英型“国立学校”。这 8 所学校招满学生后，成绩靠前的学生由各省属中学（provincial secondary schools）来录取，然后剩下的学生部分被分配到声望最低的区属中学（district schools），最后还有 25 万

① UNESCO Institute for Statistics. “Statistics in Brief: Education in Kenya”. May, 2007. http://www.uis.unesco.org/profiles/EN/EDU/countryProfile_en.aspx? code = 4040. 2007 - 11 - 20.

② Central Bureau of Statistics. *Economic Survey* 2005, Ministry of Planning and National Development, Republic of Kenya. p. 45.

③ S1：中教一级（Secondary teacher one）.

④ Central Bureau of Statistics. *Economic Survey* 2005, Ministry of Planning and National Development, Republic of Kenya. p. 46.

名 KCPE 考生不会被任何学校录取，无论他们是否通过 KCPE 考试。①

2004 年肯尼亚中学毛入学率为 22.2%②，仍然较低。但 2004 年申请参加肯尼亚中等教育证书（KCSE）（即毕业证书）考试的人数比 2003 年提高了 7.2%。KCSE 由肯尼亚全国考试委员会管理。③

4. 高等学校教育

肯尼亚管理高等教育的主要法律/法令是《大学法》（1985 年）。肯尼亚高等教育学制 4 年。入学者须持有 KCSE，并在该证书考试中达到肯尼亚高等学校最低录取分数线。肯尼亚高等教育包括高等职业技术教育、大学水平的教育、教师教育和非传统高等教育。本科一般就学年龄在 19～22 岁，学生毕业获得学士学位。肯尼亚高等学校每学年的上课时间是 10 月到次年 7 月，长假时间 8 月 1 日到 9 月 30 日。高等学校的教学语言是英语。肯尼亚各级各类高等教育具体包括：

（1）非大学水平的中等后教育（技术/职业类）。技术学院（institutes of technology）通过当地和本省发起而建立，为持有肯尼亚中等教育证书的中学毕业生提供培训，为他们提供在传媒和范围广泛的工业领域的就业能力。政府通过技术培训和技

① Andrew Bauer, Frederick Brust, Joshua Hubbert. *Expanding Private Education in Kenya: Mary Okelo and Makini Schools.* The Trustees of Columbia University in the City of New York and Corporate Africa, Ltd. 2002.

② 但根据联合国教科文组织统计院（UIS）的统计口径（将肯尼亚小学生按 6～11 岁 6 年计算而不是实际上的 6～13 岁 8 年，将中学生按 12～17 岁 6 年计算而不是实际上的 14～17 岁 4 年）肯尼亚中学毛入学率在 1999 年为 38%，2002 年为 41%，而 2005 年估计为 49%。——Education statistics: Kenya. UNICEF, Division of Policy and Planning, Strategic Information Section, February 2007. http://childinfo.org.

③ Central Bureau of Statistics. *Economic Survey* 2005, Ministry of Planning and National Development, Republic of Kenya. p. 47.

术部（Ministry of Technical Training and Technology），为这些技术学院的建立提供一些财政资助，并募集捐助。技术学院学制2~4年，课程涵盖建筑、工程、商业、纺织、农业等学科。技术培训学院提供技艺水平和文凭水平（both Craft and Diploma level）的培训。国立多科技术学院提供证书课程（Certificate course）、文凭课程（Diploma course）和高等文凭课程（Higher Diploma course）。

（2）大学水平的教育。第一阶段即学士学位阶段：从办学性质看，这一阶段的教育机构主要包括持有肯尼亚高等教育委员会（CHE）颁发的特许证的公立大学、持有特许证（完全认证）的私立大学、持有临时自治证的私立大学以及没有特许证的私立大学。大学是自治的。各大学的大学委员会（University Council）独立行使所有行政职能。大学虽然是自治的，但从教育部获得财政拨款。除了这些大学之外，在肯尼亚也有一些私立的没有特许证的高等教育机构提供学位课程。除了美国国际大学（the United States International University）外，这些提供学位课程的私立高教机构都是面向神学的。不过，根据高等教育委员会的建议及自身发展需要，这些大学的课程逐渐走向多样化。它们自行筹集经费，没有从国家得到任何资助。在内罗毕大学，持有KCSE证书的学生入学学习4年后获得"荣誉学士学位"（没有"普通"学位），包括法学和工程专业的荣誉学士学位；兽医专业学制5年，建筑学和医学专业学制6年。在肯雅塔大学，大多数学生攻读教育学士（Bachelor of Education，BEd）学位。肯尼亚的学士学位包括文学士、教育学士、理学士、技术学士、兽医学士。第二阶段即文凭与硕士学位阶段：在内罗毕大学，建筑学、人文学科、法学、商学、理学、工程学、医学和教育学的硕士学位需要在学士学位后继续学习1~3年。肯雅塔大学提供2年制的硕士学位。肯雅塔大学还提供为期1年的教育专业研究生文凭

(Postgraduate Diploma in Education)。第三阶段即博士学位阶段：持有硕士学位者需要至少2年的研究来获得哲学博士学位。肯尼亚各大学之间在校生规模很不平衡。其中内罗毕大学和肯雅塔大学的学生分别占肯尼亚大学学生总数的36%和18%。[①]

(3)教师教育。学前教育和初等/基础学校教师的培训：有20所初等学校教师学院。进入教师培训学院的学生必须持有肯尼亚中等教育证书，并完成了4年的中等教育。教师培训课程学制2年，学生学完课程后，依据其在中央举办的考试中所得成绩而获得P1、P2或P3证书。中等学校教师培训：有两种层次的中等学校教师培训。在大学，师范生学习4年获教育科学学士学位（Bed)。持有文学士、理学士或商学士学位的毕业生学习1年的教育学"研究生文凭"课程（post-graduate diploma course）可获得该文凭。两所文凭学院也提供教师培训。一种为期3年的课程通向"教育学文凭"(Diploma in Education)。肯雅塔大学是一所主要的教师培养机构，它已经开始提供在职研究生文凭学程。高等学校教师培训：还没有正式的高等学校教师岗前培训。要申请在高校工作必须持有一等或上中等荣誉学位（a first class or upper second class honours degree）以及硕士学位。

(4)非传统教育。远程高等教育：内罗毕大学提供教育科学学士的校外学位学程。行业高等教育培训：一些政府部门提供3年期文凭层次的专业培训，满足中等水平人力资源的要求。其他层次的非正式高等教育：内罗毕大学通过设在全国各地的6个中心提供校外学习机会。非学位的外部学习课程包括社区教育、继续教育、文化教程、信息和公共关系学程、领导和管理培训。这些课程的教学和考试由内罗毕大学和肯雅塔大学管理，其学位由

---

① Central Bureau of Statistics. *Economic Survey* 2005, Ministry of Planning and National Development, Republic of Kenya. p. 51.

内罗毕大学授予。①

三、现行学制面临的挑战

1985年肯尼亚开始实施的8－4－4学制，旨在促进学校毕业生的自立能力（self-reliance）。为毕业生提供广泛的就业技能，并因此增加他们的发展潜力。这场学制改革被说成是1963年独立以来肯尼亚教育制度史上一场重大教育改革。

然而，8－4－4学制从一开始就引起了全国争论，有学者甚至认为它“是独立以来肯尼亚教育中最根本的但也是最盲目的变革。它已经对肯尼亚造成了巨大灾难……在未来，人们将会持续感觉到国家为此付出的沉重代价。”有调查显示，71%的教师和80%的校长指出，8－4－4学制的实施没有为8年级离校者（初等学校毕业生）提供足够的就业技能，无法帮助他们在正式或非正式经济部门的劳动市场中获得一份工作。调查显示，80%的校长同意，缺乏技术上和职业上合格的教师以及薄弱的基础设施，限制了新的学制，使其不能达到其任何一项主要目的。8－4－4学制既没能将青年引向技术和职业生涯，也没能为他们预备适当的就业技能；90%的校长认为新学制没有取得成功。2006年11月，一些专家、学者和议员甚至建议恢复“7－4－2－3”学制。② 综合来看，新学制的问题主要体现在以下方面：

1. 新学制实施之前的准备不足。政治家在新学制推行的时间安排和资源准备方面没有向专家咨询；关于新学制的争论还受到了政府的压制。在一些必要的基础尚未建立起来、所需的设施

---

① “Kenya-Education system”. http://www.unesco.org/iau/onlinedatabases/systems_data/ke.rtf, 2006－12－04.

② Andrew makori. “The Kenya's Educational Policy: Exploring some of the Major Impediments to Redesigning Pedagogy”. A paper presented at the International conference (30th May to 1 June 2005: Nanyang Technological University, Singapore)

和资源严重不足[①]的情况下，新学制就匆匆实施了。结果，虽然新的课程允许有较多的技术和职业学科的选择，但资源和设施方面的严重短缺却限制了这种选择。此外，新课程试行过程周期很短。第一轮课程指导尚未完成就停止了，试点课程和课程辅导材料在1985年才进入全国初等学校，1986年进入全国中等学校。另外，基础教育与高等教育衔接方面也准备不足：在执行8－4－4学制之前，教师们没有适当地通过研讨会和短期课程熟悉新学制的主旨和要求；学院至少应该在新学制实施之前三年，就开始评估和调整自己的课程以适应新学制的需要；但实际情况并非如此——全国为新学制做准备的时间还不到一年。

2. 新学制实施中未能采取有力的弥补措施。面对准备不足的问题，政府未能动员地方社区提供所需设施，未能利用地方技术人员弥补职业技术师资的不足。某些问题反而更加严重，变成积重难返了。比如未受过训练的（即没有正式教学资格证的）职业技术课程的教师从1990年的70%上升到1998年的96.6%；同时，有些技术学科教师虽然受过教师学院的培训，但没有受过技术学科的教学培训。某些传统观念的消极影响长期未得到有效遏制。比如：在学校日常活动和全国性考试中，职业性科目和职业活动仍然被视为额外负担。80%的校长表达了这样一个观点：8－4－4学制仍然是学术取向的而不是最初所构想的技术和职业取向的。

3. 新学制实施中出现的课程和教学问题。初等学校的新课

---

① 调查显示，75%的教师认为他们的学校中没有车间（workshop）/实验室，79%的教师指出他们的学校缺乏足够的工具/设备来有效地进行技术和职业学科的教学，86%的教师指出，学校缺乏充足的技术和职业学科的实际教学材料。——Andrew makori. "The Kenya's Educational Policy: Exploring some of the Major Impediments to Redesigning Pedagogy". A paper presented at the International conference（30th May to 1 June 2005: Nanyang Technological University, Singapore）。

程科目设置过多，课程范围延伸过长，因此教师和学生承受了较大的压力。他们要教或学13门科目（过去只有6门），其中9门在8年级结束时考试。这样，学生的学习成绩下滑（考试分数下降），辍学率上升。此外，增加学习科目只是浅薄地表现出对课程改革的勇气，并不能使学生充分掌握基本原理和概念。在学校层面上，农业、艺术和工艺的标准考试包括多样选择题，虽然这类考试客观性强，容易打分，但它对较高层次的教育培训和就业能力预测的有效性是令人怀疑的。

4. 新学制导致经济负担加重的问题。新的职业培训课程需要添置车间（workshop）和家政教室（home science classroom）之类的物质设施。这些设施的经济负担落到家长、学校委员会和地方社区肩上。新课程制度下新增加了7门学科，也增加了教材的经济需求。因此许多家长和教育界猛烈批评8－4－4学制。

四、结语

综上所述，肯尼亚7－4－2－3学制的建立是肯尼亚独立后的民族发展抱负的反映，旨在满足对国家意识的培养和国民综合素质提升的需要——改革历史、地理类课程的教学以巩固民族根基；废除初等教育中的职业技术教育，以让小学毕业生具备更多的基础文化素养，为可持续的自主发展奠定更好的基础。

问题是肯尼亚的经济和教育基础过于薄弱，连小学普及都有些吃力，更不能保证小学毕业生升中学，再加上过去小学进行职业技术教育的传统毕竟多少有一些符合肯尼亚国情，所以7－4－2－3学制在实行20余年后被否定了。

取代7－4－2－3学制的8－4－4学制重新肯定了7－4－2－3学制之前的职业技术教育和就业，但并没有削弱7－4－2－3学制下的普通学术课程。可是学制改革的酝酿和改革过程的管理出了问题，加上职业技术教育的物质基础和师资条件的制约，新学制的成效受到较大影响。

然而，随着肯尼亚经济的回复和发展，随着对新学制管理的完善，情况会逐渐好转。一项调查的结果也证明了这一点：90%的校长指出，8－4－4教育制度有改善的余地，只有10%建议予以废除。[①] 这种主流态度与肯尼亚政府坚持新学制，反对回到旧学制的态度是一致的。因为新学制的宗旨和方向显然是正确的。

可以看出，肯尼亚的学制改革总体上在沿着否定之否定的正确方向发展，不可能简单回到旧学制时期，但新学制会有更多的改革和完善。在过去的学制改革历程中，教育的一些政治任务得以完成，教育的完整体系逐渐形成，受教育人口的数量和人民受教育的年限获得重要提高；特别是职业技术教育和普通教育关系在走向合理化。但如何使这种关系更符合肯尼亚经济和社会的现状，如何保证中小学生在接受普通素质教育基础上增强职业技术能力，尤其是如何改善职业技术教育的师资和相关设施，是下一步学制改革的关键。

在中非合作论坛框架下，在履行我国“教育援非”的郑重承诺中，我国职业技术教师的援非将有重要意义。

---

① Andrew makori. “The Kenya’s Educational Policy: Exploring some of the Major Impediments to Redesigning Pedagogy”. A paper presented at the International conference (30th May to 1 June 2005: Nanyang Technological University, Singapore).

第二章

肯尼亚高等教育的历史沿革

第一节 独立前肯尼亚高等教育的初创[1]

1985～1963年，肯尼亚处于英国的殖民统治之下。为了巩固殖民政权，英国殖民者起初并不主张向非洲人提供高水平的教育。当时肯尼亚社会完全为殖民者控制，他们担任着政府部门、企业和其他机构的高官要职，肯尼亚的非洲人只掌握了一些最基本的劳动技能，从事最低等、最辛苦的工作。统治者害怕一旦非洲人接受高等教育，他们就会质疑殖民主义，要求平等地分享政府工作、私营企业和土地等。因此，高等教育是殖民时期最薄弱、最受忽视的教育部门。东非地区的第一所高等院校是1922年建立的马克里尔学院（Makerere College）；在1956年内罗毕皇家技术学院（Royal Technical College，RTC）和1961年达累斯萨拉姆大学学院（Dar es Salaam University College）建立前，它一直是东非地区的高等教育中心。因此，这一时期跨国教育是该地区高等教育的一大特色。此外，也有少数肯尼亚人到其他地区留学，以欧洲和亚洲裔居多。虽然这一时期肯尼亚的高等教育发展缓慢，但是它反映了当地人民教育意识的觉醒，正是本国人民迫切的高等教育需求以及与殖民势力的斗争推动着皇家技术学院的

---

① 本节资料主要来源于 Bogonko，S. N.，*A history of modern education in Kenya* (1985～1991). Nairobi：Evans Brothers Kenya Limited. 1992，pp. 75－91.

发展，直至成为内罗毕大学（University of Nairobi）——肯尼亚第一所国立大学。

一、马克里尔学院的建立和发展

（一）学院的发展历程

1921年，乌干达坎帕拉（Kampala）郊区的马克里尔山上建立了一所初等后技术学校。此后该校增加了教师培训，还开设了测量、医学、农业和兽医学助手等培训课程。1922年，学校改名为马克里尔学院（Makerere College）。直到1929年，马克里尔学院才确立了整个东非地区高校的地位。1933年，该校在东非地区第一个引入普通学校证书课程大纲，马克里尔学院以剑桥海外学校证书考试（Cambridge Overseas School Certificate Examination）为入学考试，1935年首批学生参加了这种考试。1928～1949年，马克里尔的职业培训逐渐得到发展，但是没有达到学位水平。

1936年，英国政府任命了一个以德拉沃尔（De La Warr）为主席的委员会，负责调查马克里尔学院发展成为东非地区高等教育中心的可能性。1937年，德拉沃尔报告（De La Warr Report）宣布：马克里尔学院将开始授予本校文凭，继续提供教师培训、医学、农业和兽医学等方面的职业课程，并将成为研究中心，与其他研究机构保持联系。这个报告是英国政府首次确认热带非洲地区一所本地大学性质的文件。1938年，殖民当局批准了这一报告，马克里尔学院被改造成为一所独立的高等学校，拥有自己的管理机构，机构成员由来自东非四个地区的代表组成。

1945年，阿斯奎思（Asquith）委员会报告指出了大学学院对殖民地的社会、经济和政治进步的重要性。因此，它建议将现有的学院提升为大学学院，在没有高校的地区建立新的大学学院。该报告表明英国政府对殖民地教育政策的转变。此后，该报告成为多年来英国政府制定殖民地区大学政策的基础。

1949年，马克里尔学院改名为东非大学学院（University College of East Africa）。1950年，它开始提供学位课程，入学要求是通过普通教育证书考试的三门课程，其中一门就是英语。1953年，第一批攻读学位的学生毕业，包括13名文学学士和14名理学学士，毕业率达到93%。20世纪50年代，东非大学学院发展相对比较迅速。到50年代末，它从英国福利和发展资金获得300万英镑，从东非政府部门获得380万英镑，其中不包括东非国家对大学的常规拨款。此外，它还从纳菲尔德（Nuffield）、古尔班基安（Gulbenkian）、福特（Ford）、卡内基（Carnegie）和洛克菲勒（Rockfeller）基金会获得捐赠。1949～1960年，马克里尔大学学院的学生人数从222人增加到912人，教职员工从27人增加到135人。1956年它开始招收化学、医学、地理和历史学的研究生。

1963年，马克里尔大学学院和后来成立的内罗毕、达累斯萨拉姆两所大学学院组成了东非大学（University of East Africa）。三个学院的课程设置各有侧重：马克里尔侧重医学和农业，达累斯萨拉姆侧重法律，内罗毕侧重工程和建筑学。

（二）马克里尔学院的肯尼亚学生

马克里尔学院建立初期，乌干达学生占大多数，而肯尼亚学生的人数很少。这与肯尼亚政府对学院的捐资有关。马克里尔学院建立时，英国政府捐献了100万英镑，乌干达政府拨款25万英镑，坦噶尼喀（坦桑尼亚的一部分）拨款10万英镑，而肯尼亚政府只拨款5万英镑。

50年代以来，由于各国政府拨款相当，所以学生人数也趋向平衡。每个国家拥有26%的名额，另有10%作为自由竞争的名额，剩余名额分给桑给巴尔。肯尼亚学生不仅完成了自己的份额，而且从1952年开始，在自由名额的竞争中占据了优势。50年代中后期，肯尼亚学生开始在马克里尔学院占据主导。表2－1列出了1950～1962年马克里尔学院肯尼亚学生的增长。1950年只有91人，1962年增加到319人。1955年，马克里尔的558名学生中，肯尼亚学生有205人；1958年，马克里尔的学生总人数和肯尼亚学生的人数分别为826人和316人。肯尼亚学生在马克里尔学院攻读多样化的课程，包括文凭和学位课程。表2－2列出了1954～1962年肯尼亚学生在马克里尔学院攻读的课程门类。

（三）成就与问题

殖民统治时期，马克里尔学院的发展十分缓慢，学生人数不多，而且课程缺乏多样性。马克里尔学院的教育质量根本不及英国本国的高校。其主要原因在于它缺乏合格的专业教师，缺乏合格的中学毕业生。

但是，到1962年乌干达独立时，马克里尔学院赢得了很高的声誉。这是因为当地没有高等教育的竞争者。而且，马克里尔学院的确开展了一些高质量的工作。它不仅发表了许多科研成果，而且它所颁发的学位和文凭得到国际上的承认。另外两大成就包括女生人数的逐渐增加和不同种族学生的增加。50年代中后期，亚洲和欧洲学生也进入马克里尔学院学习，但是以亚洲学生居多。

表2－1　马克里尔学院的肯尼亚学生（1950～1962年）

年　份	学生人数	年　份	学生人数
1950	91（90）	1955	205
1951	86	1956	222
1952	107	1957	251
1953	138	1958	314
1954	168	1959	354

续表

年　份	学生人数	年　份	学生人数
1960	399	1962	319
1961	399		

资料来源：Colony and Protectorate of Kenya. “Education Departmrnt Annual Reports, 1950～1962”. Cited in Bogonko, S. N., *A history of modern education in Kenya* (1985～1991). Nairobi: Evans Brothers Kenya Limited. 1992. p. 84.

表 2－2　1954～1962 年肯尼亚学生在马克里尔学院攻读的课程

学　科	学 生 数 量								
	1954	1955	1956	1957	1958	1959	1960	1961	1962
文科（Arts）	71	81	80	93	130	143	140	142	105
理科（science）	61	63	70	69	77	102	132	134	95
农业	4	8	11	14	17	17	16	16	13
教育	14	26	29	27	27	23	25	26	23
美术	3	2	0	1	3	3	5	4	3
医学	13	22	23	35	45	47	52	52	56
理硕士（M. Sc.）	0	0	0	1	0	1	0	0	0
兽医	2	2	3	9	11	12	10	10	9
理学士（经济学）	0	0	0	0	3	9	17	17	10
总计	168	205	222	251	314	354	399	399	319

资料来源：Bogonko, S. N., *A history of modern education in Kenya* (1985～1991). Nairobi: Evans Brothers Kenya Limited. 1992. p. 85.

二、内罗毕皇家技术学院的建立和发展

肯尼亚人民很早就希望建立一所本地的高校。40 年代末，这种要求变得更加迫切。1947 年英国政府任命了以威洛比（G. P. Willoughby）为主席的委员会调查和制订详细计划。1949 年 3 月，委员会的报告建议肯尼亚殖民当局在内罗毕建立一所技

术和商贸学院，提供全日制教学和业余教学，颁发英国的高级国家证书，培养马克里尔不能提供的全日制工程学和相关学科的学位毕业生。1951 年，内罗毕皇家技术学院获得皇家特许证。从建立开始它就是为整个东非地区服务的。当时，肯尼亚的亚裔社区为纪念非暴力不合作运动之父圣雄甘地（Mahatma M. Gandhi）建立了一所甘地纪念学院。但是该校的建立并没有得到英国殖民政府的承认。1956 年，两校合并。

1956 年，皇家技术学院开始招收第一批学生，其中 141 人来自肯尼亚，46 人来自乌干达，26 人来自坦噶尼喀。它开设的课程包括建筑、工程学、商务、土地和建筑经济、家政等，这些都是以后这个学院的著名学科。1961 年，皇家技术学院成为大学学院，改名为内罗毕皇家学院（Royal College of Nairobi），开始提供文学学士、理学学士和工程学学士的学位课程。它还提供公共管理的研究生课程和高级（A level）文理科课程。1963 年，内罗毕皇家技术学院成为东非大学的一个学院，改名为内罗毕大学学院（University College of Nairobi）。

三、留学

除了马克里尔学院和皇家技术学院，肯尼亚学生还可以到国外接受高等教育。肯尼亚政府提供留学助学金、奖学金和贷款。非洲福利和发展基金（African Welfare and Development Fund）也提供奖学金，但是直到 1945 年才被引入。在这些资金的分配中，肯尼亚的土著人始终处于劣势。占肯尼亚人口 96% 的非洲人，每年只得到 11.3% 的政府助学金和奖学金，而占人口不到 4% 的外侨（主要是欧洲和亚洲人）却获得这些奖学金和助学金的 88.3%。由于欧洲和亚洲种族控制了肯尼亚的经济，因此他们获得高等教育的机会更大。

1950 年，共有 350 名肯尼亚学生到国外留学（主要是亚洲人)。表 2－3 列出了 1954～1962 年，留学国外的肯尼亚学生的数量。非洲人的比例始终不高，1954 年只占留学总人数的 14.6%，1962 年上升到 42.7%，但是与肯尼亚的人口结构相比，这一比例明显是不合理的。

表 2－3　留学国外的肯尼亚各族裔学生人数（1954～1962 年）

年份	非裔	阿拉伯裔	亚裔	欧裔	总计
1954	132	0	576	194	902
1956	163	11	802	219	1195
1958	219	14	932	221	1386
1960	766	18	1308	289	2381
1962	1576	13	1749	352	3690

资料来源：Bogonko，S. N.，*A history of modern education in Kenya*（1985～1991）. Nairobi：Evans Brothers Kenya Limited. 1992. p. 87.

第二节　1963 年独立后至 80 年代肯尼亚高等教育的发展

受英国殖民教育政策的影响，独立前绝大多数肯尼亚人民被剥夺了接受高等教育的权利。独立以后，肯尼亚人民都希望建立国立大学，扩大高等教育机会。这种愿望与政府的发展理念不谋而合。在独立后的非洲，几乎每位独立选举出来的政治家和每份选举宣言都号召创造更多各类教育机会，更低廉的教育或免费教育，普及小学教育，课程大纲和教学人员非洲化，营造繁荣非洲个性和文化的氛围。他们将大学视为国力的象征，因为他们急需大学培养各行各业的劳动力替代即将离职的英国殖民者，为经济和社会发展作出贡献。肯尼亚的第一任总统肯雅塔采取了政治上受欢迎的教育政策，无限制地扩大各级教育。1978 年，莫伊总统上任后，继续追随肯雅塔政权的教育政策。这种无限制的扩张为 80 年代的高等教育危机埋下了隐患。独立后至 80 年代肯尼亚只有一所公立大学，而私立大学和学院的规模很小。因此关于这一时期肯尼亚的高等教育发展将主要围绕着内罗毕大学来论述。

一、东非大学的发展和内罗毕大学的建立

1963 年，经过非洲人民的长期努力，东非大学（University of East Africa）终于成立。它由马克里尔、内罗毕和达累斯萨拉姆三个大学学院组成。坦噶尼喀的总统尼雷尔（M. J. Nyerere）担任东非大学首任也是唯一的一位校长。根据 1962 年颁布的《东非大学法案》，大学有权自主决定由谁教、教什么、教谁。大学必须与政府合作发展地区的高等教育。[①] 除了每个学院的公共课程，三个学院都设置了不同的专业课程：内罗毕设置了工程系、兽医系、建筑系；马克里尔设置了医学和农业系；达累斯萨拉姆从 1963 ~ 1967 年设置了法律系。大学发展委员会（University Development Committee，UDC）负责指导三个学院的办学工作。起初大学将入学要求定为通过两门高中证书（Higher School Certificate）A 级课程的考试，后根据 1964 年专家小组的建议，降低为通过一门高中证书的主课和一门副课的考试。

东非大学成立后，学生人数从 1961/1962 年到 1969/1970 年增长了 400%（见表 2 - 4）。从表 2 - 5 可以看出虽然肯尼亚学生在东非大学的比例大多大于 30%，但是实际上从 1961/1962 年到 1969/1970 年肯尼亚学生的比例下降了 14%。

而在内罗毕大学学院，肯尼亚学生的比例很高。1961/1962 ~ 1969/1970 年，肯尼亚学生的比例每年都在 50% 以上。

① Bogonko, S. N., *A history of modern education in Kenya* (1985 ~ 1991). Nairobi: Evans Brothers Kenya Limited. 1992. pp. 137 - 153.

东非大学的大部分肯尼亚学生都在内罗毕校区学习。这意味着人们相信内罗毕的教育质量与马克里尔一样优异，所以到马克里尔就读的肯尼亚学生逐渐减少。60 年代，内罗毕大学学院发展了艺术、科学、贸易、建筑、工程和兽医科学系等。1967/1968 ~ 1969/1970 学年，内罗毕大学学院新增了医学、建筑经济学、家政学、设计和土地经济学等本科专业课程。虽然肯尼亚政府表示科学及其相关学科是高等教育的优先学科，但是直到 1969/1970 年底，这一目标仍未实现。从表 2 – 6 可以看出 1963/1964 ~ 1969/1970 学年内罗毕大学学院的肯尼亚学生中文科学生的数量逐渐超过了理科学生。

表 2 – 4　1961/1962 ~ 1969/1970 年东非大学三个大学学院的学生

学　年	马克里尔	内罗毕	达累斯萨拉姆	总　计
1961/1962	837	417	14	1268
1963/1964	1037	565	84	1686
1965/1966	1364	921	442	2727
1967/1968	1814	1515	929	4258
1969/1970	2645	2106	1592	6343

表 2 – 5　1961/1962 ~ 1969/1970 学年东非大学的肯尼亚学生

年　份	肯尼亚学生	其他学生	总计	肯尼亚学生所占比例（%）
1961/1962	559	709	1268	44
1962/1963	471	818	1289	37
1963/1964	536	1150	1686	32
1964/1965	662	1514	2176	30
1965/1966	816	1911	2727	30
1966/1967	1021	2572	3593	28
1967/1968	1297	2961	4258	30
1968/1969	1478	3908	5386	27
1969/1970	1877	4466	6343	30

国家的独立使东非三国与大学发展委员会脱离关系，肯尼亚和坦桑尼亚率先要求发展自己的学院。1967～1970年，三个大学学院都成功地主导了自己的课程。最后三年中，东非大学允许马克里尔的大学学院建立林学系和法律系，内罗毕和达累斯萨拉姆的则建立医学系和农业系。1970年7月1日，根据议会法案，达累斯萨拉姆大学、马克里尔大学和内罗毕大学分别成立。

表2－6　1963/1964～1969/1970年内罗毕大学学院肯尼亚学生的文理科分布

年份	文科	理科	总计	理科百分比
1963/1964	52	96	148	65
1964/1965	92	131	223	59
1965/1966	238	234	472	50
1966/1967	362	313	675	46
1967/1968	427	369	796	46
1968/1969	514	481	995	48

表2－4～表2－6资料来源：Bogonko，S. N.，*A history of modern education in Kenya* (1985～1991). Nairobi：Evans Brothers Kenya Limited. 1992. pp. 137－153.

二、70～80年代内罗毕大学的发展

东非大学的瓦解和三所独立大学的建立不仅标志着跨国规划高等教育的结束，也标志着各国高等教育发展的高潮。肯尼亚抓住了发展大学教育的机会。首先，与乌干达受战争创伤的经济和坦桑尼亚曲折的社会主义经济相比，肯尼亚的自由贸易经济有利于创造资源发展大学教育。这个经济也需要受大学教育的人才为它注入新的活力。其次，受到莫伊总统提倡“齐心协力”(Harambee斯瓦西里语）精神的鼓励，中学教育的无限制扩展支

持着更高级教育的增长速度（尤其是70～80年代）。

内罗毕大学建立后开始扩展已有的学系并建立新的学系。大学建立第一年，内罗毕招收了首批法律、农业和新闻系的学生。非洲研究所从发展研究所独立出来，1968年建立的教育系成为一个独立的学院——肯雅塔大学学院。到1978/1979年，内罗毕大学和肯雅塔大学学院已经拥有10个教学系：农业、工程、艺术、科学、兽医、贸易、教育、建筑、设计和发展、法律和医学。此外，还有4个附属的研究所和学院：成人教育研究所、发展研究所、非洲研究所和新闻学院。1970～1980年内罗毕大学的学生人数增长了一倍多（见表2－7）。

表2－7　1970～1980年内罗毕大学的学生人数

年份	本科生	研究生	总计	年份	本科生	研究生	总计
1970～1971	3137	306	3443	1975～1976	5727	546	6273
1971～1972	3243	200	3443	1976～1977	5486	738	6224
1972～1973	3680	95	3775	1977～1978	5633	825	6458
1973～1974	4936	366	5302	1978～1979	6421	934	7355
1974～1975	5739	663	6402	1979～1980	7292	1115	7407

资料来源：Oketch, M. O., "The Emergence of Private University Education in Kenya: Trends, Prospects, and Challenges". *International Journal of Educational Development*, 2004, 24 (2), pp. 119－136.

第三节　肯尼亚80年代的高等教育改革

一、80年代的高等教育增长

80年代以来，受高等教育需求的刺激，肯尼亚的高等教育进入大发展时期。肯尼亚社会的高等教育需求是多种因素的产物。第一个因素是教育和正规部门工作之间的紧密联系。由于土地减少、无法预计的政府性价格政策、资金短缺、农村发展计划的实施和扶持不利等因素的影响，农业活动的创收潜力不大。许多家庭把目光投向有工资的工作，而接受高等教育是这种工作的前提。第二个因素是不同性质工作所得报酬的差异。总体上，肯尼亚大部分工资工作（尤其是专业工作）的报酬，远远超过其他任何工作。因此，公众的高等教育需求日益高涨，导致大学教育的迅速扩张。

1985年，肯尼亚政府决定实行学制改革，新的8-4-4学制重点是增强职业教育和毕业生自我就业，但是每个教育阶段也保留了继续教育的选择。该改革增加了高等教育的需求，降低了高校入学资格[①]，是80年代高等教育迅猛扩张的直接原因。

80年代中期至今，公立大学从一所发展到七所：在1970年建立的内罗毕大学（University of Nairobi）之外，形成了莫伊大学（Moi University，1995）、肯雅塔大学（Kenyatta University，1985）、埃格顿大学（Egerton University，1987）、乔莫肯雅塔农业和技术大学（Jomo Kenyatta University of Agriculture and Technology，1994）、马塞诺大学（Maseno University，2000）、西部科技大学学院（Western University College of Science and Technology，2002）。在这个过程中，许多大学学院或中级学院[②]被提升为大学。

大学扩招是公立大学增加的必然结果。80年代以来，公立大学曾两次进行双倍招生，即当年的招收额为正常情况的两倍。

① 8-4-4学制推行后，肯尼亚高校统一按照中学证书考试（KCSE）的成绩录取学生。

② 中级学院（middle-level college）只提供文凭和证书课程，不提供学位课程。

第一次发生在1987～1988学年，其原因是1982年政变后政府下令关闭大学，导致当年符合大学入学资格的学生不能及时被录取。第二次发生在1990～1991年，是由于肯尼亚的学制从7－4－2－3年改为8－4－4年。这一改革的主要变化是小学被延长为8年，中学教育的时间从6年减少为4年，而大学本科从3年增加到4年。1990～1991年大学必须同时录取两种学制下的中学毕业生。学生人数增加的同时，公立大学的设施和资源并没有相应的增加，扩招导致公立高校的办学条件日趋恶化。表2－8列出了80年代以来肯尼亚公立高校学生人数的增长。为了分流部分高等教育需求，肯尼亚的私立高校迅速崛起，到2006年为止，肯尼亚已有18所私立大学和学院，学生人数占高校学生总人数的20%。①

表2－8 1980～2005年肯尼亚公立高校的学生人数

年份	本科生	研究生	总计	年份	本科生	研究生	总计
1980～1981	7631	1120	8751	1988～1989	20164	1598	25762
1981～1982	7588	1542	9130	1989～1990	24164	1598	25762
1982～1983	—	—	—	1990～1991	36691	1580	38271
1983～1984	7418	1626	9044	1991～1992	38836	1726	40562
1984～1985	—	—	—	1992～1993	38604	1606	40210
1985～1986	7608	1539	9147	1993～1994	37019	1652	38671
1986～1987	9377	1725	11102	1994～1995	37694	2107	39801
1987～1988	18883	1934	20817	1995～1996	40231	2129	42360

① Abagi, O., Nzomo, J., & Otieno, W., *Private higher education in Kenya*. Paris: International Institute for Educational Planning/UNESCO, 2005, p. 31.

续表

年份	本科生	研究生	总计	年份	本科生	研究生	总计
1996 ~ 1997	36188	1764	37952	2001 ~ 2002	—	—	42989
1997 ~ 1998	33894	2559	36453	2002 ~ 2003	—	—	44307
1998 ~ 1999	33921	3200	37121	2003 ~ 2004	—	—	46354
1999 ~ 2000	33404	2597	36001	2004 ~ 2005	—	—	45286
2000 ~ 2001	32204	2751	34955				

资料来源：根据以下两份材料改编：

Oketch, M. O., "The Emergence of Private University Education in Kenya: Trends, Prospects, and Challenges". *International Journal of Educational Development*, 2004, 24 (2), pp. 119 – 136. http://che. or. ke/enrolment. html.

80 年代的扩招，虽然在一定程度上有利于政治稳定，实现教育规模经济，提高国民素质和减少留学外汇开支，但是它的负面影响更为显著。第一，它加剧了高等教育入学的激烈竞争。虽然政府努力扩大入学机会，但是高校录取率仍然很低。第二，扩招增加了办学成本，使高校面临财政危机。第三，学生人数的迅速增加和资金的缺乏导致教育质量迅速下滑，表现为设施和资源短缺、设备陈旧破损、人才流失、师生比下降、课程僵化、科研成果萎缩等。第四，越来越多的高校毕业生涌入就业市场，造成就业市场的激烈竞争和失业率上升。第五，扩招过程中还隐含着性别和教育公平的问题。高等教育需求大、质量差和失业率高三者之间形成了恶性循环。为了解决高等教育危机，肯尼亚政府被迫实行一系列改革措施，其中包括：高等教育行政体制改革（引入高等教育委员会的监管机制）、高等教育财政体制改革（成本分担、学生贷款、大学创收）、鼓励发展私立高等教育和远程高等教育等。

二、肯尼亚高等教育改革的举措

（一）高等教育行政体制改革[①]

80 年代肯尼亚高等教育行政体制的改革主要表现为高等教育委员会（Commission for Higher Education，CHE）的成立。面对高等教育的迅猛扩张，肯尼亚政府认识到引入一个统一的监管机构的重要性。1985 年，根据肯尼亚《大学法》第 210B 章，高等教育委员会成立。《大学法》规定了委员会的 19 种职能。高等教育委员会虽然不是针对私立高校而设立，但是它的成立鼓励了私立高校的建立和发展。它在私立高校管理方面的职能包括：认证大学；审查私立大学递交的关于课程和课程规章的提议来源并予以批准；接受并考虑私人在肯尼亚建立大学的申请，然后向教育部提议；向政府建议国外和私立大学授予或颁发的学位、文凭和证书的标准、认可和等同性；安排对私立大学的常规访问和检查。[②]

此外，行政体制的改革还体现在人事制度的变化上。独立后，肯尼亚的总统是所有公立大学的名誉校长，负责任命大学校长。大学委员会的主要成员也都由行政任命产生。虽然改革没有彻底改变行政任命的人事制度，但是肯尼亚公立大学的管理开始出现民主化的色彩。总统不再是公立大学的校长，许多大学公开招聘校长和副校长人选，采用严格的选拔程序，确保任命最优秀的人才来管理这些学校。

（二）高等教育财政体制改革[③]

（三）发展私立高等教育

80 年代以来高涨的高等教育需求、公立大学的危机、政府

---

① 详见本书第三章第一节。

② Abagi，O.，Nzomo，J.，& Otieno，W.，*Private higher education in Kenya*. Paris：International Institute for Educational Planning/UNESCO，2005. p. 31.

③ 详见本书第四章和第五章。

的鼓励政策和私立高校的自身优势使肯尼亚的私立高等教育在80年代和90年代得到了迅猛的发展。私立高等教育成为肯尼亚高等教育部门中最活跃的一部分。在高等教育委员会的管理下，私立高等教育遵循一整套严格的规章制度。根据CHE的认证，目前肯尼亚的18所私立高校分为三类：获得特许证的大学（7所）[①]；获临时授权的高校（5所）；已登记的高校（6所）。只有这三类学校才有权宣传和/或实施已批准的学位与研究生、证书和文凭课程。到2004年底为止，另有14所私立高校递交了建校申请。肯尼亚最早的私立大学是1969年建立的美国国际大学(USIU)，它是最大的私立大学，也是唯一一所世俗性质的大学(与宗教大学相对)。2003年，USIU的学生达到2300人。[②] 1991～1992年，私立大学的学生总人数为40000人，占大学生总人数的5%，[③] 目前这一比例已经增长到20%。[④]

与公立大学相比，私立高校的教学环境、教学设施、教学资源更加优越，班级规模小，管理高效而民主，课程灵活，ICT先进，学生就业率高，这些都说明私立高校可以提供优异的教学质量。高等教育委员会的课程秘书Dr. Rispa A. Odongo认为私立高

① 这七所高校分别为：巴拉顿东非大学（University of Eastern African, Baraton），1991年获特许；东非天主教大学（Catholic University of Eastern Africa），1992年获特许；晨星大学（Daystar University），1991年获特许；斯哥特神学院(Scott Theological College)，1997年获特许；美国国际大学（United States International University)；1999年获特许；非洲拿撒勒大学（Africa Nazarene University），2002年获特许；肯尼亚卫理公会教大学（Kenya Methodist University），2006年获特许。

② Oketch, M. O., "The growth of private university education in Kenya: the promise and challenge". *Peabody Journal of Education*, 2003, 78 (2), p. 27.

③ Eisemon, T. O., " Private initiatives in higher education in Kenya". *Higher Education*, 1992, 24, p. 157.

④ Abagi, O., Nzomo, J., & Otieno, W., *Private higher education in Kenya*. Paris: International Institute for Educational Planning/UNESCO, 2005, p. 31.

校和公立高校的差距正在缩小。[①] 学费是私立大学的主要资金来源，因此私立大学的收费远远高于公立大学。公立大学本科生的总学费是 120000 肯先令（1538 美元）/年，其中学生支付 50000 肯先令（641 美元），而私立大学的学费从 96950 肯先令到 127330 肯先令（1243～1632[②] 美元）不等，[③] 因此，私立高校的学生主要来自中上层阶级。私立大学试图提供等价的教育，使学生接受的教育与付出的教育投资成正比。肯尼亚的私立高等教育虽然发展前景广阔，但是仍处于高等教育部门的边缘。它的长远发展受到规章制度、办学成本、竞争、师资等因素的制约。第四节将详细讲述私立高等教育的发展历程。

（四）发展远程高等教育[④]

三、改革的成效分析

独立以后肯尼亚的高等教育改革是政府试图控制教育系统无计划扩张的尝试。首先，改革扩大了高等教育的入学率，提高了人民的教育程度，有利于政治稳定和经济发展。公立大学和私立大学的建立，平行学位课程和远程高等教育课程的推广都是政府努力扩大入学的措施。高等教育人才的增加意味着提高劳动生产率、机构建设能力、民主意识和社会责任感。其次，财政体制的改革增加了大学收入，在一定程度上缓解了因政府预算减少造成的办学成本的紧张，带动了机构管理和财政管理的变革。再次，改革着力改善性别和地区不平等，虽然收效甚微，但是也取得了一定的成就。最后，肯尼亚高等教育改革提出年轻人

---

① 本观点来自笔者与肯尼亚高等教育委员会官员的访谈。

② 原文为 6232，疑为 1632。

③ Mutula S. M.，“University education in Kenya：Current developments and future outlook”. *The International Journal of Educational Management*，2002，16（3），p. 110.

④ 详见本书第七章和第八章。

自主就业，这是新的人力资源管理的方法，是对人力资本理论的调整。

第四节　肯尼亚私立高等教育的发展历程

一、萌芽时期（1963年之前）

20世纪50年代，肯尼亚的一个亚洲社区为纪念在印度独立运动中抵抗英国帝国主义而被杀害的非暴力不合作之父圣雄甘地（Mahatma M. Gandhi）而建立了一所甘地纪念学院。这所学院具有私立的性质，是肯尼亚最早的高等教育萌芽。当时，一些宗教组织开始在肯尼亚兴办学校，虽然这些教会学校不是严格意义上的私立高校，但是它们的办学经费主要来自宗教捐赠。如1953年建立的肯尼亚高地圣经学院（Kenya Highland Bible College），1962年建立的斯哥特神学院（Scott Theological College）。1951年和1961年，分别在肯尼亚和坦桑尼亚建立的东非大学皇家技术学院和达累斯萨拉姆大学学院，缓解了马克里尔学院的招生压力。1951年，肯尼亚的皇家技术学院获得皇家特许证，此后，甘地纪念学院并入皇家技术学院。

二、缓慢发展时期（20世纪70年代至1985年）

（一）背景

1963年，肯尼亚获得民族解放斗争的胜利。同年，经过非洲人民的长期努力，东非大学成立。1970年，东非大学瓦解，肯尼亚建立了第一所真正意义的大学——内罗毕大学（University of Nairobi）。独立以后，非洲的政治领导和学者纷纷认为大学应该直接为解决国家的社会、经济和政治问题贡献力量。[①] 在当时的非洲，国立大学被视为国家骄傲的象征之一。70年代和80年代，人力资源的需求成为大学教育扩展的主要动力，大学扩招成为这一时期高等教育发展的主调。到1990年为止，公立高校的数量增加到6所。1963/1964年，肯尼亚的公立高校的学生总人数仅为571人，1985/1986年达到9147人，增长了15倍。[②]

80年代以来，肯尼亚的高等教育开始了大发展时期。高等教育无限制地扩张也开始显现出许多弊端，造成了公立高等教育的危机。第一，虽然政府努力扩大入学机会，但是公立大学的录取率仍然很低，公立大学的入学竞争十分激烈。第二，扩招增加了办学成本，增加了政府的负担，使公立高校面临财政危机。第三，学生人数的迅速增长和资金的缺乏导致教育质量迅速下滑，表现为设施和资源短缺、设备陈旧破损、人才流失、师生比下降、课程僵化、科研成果萎缩等。第四，越来越多的高校毕业生涌入就业市场，造成就业市场的激烈竞争和失业率的上升。第五，扩招过程中还隐含着性别和教育公平的问题。

(二) 私立高校的兴起

肯尼亚第一所真正意义的私立大学是1969年建立的美国国际大学。1970年美国国际大学开始办学时只有5名美国学生。70年代和80年代，私立高校的数量逐渐增加。如晨星大学(Daystar University)、巴拉顿东非大学(University of Eastern Africa, Baraton)和天主教东非大学(Catholic University of

---

① Bogonko, S. N., *A history of modern education in Kenya* (1895 ~ 1991). Nairobi: Evans Brothers (Kenya) Ltd, 1992, p. 147.

② Oketch M. O., "The emergence of private university education in Kenya: trends, prospects, and challenges". *International Journal of Educational Development*, 2004, 24 (2), pp. 119 - 136.

Eastern Africa）分别建于1974年、1978年和1984年。图2－1对比了1970～2002年肯尼亚公立大学和私立大学的数量。从图中可见，1970～1985年，肯尼亚几乎没有什么私立大学。而1985年以后，私立大学的数量开始急剧上升。这是因为受到高等教育市场化思潮的影响，肯尼亚政府逐步认可了私立高校的合法地位。1985年，肯尼亚通过大学法案成立了高等教育委员会，这个机构的其中几项职能就与私立高校的管理直接相关。不过这一时期的私立高校除了美国国际大学，其他高校都具有宗教性质，而且规模较小，难以与传统的占据主导地位的公立高校相抗衡。私立高校的存在更多的是为了满足特殊群体的教育需求和缓解部分高等教育的招生压力。

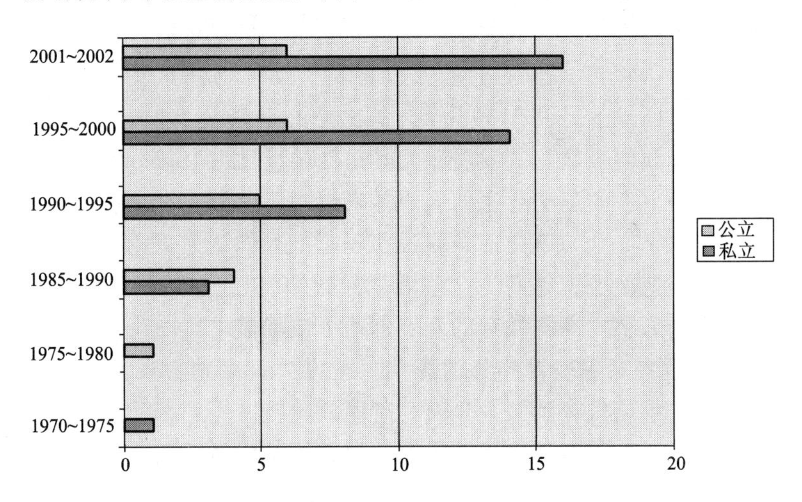

图2－1　1970～2002年肯尼亚公私大学的发展对比

资料来源：Oketch, M. O., "The growth of private university education in Kenya: the promise and challenge". *Peabody Journal of Education*, 2003, 78 (2), p. 26.

高等教育委员会成立之前，私立高校并没有引起肯尼亚政府的重视，肯尼亚没有专门的法律或管理机构。肯尼亚政府规定只有当私立高校通过所附属的国外公认大学的认证，政府才批准它们提供学位课程。附属是公立高等教育在殖民时期和独立后一段时期发展的方式。这两种附属的差别在于私立大学所附属的大学不是英国的，也不是非洲的，也不是像伦敦大学和东非大学或内罗毕大学那样世界闻名的大学，这些学校大部分是美国的小型私立大学。

三、活跃时期（1985 年至今）

（一）背景

1. 社会对高等教育的需求持续增长。肯尼亚社会的高等教育需求一直推动着高等教育系统的扩展，但是高校的录取率很低，远未能满足社会的需求。这首先是由于肯尼亚的人口增长所引起的。1960 年，肯尼亚的人口为 810 万[①]，到 2003 年，肯尼亚的人口已经上升到 3130 万[②]。其次是由于 70 年代和 80 年代肯尼亚初等和中等教育的发展，尤其是在哈兰比（Harambee）[③] 运动的影响下，中学毕业生的人数越来越多。此外，肯尼亚的高失业率使大学文凭与就业前景联系在一起。人们认为文凭越高，待遇和社会地位也就越高。这些因素导致 90 年代以后高等教育需求剧增，为私立高等教育的发展创造了市场需求。

2. 世界高等教育趋势的影响。全世界许多地方的高等教育都在发生精英教育到大众化教育阶段的转变。受到新管理主义的影响，私立高等教育成为世界高等教育体系中最活跃和发展最快

---

① Kaba, A. J., *The development of private universities in Kenya*. Seton Hall University, South Orange, New Jersey, 2002, p. 10.

② U. S. Agency for International Development. " Kenya: an economic snapshot". 2006. http://www.usaid.gov/. 2007-05-13.

③ "Harambee" 在这里是指在肯尼亚中等教育阶段，由社会力量筹资兴办中学的运动。

的因素。发达国家以美国和日本为代表，发展中国家如拉丁美洲和亚洲等地区的国家都成功地发展了私立高等教育。以世界银行和联合国教科文组织为代表的援助机构提倡“结构调整计划”，即要求受援国减少公共开支，增加贸易自由。90 年代以来，受到世界全民教育会议的推动，肯尼亚政府减少了高等教育的预算，将更多的教育预算用于初等教育。这些因素都为肯尼亚私立高等教育的发展创造了可能性。

3. 肯尼亚高等教育政策的转变。高等教育扩张使肯尼亚政府面临着严重的财政负担。90 年代以来，肯尼亚政府开始改革高等教育财政制度，减少政府的高等教育预算，引入成本分担制度，同时鼓励高校积极创收。成本分担是指将高等教育的成本负担（至少部分）从政府（或纳税人）转移到家长和学生，它或以学费的形式支付部分教学开支或通过“用户收费”支付政府或学校提供的膳宿开支。[①] 公立高校为了弥补政府拨款的减少，纷纷采取各种途径筹集资金，其中最主要的是发展平行学位课程，在正规录取课程之外招收自费学生。这说明政府单独为高等教育买单的时代已经结束。同时，鉴于私立高校对于融资多元化、缓解招生压力、提高教育质量的作用，肯尼亚政府对其采取了鼓励的政策。

4. 公立高校的问题。90 年代以来，公立高校的招生规模继续扩大，但是政府的教育预算却逐年下降，因此肯尼亚公立高校的办学条件十分恶劣。许多建筑急需修缮，科学实验室和工程训练工场缺乏设备和器材，图书馆缺乏最新的图书资料，学生宿舍和教室拥挤不堪。由于缺乏教师，公立大学课堂的师生比可以达到 1∶800。这就意味着课堂互动和因材施教几乎是不可能的。由

① Kiamba, C., “Privately sponsored students and other income-generating activities at the University of Nairobi”. *JHEA/RESA*, 2004, 2 (2), pp. 53 – 73.

于教师和学生不满于这种恶劣的条件，公立大学经常发生教师罢课和学生暴动，这不仅浪费了原本紧张的教学资源，而且扰乱了正常的教学秩序和教学计划。由于工资低和福利待遇差，公立高校的教师经常在私立高校担任兼职教师，在一定程度上分散了教学精力，影响了公立高校的教学质量。许多教师移居国外，造成公立高校的人才流失。由于缺乏科研经费，肯尼亚公立高校的科研成果稀少，且质量不高。由于种种问题，民众开始对公立高校失去信心，许多达到公立高校录取资格的学生选择了私立高校。

5. 私立高校的自身优势。私立高校是为满足多样化的教育需求而发展起来的。首先，它们满足了不同宗教和种族的教育需求；其次，它们还满足了少数肯尼亚人对精英教育的要求。私立高校的开支比国外大学少，可以减少留学引起的外汇损失。私立高校拥有国际化的师资和学生群体，部分学校采用国外的教学方式，开阔了学生的视野。而且，私立高校提供的文凭具有国际性，在就业市场上更具竞争力。此外，与公立大学相比，少数私立高校具备先进的教学资源和教学设施且校园环境安定，更有利于学生的专业学习和发展。

（二）私立高校的迅速崛起

1985 年以后，肯尼亚政府先后出台了一系列关于私立高等教育的法律和法规，为确保私立高等教育的质量提供了一个法律框架。1985 年高等教育委员会成立后，政府不再要求私立高校附属国外的大学，而是鼓励私立高校摆脱附属关系，获得高教委的认证。这说明肯尼亚政府已经考虑到私立高校与肯尼亚的社会和经济需求之间的联系，希望切断私立高校与国外大学的附属关系而独立发展。高等教育委员会开始承担学校认证、课程审批和评估等工作。这些措施为私立高校的发展提供了有利的政策环境。

肯尼亚西部的姆贝吉学院（Mbeji Academy）的创立者托马斯·奥德西亚姆波（Thomas Odhiambo）认为："肯尼亚的私立大学代表着一个时代的到来。"[①] 从图 2－1 中可以看出，1985～1990 年，肯尼亚的私立高校开始增多。90 年代是肯尼亚私立高校增长最快的时期。1990 年，私立高校还不到 5 所，到 2000 年为止，私立高校已经接近 15 所。到 2006 年为止，肯尼亚共有 18 所私立高校。根据高教委的认证，现有的私立高校可以分为三类：认证的高校（7 所）；持有临时授权的高校（5 所）；已登记的高校（6 所）。只有这三类学校才有权宣传和设置已批准的学位与研究生课程、证书课程和文凭课程。

从招生人数来看，1990 年肯尼亚私立高校的学生数仅为高校学生总数的 5%，经过近 14 年的发展，到 2004～2005 年提高到 18.2%（见表 2－9）。今天每 6 个大学生中就有 1 个就读于私立大学或学院。[②] 私立大学与公立大学的学生性别比例存在明显的差异，私立大学的女生比例达到 50% 以上，而公立大学的男女生比例是 2.68∶1[③] 这表明在中学毕业证书考试（KCSE）中，男生的分数比女生高，而且这也与私立高校偏向人文学科有关。

---

① 转引自 Oketch, M. O., "The growth of private university education in Kenya: the promise and challenge". *PJE*, *Peabody Journal of Education*, 2003, 78 (2), pp. 18－40。

② Oketch, M. O., "The emergence of private university education in Kenya: trends, prospects and challenges". *International Journal of Educational Development*, 2004, 24 (2), pp. 119－136.

③ Weidman, J. C., "Prospects for the development of higher education in Kenya". In F. Shams (Eds.), *State and society in Africa: perspectives on continuity and change*. Lanham, New York, London: University Press of America, Inc. 1995, pp. 130－143.

表 2－9 1990/1991～2004/2005 年肯尼亚公立和私立大学的学生人数

年份	总计	公立	%	私立	%	年份	总计	公立	%	私立	%
1990/1991	39269	39269	—	—	5	1998/1999	45724	40613	89.0	5111	11.0
1991/1992	41431	41431	—	—	—	1999/2000	48745	41825	86.0	6920	14.0
1992/1993	45811	43290	94.5	2521	5.5	2000/2001	43446	34955	80.5	8491	19.5
1993/1994	43349	40149	92.6	3200	7.4	2001/2002	51660	42989	83.2	8671	16.8
1994/1995	44669	41033	91.9	3636	8.1	2002/2003	53436	44307	82.9	9129	17.1
1995/1996	45550	41799	91.8	3751	8.2	2003/2004	55895	46354	82.9	9541	17.1
1996/1997	46125	41172	89.0	4953	11.0	2004/2005	55336	45286	81.8	10050	18.2
1997/1998	49456	43199	87.3	6257	12.7						

资料来源：1990/1991～1999/2000 年的数据来自 Kaba，A. J.，*The development of private universities in Kenya*. Seton Hall University，South Orange，New Jersey，2002，p. 10. 2001/2002～2004/2005 年份的数据来自 http：//che. or. ke/enrolment. html.

四、前景和挑战

（一）前景

肯尼亚的私立高等教育已经显现出巨大的发展潜力。经过三十几年的发展，私立高校的一个显著变化是社会声望的提升。最初，由于公立大学享有优越的特权，如财政拨款和就业保障，因而成为人人向往的“象牙塔”。而私立高校则是招收那些不符合公立大学录取资格的学生的“低等”学校，民众认为就读私立高校等同于学业的失败。但是随着高等教育市场化的影响，公立大学丧失了特权地位，私立高校在竞争中逐步显现出优势。随着私立高校规模的扩大，部分私立高校脱颖而出，它们不仅具备一流的硬件设施，而且教育质量和学生就业状况良好，发展成为精英学校。一些私立高校的强势学科甚至超越了公立大学的同类学科。这说明肯尼亚私立高等教育的发展不仅在“量”上有所增加，而且实现了“质”的飞跃。

从目前的发展趋势来看，肯尼亚的私立高等教育仍存在巨大的发展空间。肯尼亚高教司的两位官员（Elly Ongong'a & Evangelie Njoka）在回答我们的提问时都表示："私立大学的未来十分光明（bright）……首先是因为存在高涨的高等教育需求，招生压力逐年增长，公立大学不能满足所有的高等教育需求。其次，私立高校的基础设施、校园环境和教学质量吸引了许多学生去报考。此外，政府也采取鼓励的政策……肯尼亚的私立高等教育会继续发展，这是肯定的，但是会不会超过公立大学，这个尚不明确。"

（二）挑战

尽管私立高等教育在肯尼亚具有巨大的发展潜力，但是它始终处于高等教育系统的边缘，它的发展仍面临着诸多困难。根据UNESCO的研究者对肯尼亚私立高校管理者的访谈，未来1～5年内，肯尼亚私立高等部门面临着以下六个关键的问题：办学资金；认证过程；合格的教职员工；未来学生的经济困难；基础设施的缺乏；税收以及获得设备和捐资的相关成本。[①] 这里主要从办学资金、竞争、师资、课程、公平五个方面加以分析。

1. 办学资金。与公立高校不同，肯尼亚的私立高校不能获得稳定的财政拨款，它们必须采取各种途径筹集资金，其中学费是最主要也是最稳定的来源。因此私立高校必须争取稳定的生源。捐资也是私立高校收入的重要来源，但是不具备稳定性。有限的收入要求私立高校谨慎地规划大学的办学开支，尽可能地节约成本，稍有不慎就会引发重大问题，甚至危及学校的生存。学校发展初期，建设基础设施、购置设备、引进人才等都需要大量开支。只有达到一定的规模，私立高校的收支才能出现良性循环。

---

① Abagi, O., Nzomo, J., & Otieno, W., *Private higher education in Kenya*. Paris: International Institute for Educational Planning/UNESCO, 2005, p. 69.

2. 竞争。肯尼亚私立高校面临的竞争首先来自公立部门。公立高校依然是肯尼亚高等教育的主导，是政府大力扶持的对象，在生源和资源的竞争中，公立高校的优势是显而易见的。其次，私立高校之间也存在竞争。一些老牌的私立大学，如美国国际大学（USIU）可以与公立大学一比高下，而绝大部分小规模的私立高校则在竞争中处于不利的地位。此外，在高等教育国际化的背景下，一些国外大学纷纷到肯尼亚招生，与私立高校抢夺生源。

3. 师资。肯尼亚的私立高校普遍缺乏合格的教师。为了节约成本，私立高校聘用了很多兼职教师。这些教师往往来自公立高校，他们不愿放弃公立高校的优越地位和福利待遇。由于教师的兼职身份，私立高校无法要求这些教师对学校、学生承担更多的责任。在许多学校，兼职教师占一半以上。此外受到办学成本的限制，私立高校很少向教师提供进修机会，这直接影响了这些学校的教学质量。

4. 课程。肯尼亚私立大学的课程偏向文科，缺乏多样性，而且存在重复设置的现象。虽然目前许多课程符合市场的需求，但是这不利于私立高校的长远发展。私立高校必须扩大课程的类型，尤其是增加自然学科、理工科、医学类课程，只有这样才能吸引更多的生源，培养多样化的人才，与更多的社会领域建立联系。

5. 公平。肯尼亚公立高校的招生是由招生委员会根据中学毕业考试（KCSE）的成绩择优录取。由于竞争激烈，录取的分数线一般在 B 以上。私立高校的录取线是国家规定的公立大学的最低录取分（C^{+}）。这就意味着只要学生可以承担私立高校的高额费用，就可以弥补分数的不足。肯尼亚的少数私立高校满足了中上层阶级对于精英教育的需求。这些学生往往从小学开始就就读于最好的私立小学、私立中学，继而进入最好的私立大学。

面对激烈的高等教育入学竞争，对于大部分人而言，不能被公立大学录取就意味着永远失去高等教育机会。因此，私立高校在一定程度上扩大了不同阶层之间的教育不公。但是从另一个角度来看，私立高校的性别比例比公立高校更加合理，女生比例超过50%，这与公立高校的情况正好相反。

第五节 肯尼亚高等教育的历史发展评论

一、肯尼亚高等教育发展的特点

（一）扩张是高等教育发展的主流

从1963年至今，肯尼亚的高校数量和学生人数一直处于上升的趋势，尤其是80年代以来，高等教育出现了大发展的势头。这主要是受到以下几个因素的影响。首先，肯尼亚社会的高等教育需求始终高涨不退。一方面是由于人口的增长和高等教育的资源短缺，高等教育机会的增长跟不上需求的增长；另一方面是由于就业市场的激烈竞争，越来越多的肯尼亚人将高等教育视为改变社会地位，寻求更高层次发展的出路。高等教育需求是推动高等教育扩张的一个持续的动力。其次，政府鼓励发展高等教育的主观行为。肯尼亚政府将高等教育视为经济和社会发展的主要途径，试图探索教育富国的道路，因此不管是政治领导人还是整个政府的政策都倾向于扩大高等教育规模。在某种程度上，高等教育的扩张正是体现了政治家个人或某个执政政府的野心。再次，高等教育的扩张也受到初等和中等教育扩张的连带影响。肯尼亚从70年代就提出了免费义务教育的目标，而且肯尼亚教育部的基本目标就是普及初等教育（universal primary education）和全民教育（education for all）。2004年，肯尼亚的教育经费占政府开支的29.2%，其中63%用于初等教育。小学的毛入学率达到

91%，其中男生 96%，女生 85%，这在非洲地区已经处于相当领先的水平。[①] 中等教育的发展则主要是受到“harambee”运动的影响，社会集资兴办的私立中学远远超过了公立中学。初等和中等教育规模的扩大势必对高等教育形成一定的压力，高校必须依据中学毕业生的数量扩大招生规模。

（二）高等教育发展表现出盲目性和无计划性

肯尼亚政府对高等教育扩张起到了决定性的作用。高等教育发展初期，政治领导人或政府盲目崇拜大学的地位和作用，一味追求高等教育规模的扩大。当高等教育扩张的问题越来越明显的时候，迫于民间压力，政府虽意识到问题的存在，但未能及时控制高等教育需求而导致高等教育的危机愈演愈烈。一个软弱的政府和活跃的民间社会的结合通常意味着国家被迫采取短期的政治权宜之计，而不是追求符合国家长远利益的计划。[②] 在肯尼亚高等教育的发展历程中，政府并没有根据大学发展的科学原则规划发展目标，扩招和新建大学往往是行政指令的结果，存在很大的盲目性。这是导致肯尼亚高等教育危机的根源。

二、肯尼亚高等教育的问题与挑战

政治干预。政治化的大学外部管理体制依然制约着大学自治和学术自由的发展。高等教育委员会成立后，本应在公立大学的计划、发展、预算和维持教育质量等方面发挥积极的作用。事实证明，CHE 的职能仅限于对私立大学的认证和监督方面，而对公立大学的管理几乎是形同虚设的。

教育质量和标准。肯尼亚高等教育的扩展在一定程度上是

---

① http://www.uis.unesco.org/ev.

② Buchmann C., “The state and schooling in Kenya: Historical developments and current challenges”. *Africa Today*, 1999, 46 (1). p.94-119.

以牺牲教学质量为代价的。由于预算减少，学生拥挤和师资队伍的人才流失等问题，肯尼亚高等教育的质量一直处于下滑的状态。

办学资金。财政体制的改革不能完全解决大学的资金短缺问题，在肯尼亚经济持续低迷发展的背景下，高校的办学资金也不能单纯依靠政府拨款。缺乏办学资金直接影响了教学的硬件条件和教师的待遇等，因此决定了教育质量的下滑。

就业问题。大学扩招后，毕业生的数量逐年增加，但是由于肯尼亚经济发展不景气，经济部门无法吸收越来越多的毕业生。按照20世纪90年代的预计，私立部门（90000个岗位）和公立部门（20000个岗位）每年创造的就业只能满足1/5的中学和大学毕业生，到目前为止，这部分人有可能达到400000人。[①]

科研和服务。由于缺乏资金，肯尼亚政府和大学几乎没有提供研究经费。加之教师沉重的教学压力和兼职工作，教师并不热衷于从事科研工作。研究成果的低下影响了大学为工业和社区服务的能力，因此创收活动中这部分收入的比例很小。

性别和教育公平。目前，肯尼亚公立大学的男女比是2.7:1，[②] 私立大学的比例大致持平，一些学校的女生比例超过了50%。就教育公平而言，高等教育改革使优越的教育资源集中到了少数人的手里，从初等、中等一直到高等教育，他们都可以享受最好的教育，同样他们也在就业市场的竞争中占据了优势。

① Buchmann C.，“The state and schooling in Kenya: Historical developments and current challenges”. *Africa Today*, 1999, 46 (1). p. 111.

② John C. Weidman, “Prospects for the Development of Higher Education in Kenya”, in F. Shams eds., *State and Society in Africa: Perspectives on Continuity and Change Lanham*, New York, London: University Press of America, Inc, 1995, p. 138.

三、肯尼亚高等教育的发展前景和出路

虽然面临以上挑战，但是肯尼亚高等教育的发展也具备许多有利条件。首先，多党政治制度实行后，肯尼亚的教育政策转向自由化，高校的自主权有所增加，有利于提高管理效率。其次，国际和地区合作也为高等教育的发展提供了机遇。在高等教育国际化的背景下，肯尼亚可以向非洲其他地区或非洲以外的国家和地区寻求解决高等教育问题的方法。如教育官方发展援助可以弥补本国高等教育办学资金的不足。非洲地区的合作可以加强非洲高校之间的合作和提高地区教育的标准。此外，肯尼亚的高等教育改革表明高等教育的问题已经得到了政府的重视，改革的成效初步显现出来：一些传统的制度问题和弊端得到解决，许多新的发展思路也得到了尝试。

肯尼亚高等教育的问题主要是基于三对矛盾：一是有限的资金和高校不断扩招之间的矛盾；二是有限的入学机会和高涨的社会需求之间的矛盾；三是高等教育量的增长与质的提高之间的平衡问题。为了解决这三对矛盾，通过各种方式筹集资金，扩大高等教育入学机会和提高教育质量是今后肯尼亚高等教育工作的主要目标。可以通过大学创收、贷款和聚集社会资金筹集高等教育资金，通过发展私立高等教育、远程教育和中等教育增加入学机会，而教育质量的提高需要建立在以上两者的基础上，需要通过高校硬件设施和软件设施的改善以及在高等教育内部的有效竞争的氛围中逐步实现。

具体而言，下一步工作的重点思路似乎是：

1. 规范创收活动。必须制定一个明确的资助研究和利用研究成果的政策；鼓励大学与工业合作，使高等教育在国家发展和人民社会经济转型中处于中心地位。继续鼓励高等院校参与创收活动，就办学成本中弥补政府的拨款。

2. 增加高等教育贷款委员会的资金，将学生贷款扩展到所

有高等教育机构，包括私立大学。

3. 鼓励社会捐资。

4. 发展私立高等教育。

5. 发展远程教育。扩大和推广 ICT 在教育中的运用，加强相关技术的培训，同时在有条件的地方逐步推广，尽可能地扩大高等教育的入学，同时保证教育的质量和标准。通过改善设备和发展国际技术培训策略，加强技术培训学校；重组一些培训学校，使其在工业转型中发挥更大的作用。

6. 鼓励中级学院的发展。

7. 努力实现性别和地区的教育公平，在招生、拨款、就业等方面对弱势群体和不发达地区适当倾斜。

8. 有效利用现有的基础设施和人力资源；提供足够的教学和研究设施和设备，改善公立高校的工作环境，加强资源调动和利用的机制；加强全面的教师发展计划；与工业部门合作开展人力资源需求评估，使其参与课程发展；在劳动力市场开展需求评估，设置合理的培训课程以满足这些需求。

第三章

肯尼亚高等教育管理体制

根据伯顿·克拉克（Burton Clark）提出的“高等教育三角协调模式”①，肯尼亚的高等教育管理接近国家控制模式。政府可以通过各种机制大力控制和协调高等教育的管理，包括直接拨款、任命重要的行政人员、立法制定规章制度限制学术自由和对高等院校日常办学的直接干预。肯尼亚高等教育系统的矛盾主要表现为政府或大学当局与争取大学自治和学术自由的力量之间的冲突。与此同时，随着肯尼亚高等教育的改革与发展，非国家及市场的因素正在不断地影响高等教育领域，造成“三角关系”的重整和再定位。这主要是由于肯尼亚私立高等教育的迅速发展打破了政府垄断高等教育的局面，在高等教育管理中引入了监督管理。

第一节　肯尼亚教育系统的组织和结构简介

肯尼亚的教育管理网络包括教育部（The Ministry of Education）、省（province）、区（district）、乡（division）和村（location）一级教育管理机构。

---

① 伯顿·R. 克拉克著，王承绪等译：《高等教育系统——学术组织的跨国研究》，杭州：杭州大学出版社1994年版，第159页。

一、各级教育行政机构

1. 部级教育行政。教育部负责制定教育部门的政策和计划、制定部门战略、管理其他机构提供的教育和培训服务。这个机构的前身是教育和科技部。目前，教育部设有1位部长，2位副部长，1位常务秘书（Permanent Secretary），1位教育秘书和5位司长，其中包括高等教育司司长。教育部分为10个部门：初等教育部、中等教育部、大学教育部、实地服务部、计划和发展部、政策制定和项目部、纪检部、法律事务部、行政部、财政和审计部。此外，还设有11个半自治机构，其中包括高等教育贷款委员会（HELB），它们对常务秘书负责。[①] 常务秘书是行政和财务主管，下设教育主管、学校总督察和其他高级官员小组。教育主管是与国家教育有关的所有专业事务的主要顾问，他们帮助教育部长制定政策，引导和指导教育的发展，八个行政省都有一个省教育主管。学校总督察（Chief Inspector of Schools）负责教育质量控制和保障。此外，教育部还任命了三个顾问机构来促进和引导各级教育的发展：国家教育顾问委员会、省教育委员会和区教育委员会。

2. 省级教育行政。在省一级，省教育主管负责协调各自省内的教育活动。省教育主管是本省教育的行政和专业主管，也是教师服务委员会的政府代表。省级学校监督机构协助省教育主管开展教育质量控制工作。省技术培训主管协调技术培训活动，监督省级政府和私营教育机构的技术课程。

3. 地方教育行政。在区一级，教育管理、计划、学校的注册和监控、教师管理由区教育委员会负责，由区教育主管担任其秘书，他负责监督乡和村一级的教育官员。区学校监督机构协助区教育主管开展教育质量的控制和保障工作。关于学校注册人

① http：//www. education. go. ke.

数、课程设置、教师和其他教育人员的资料在区一级收集后将送到总部做分析研究。

4. 学校管理。就学校管理而言，小学的学校管理委员会和家长教师协会（Parents-Teachers Association，PTAs）负责各自学校的管理；而中学、中级学院和职业技术学院则由管理委员会负责，大学由校务委员会管理。

二、肯尼亚高等教育管理组织和机构

（一）四大权利中心

在肯尼亚高等教育的管理中，虽然名义上教育部拥有协调高等教育的权利，但是实际上真正影响大学事务的是四大权利中心：一是校长联席会。这个机构设有轮值主席，是一个强有力的游说机构。由于他们在政府中拥有强大的支持者，所以其观点和决定十分具有影响力。二是总统府。总统希望时刻监控大学每天发生的一切。三是总统府常务秘书（permanent/chief secretary）。为了确保上述第二点，肯尼亚第二任总统莫伊（Daniel Arap Moi）曾任命担任过内罗毕大学校长的菲利普·姆毕希（Philip Mbithi）教授为总统办公室常务秘书和行政主管。姆毕希因此而成为许多大学事务的一个关键人物，包括下令关闭大学，决定高层任命和主要大学官员的调动。他可以决定哪位大学校长将受到政府的青睐。四是校务委员会（University Council）。大学校务会作为总统府的秘书处，其中约 11 ~ 15 名成员即 2/3 以上的人都由总统任命或是他的代理人。①

---

① Omari, I. M., "Kenya: Management of Higher Education in Developing Countries: The Relationship between the Government and Higher Education". In G. Neave & F. A. v. Vught (Eds.), *Government and Higher Education Relationships across Three Continents: The Winds of Change*. Vol. 2. Oxford: IAU Press. 1994, pp. 54 – 73.

（二）高等教育委员会

另外两个与肯尼亚高等教育管理相关的重要机构是高等教育委员会（Commission for Higher Education，CHE）和高等教育贷款委员会（Higher Education Loans Board，HELB）。

高等教育委员会是根据《1985 年大学法》成立的一个半政府性质的机构。它是所有高等院校的管理机构。大学法赋予其 19 种职能，主要包括如下十个方面：向教育部建议建立公立大学；认证大学；协调大学教育的长期规划、教职员工的发展、奖学金和硬件发展；与政府合作计划和发展大学教育；审批私立大学递交的课程和课程规定的提议；制定招生制度，向公立大学提供中央招生服务；确保维持大学的课程和考试的标准；收集、审核和公布关于大学教育和研究的信息；计划并满足大学教育和研究的财政需求，包括经常性和非经常性需求；向教育部提议由议会下拨的用于大学教育、研究和收支的资金分配。[①]

> 根据《1985 年大学法》，高教委员会目前的成员有 28 人。高教委员会是全面主管机构，通过专家委员会和秘书处履行职能。
>
> 各分委员会考察和决定一些专门问题，并向高教委员会提出行动建议。各分委员会还从事必要的资料及其他各类服务。筹划指导委员会是高教委员会的执行委员会。它在高教委员会总的指导下，协调各分委员会和秘书处的工作。高教委工作人员选拔委员会负责高教委工作人员的补充和晋升工作。该委员会有三个小组委员会，各负责高级、中级和初级人员的选拔和晋升。视察委员会负责对大学机构和向高教委员会申请认证的机构

---

① Sifuna, D. N., "The Governance of Kenyan Public Universities". *Research in Post-Compulsory Education*, 1998, 3 (2), pp. 175 – 212.

进行高等学术标准的建立和维持方面的评估，并要确保这些标准得以建立和维持。课程和质量保证委员会负责学术课程以及支撑这些课程的学术资源的评估和批准、确认；并对视察委员会提出相应的建议。技术委员会根据《大学规程》和肯尼亚相关法规，评估大学教育中建筑物及其他有形的和空间的设施的适当性。法律委员会向高教委员会提出法律事务的建议。它专门研究管理学生行为和纪律的国家规章制度，并向视察委员会提出相关建议。文献和信息技术委员会负责向高教委员会提出关于信息提供和文献服务事务的建议。它也负责指导肯尼亚高等教育机构中图书馆和信息服务的发展方向。资格互认委员会负责向高教委员会提出高教资格认证的国家标准，以及国际各地高教资格对等问题的建议。中等后教育机构委员会设置中等后教育机构的标准，协调它们的教育和培训，建立不同课程计划之间学分转换的标准，并负责修订中等后教育机构的目录。政策分析和研究委员会负责促进研究和教育为国家发展作贡献，也通过在大学和发展伙伴以及其他股东之间建立可持续的联系，来推进和协调研究经费的筹集。大学拨款委员会负责就国家整体的人力资源开发要求的事宜，联络政府部门、公众以及公私立经济部门。中央大学入学委员会（Central Universities Admissions Committee）成员构成由《大学法》第8节第3条［Section8 (3) of the Universities Act］规定。该委员会要通过高教委员会向国会提供下列方面的建议：在全国范围内如何协调公立大学的招生；通过它认为合适的手段建立和保持相当的教育标准作为大学招生的先决条件；规定一个人要进入大学必须在学业上达到的最低要求。招标委员会处理高教委员会内部货物和服务的采购工作。[①]

肯尼亚政府建立高等教育委员会的本意是将其作为一个政府与大学之间的中介机构，独立地协调财政分配等大学管理的问题。但是在实际的运作中，由于受到资金、人员等条件的限制，目前高教委的主要工作局限于对私立高校的管理和监督。肯尼亚政府正在考虑扩大 CHE 在公立大学管理方面的职能，但是见效甚微。

（三）高等教育贷款委员会

高等教育贷款委员会是根据 1995 年高等教育贷款委员会法成立的。委员会具有五大职能：向贫困学生发放贷款、奖学金和助学金；收回自 1952 年高等教育贷款基金成立以来发放的大额贷款；建立一项周转资金，向贫困大学生提供贷款；将剩余资金用于合法的投资；从其他组织寻求额外资金（私立部门、慈善组织、基金会等）。[②] 由于缺乏足够的资金，委员会自建立以来，虽然取得了一定的成就，但是贷款机制仍未健全。目前，委员会面临的主要问题是提高贷款的偿还率，建立基于家庭经济条件的筛选机制，扩大贷款对象，建立有效的监督机制等。[③]

第二节　肯尼亚高等教育管理体制的历史沿革

一、殖民时期（1885～1963 年）

1885～1963 年，肯尼亚处于英国的殖民统治之下。当时位于乌干达的马克里尔学院是东非地区唯一的高等教育中心，提供

① http：//che. or. ke/commission. html. 2008 －02 －24.

② Otieno，W.（2004）． “Student Loans in Kenya：Past Experiences，Current Hurdles，and Opportunities for the Future”． *JHEA/RESA*，2（2），pp. 75 －99.

③ 关于高等教育贷款委员会，具体参见本书第五章。

跨地区高等教育。根据1954年英国颁布的阿斯奎斯法提出的"海外输出大学"计划，1954年英国殖民者在肯尼亚建立了皇家技术学院。皇家技术学院移植了英国大学的传统，与伦敦大学建立了特殊的关系。出于殖民者利益的考虑，英国政府通过伦敦大学控制了皇家技术学院的课程设置和学位授予权。后来，当地殖民政府把发展高等教育作为发展当地经济的重要手段，逐步成为学院经费最主要的支付者，甚至还正式通过法律法规来控制和管理学院。

值得一提的是，在整个殖民统治时期，由于继承了英国大学自治的传统，东非地区的学院都享有较大的自治权。从内部运作来看，皇家技术学院继承了英国大学的"自治"、政府"不干涉"和"学术至上"的原则。学院的管理是学院内部的事务，政府无权加以干涉。教学和科研活动是学术人员自己的事情，行政官员无权过问。

二、东非大学时期（1963~1970年）

1963年，马克里尔大学学院、内罗毕大学学院和达累斯萨拉姆大学学院合并组成了东非大学（University of East Africa）。

这一时期东非大学的管理主要表现为如下两个特点：

第一，跨国协调与自治管理的紧密结合。东非共同事务组织是一个由东非三国政府共同组成的经济组织，它也涉及教育和文化等公共事务。东非大学就是其运作的产物，它与东非大学的关系远比各国政府与大学的关系紧密。由于东非大学提供跨国教育，三个学院各有自己所侧重的学科，所以大学的管理就带有明显的跨国协调的特点。直接为大学提供资金的是东非共同事务组织管理之下的大学拨款委员会。该委员会负责落实各校的长期学术计划与财政计划，并严格审批三所学院的经费申请。其下属的共同经费事务组织，负责收集来自各国政府的捐赠。各个学院根据学院三年期的发展计划从东非共同事务组织获得一次性的固定补助。此外，大学还可以从英国福利和发展资金、福特、卡内基和洛克菲勒等基金会获得大笔资金援助。校务委员会和教务委员会负责协调大学事务。前者的成员来自三个学院、三个新独立的国家政府和教学人员代表以及本地区以外的知名人士；后者由各学院的代表、大学校长和有意捐赠的政府与个人组成，其中各学院代表负责商讨入学要求与学位授予等事务，大学校长负责协调各学院之间的意见分歧。大学名誉校长则由三国的政府首脑轮流担任，但是实际上由于东非大学的短暂性，它的历史上只有一位名誉校长，即坦噶尼喀的总统尼雷尔（M. J. Nyerere）。大学教务会和校务会决定由谁教、教什么、怎么教和谁入学等重要问题，拥有很大的自主权，大学与各国政府保持着一种所谓的平行的关系。跨国协作与自治管理交相辉映，构成了这一时期大学与政府关系的一大特色。

第二，大学目标与政府目标的矛盾冲突。新独立的政府与新建立的东非大学一开始就在发展目标等方面存在矛盾。一方面，包括师生在内的大学的内部力量试图根据大学的传统来改造大学，按照自身的理念制定大学法案和规定大学的功能，即促进知识的增长和智力的发展。他们提出东非三国范围内的大学教育事务由东非大学来承担，并要求与政府和有关外部组织进行协调。为此，他们把捍卫学术自由和大学的权利提高到一个极其重要的位置。但是另一方面，三个新独立的国家对于大学都有自己的特殊要求，大学甚至被当成国家独立的一个重要标志。它们主张大学应以为独立国家的社会发展服务作为明确目标。因此，它们一开始就试图全面控制大学的各种事务。但在三国联合统一的大学体制下，各国政府很难真正发挥干预作用，特别是在大学日渐成为师生批评政府的论坛的情况下，政府最终采用了激进的措施夺回大学的控制权。通过担任大学的名誉校长，肯尼亚总统任命了一些大学的高级官员和忠于政府的校务会成员。他甚至还直接介入大学的内部事务，干预诸如授予学位等纯属学术方面的事务。在各国政府的不断干预之下，大学与政府的矛盾不断加剧，最终导致东非大学丧失权威，最终在重大的外来压力下于1970年宣布解体。

三、20世纪70~90年代

1. 政府对大学的全面控制。与70年代之前的自治形成鲜明对比的是，70年代以后，肯尼亚政府几乎全面控制了大学。政府通过制定大学法案，垄断大学校长职务，指派校务委员会成员并控制招生和办学经费，甚至通过武力干预等各种途径和措施将大学牢牢地控制在手里。1970年，肯尼亚第一所大学——内罗毕大学建立后，肯尼亚政府试图将大学的发展与政府的理想和目标相统一，要求大学为肯尼亚的社会和经济发展服务。在独裁统治的政治体制下，教师和学生的学术自由受到严格的限制。这一时期的罢课、罢工、游行示威等活动经常因武力镇压而告终，继而相关的人员都遭到残酷的迫害和制裁。这种管理体制下，大学已经成为政治机构的延伸地带，与最初的大学发展理念大相径庭。

2. 政府开始重视私立高校的管理。私立高校发展初期并没有引起肯尼亚政府的重视。对私立高校，肯尼亚没有专门的法律或管理机构。政府规定只有当私立高校通过所附属的国外公认大学的认证时，政府才批准它们提供学位课程。依附也是公立高等教育在殖民时期和独立后一段时期的发展方式。公私立大学这两种附属的差别在于，私立高校所附属的大学大多不是英国的、非洲的，也不是像伦敦大学和东非大学或内罗毕大学那样世界闻名的大学，而是美国的小型私立大学。20世纪80年代末和90年代，私立高等教育的迅猛发展引起了肯尼亚政府的关注。1985年，肯尼亚议会通过《1985年大学法》，决定成立高等教育委员会，规定了委员会在私立高校管理方面的职权，主要包括：向教育部提交私立高校建校提议；审批课程；阶段性地评估私立高校。[1] 委员会承担了原附属大学的许多职能，它的成立在客观上大大促进了肯尼亚私立高等教育的发展。委员会成立后，政府要求私立高校摆脱与原附属大学的附属关系，这说明了政府试图引导私立高校为肯尼亚本国的需求服务。同时，肯尼亚议会制定的法律法规和高等教育委员会的规章制度，从一开始就构成了严格的质量监控制度，为肯尼亚成功发展私立高等教育奠定了基础。

四、20 世纪 90 年代以后

进入 90 年代以后，东非各国政府都对本国的大学与政府关系进行了重新审视。90 年代，肯尼亚实现政治自由化，从一党专政转变为多党联合执政。加之受到国际组织如世界银行当时积极提倡的解除管制的政策，肯尼亚开始推行教育分权政策，政府对大学的严格控制逐步消失。这不仅有利于提高公立高校的管理效率，而且也创造了良好的教育投资环境，导致私立高等教育的迅速发展。

在 2002 年，肯尼亚的总统不再担任公立高校的名誉校长，而是任命一位名誉校长代其履行职责。公立高校的校长、副校长等要职开始公开招聘。随着这种人事制度的不断完善，公立高校的管理将步入专业化和有效管理的正轨。在财政制度上，肯尼亚政府也不再是大学资金的唯一提供者。公立高校在确定成本分担制度的同时，积极寻求其他途径创收，加强高校教学科研与社会的联系。政府减少拨款导致高校自主权增加，为公立高校的自我发展提供了一定的空间。

尽管如此，分权的过程是十分缓慢的，而且受到历史和政治

① Eisemon, T. O., "Private initiatives in higher education in Kenya", *Higher Education*, 1992, 24. pp. 157 - 175.

体制等因素的影响，肯尼亚政府不可能放弃对公立高校的控制权，教育分权只是有限分权，国家控制的管理模式并没有从本质上得到改善。但是高等教育的改革措施表明肯尼亚政府已经看到了目前这种管理体制的弊端，这是国家重构大学与政府关系的一个积极的信号。

第三节 肯尼亚公立高校的管理

肯尼亚的七所公立大学是高等教育体系的主体。每一所公立大学都是根据议会颁布的大学法案成立的，虽然大学法案明确规定大学享有自治权和学术自由，但是政府对大学的干预与此形成了鲜明的对比。因为政府是公立大学的主要资助者，将大学视为国家发展的工具。此外，肯尼亚的政治体制和管理体制也促成了比较集权的高等教育管理模式。

和大部分非洲国家一样，肯尼亚的大学与资助它们的政府之间也始终存在各种不稳定的、频繁的冲突。这种冲突起源于外国。因为它们采用了英国市立大学（civic universities）的章程、标准、课程和社会目的的基本模式；这类大学倾向于成为自我管理的团体，其目的是培养精英阶层。这些理念给非洲的新大学带来了几个问题。最主要的一点是大学发展目标与国家发展目标之间的矛盾。政府不能满足大学的财政需求，却增加对大学事务的干预，大学的部分人员批判政府高层腐败、限制民主。在大学内部，学术人员和学生也与大学管理者就生活补贴、工作条件、有限地参与大学管理、大学作为国家利益的捍卫者还是大学利益的捍卫者等问题之间存在不同意见。①

① Mwiria, Kilemi. *University Governance: Problems and Prospects in Anglophone Africa*. Washington D. C.: The World Bank, 1992. p. 1.

一、公立高校的外部管理

1. 人事制度。政府对大学的干预从建立之时就开始了，大学的建立往往是总统个人的指令或建议。[①] 2002 年之前，肯尼亚的总统是所有公立大学的名誉校长（chancellor），拥有决定所有大学建立的最终权利，他是公立大学的最高领导，有权指导大学的事务。名誉校长任命和解雇常务副校长（vice-chancellor）。在大多数情况下，常务副校长的任命并不取决于他在管理和学术方面的能力，而是基于对政府的忠诚。名誉校长还可以任命大学高级官员，这一点在大学法案中有规定。大学校务会是管理大学所有事务的最高机构。虽然其中的学术人员和学生代表是由各自的选民选举产生，但是校务会的主要成员，如主席、副主席、教育部长、大学部门的常务秘书都是由名誉校长任命。在所有的公立大学中，几乎 60% 的校务会成员都是名誉校长任命的。[②] 在这种任命制度下，政府的意见通常主导了校务委员会的讨论，很容易导致根据政府的观点管理大学事务。命令链从名誉校长（即总统）直接传达到大学常务副校长，教育部长在这个过程中被边缘化。总统所任命的大学官员享有公务员地位，可以调任到政府部门工作。这种总统直接担任公立大学校长的情况在独立以后的非洲国家十分典型，它奠定了大学管理的政治色彩。2002 年以后，虽然肯尼亚进行了高等教育管理的改革，总统不再是所有公立大学的名誉校长，但是政府对公立大学的决策依然具有很大的影响力。

2. 经费体制。肯尼亚的公立大学传统上都是政府资助的，其经常性经费和发展经费都来自政府拨款。此外，政府还向学生

---

① 在非洲的旧传统中，总统的建议等同于命令。

② Sifuna, D. N. " The Governance of Kenyan Public Universities" . *Research in Post-Compulsory Education*, 1998, 3 (2), pp. 175 -212.

提供奖学金和贷款。和其他非洲国家一样，肯尼亚最初实行免费高等教育，教育预算尤其是高等教育预算占国家总预算的比例很高。随着高等教育规模的扩大，政府逐步引入了成本分担制度，由国家和学生及家长共同承担高等教育开支，而且大学为了满足资金的不足，开始通过各种形式的创收活动增加收入，但是国家资助仍是公立大学经费的主要来源。肯尼亚主要采用专项拨款分配教育经费。公立大学的校长每年直接向教育部或财政部的委员会申请所需的资金，报呈议会批准。这个制度在很大程度上取决于权利关系，协商技巧和个人之间、学校与政府之间的政治联系。拨款的时间经常不定，因此大学规划几乎是不可能的。财政部会根据它自身的资金流动性重新制定向各部门拨款的计划。因为账目是根据议会批准，总审计署审计的预算项目制定的，所以大学没有大幅度改变资金分配的权利。拨款与大学的绩效并不挂钩。除了年度预算，校长和主要官员与部长之间还可以协商额外的预算。根据这种额外协商，政府直接向大学发放用于特殊活动的拨款，包括与财政部、农业部、卫生部、经济规划部等相关问题的研究，正式的拨款通过教育部实施。这一过程往往取决于活动的本质以及校长和部长之间的政治联系。这种拨款制度使拨款的审批权集中到少数人的手中，具有很大的主观性和任意性，滋长了官僚机构的腐败；而且拨款数目经常会受国家的财政状况影响，易导致经费来源不稳定；政府拨款的同时附加的条件经常导致政府对大学事务的直接或间接地干预；在这个过程中，经费权与治事权的分离使得教育部不能对大学发展进行经营决策。① 因此，这种拨款制度只能使大学对政府依赖性越来越大，最后成为政府的依附品而丧失大学自治权。

---

① 许明、张发建：《东非三国大学与政府关系的发展与现状》，《闽江职业大学学报》2000 年第 4 期，第 15—20 页。

3. 日常办学。虽然公立大学在管理大学的内部事务方面享有一定的自主权，如招生、招聘教师、决定教学和研究议程等方面，但是肯尼亚政府几乎控制了大学发展和管理的所有方面。政府除了任命和委任主要的大学管理者和校务会的成员之外，还经常利用校务会对大学招生数下指令，下令闭校，决定学期和大学教职人员的工作条件，在某些情况下，政府还要求学术人员获得官方的研究和旅行授权以监督他们的研究、教学和旅行议程。出于政治利益的考虑，政府还试图通过大学招生解决地区或种族的不平衡。如 1978 年，莫伊总统执政后，在所谓的支持行动下引入了一个特殊的招生配额制度。该行动在很大程度上旨在使与政治团体有紧密联系的某些种族获益。学校有目的地录取那些低分或不合格的学生来实现种族平衡。又如 1988 年和 1992 年，肯尼亚政府下令扩大大学招生人数，使实际招生人数达到原计划的两倍，但高等教育的拨款却没有同比增长，这种指令根本没有考虑公立大学的容纳能力，给原本就面临资源短缺的公立大学带来了更严峻的挑战，直接导致了高等教育的危机。有时甚至是总统府的一个电话就可以改变大学校务会已经做出的决策。这说明大学完全是政府用以实现其政治利益的工具。

4. 教师管理。公立大学与政府的冲突在很大程度上表现为教师和学生与政府之间的冲突。造成这种冲突的原因包括政府对大学事务的干预和对学术自由的破坏。在专制统治时期，教师没有组织协会、演讲和批判大学政治或大学领导的自由；大学教师或学生的任何形式的批判都等同于提倡外国意识形态，即马克思主义或共产主义。一旦被认定参与颠覆性活动，那些教师将受到严厉的惩罚：包括取消晋升机会，没收护照以防他们逃到国外，不经审判而遭拘留，入狱，甚至迫害致死。许多大学，包括私立大学因为害怕受到牵连，都不敢再聘用因参与罢工而被解雇或受处罚的教师，因此他们只能流亡国外。为了控制教师的言行，政府甚至在学校里安置了大量告密者。为了生存，有些教师充当了告密者的角色，有些则为政治家服务，为他们的管理不善和腐败制造合理的借口。作为报答，当局通常给予高额的资金回报，或任命他们为部长、顾问、常务秘书、委员长和许多国营企业董事会的会长。这些任命通常附带着优厚的福利，如免费的汽车、免费的汽油、住房等。1993 年 11 月 29 日，来自肯尼亚四所公立大学的学术人员举行罢课，要求国家承认新成立的大学教师联盟（Universities Academic Staff Union，UASU）。后来政府解雇了参与罢课的 27 名教师，停发了数百人的工资。1994 年 9 月，UASU 领导不得不下令取消罢课。① 这说明即使在多党制时代，教师的学术自由和民主权利依然受到严格的控制。目前，虽然大学教师联盟已经获得了合法地位，教师代表在大学管理机构中具有一定的比例，但是总体而言，教师的影响力更多地局限于诸如考试和课程安排等学术领域，教师在管理和决策层的比例严重不足，与西方国家大学的教授治校存在较大的差距。

5. 学生管理。学生暴动是公立大学面临的最棘手的学生管理问题。20 世纪六七十年代，学生暴动的原因是出于对社会不公正现象的关注，而随着 80 年代学生生活条件的恶化，他们开始将视线从社会问题缩小到自我生存上来。其他原因还包括学生不满大学管理者的领导风格和对参与民主决策的限制。学生暴动发生后，政府和大学管理者通常采用武装镇压的方式，同时下令关闭大学。1982 年，在镇压一次未遂的政变后，由于许多学生公开表示支持这次政变，政府下令将内罗毕大学关闭一年，许多学生被逮捕、开除或勒令休学。学生暴动的频繁发生扰乱了学校的正常教学秩序，破坏了大学的基础设施和公共资源，严重影响

① Irungu Munene. “The Struggle for Faculty Union in A Stalled Democracy: Lessons form Kenya”. *Journal of Third World Studies*, 1997, Vol. XIV, No. 1.

了教学质量，许多学生需花费 6 年的时间完成本需 4 年的课程。对待学生组织，肯尼亚政府也采用了软硬兼施的方法。一方面迫害敢于挺身而出的学生领袖，另一方面采取诱惑的方式，如向学生领袖承诺毕业后在政府部门就业，控制学生组织的领导层。另外一个策略被称为分而治之，即政府不允许建立全国或全校范围的学生组织，但是允许建立以系、学院或生源地、种族等为基础的学生组织。其目的是尽可能地减少学生组织的大规模影响。如 1998 年才成立的内罗毕大学学生会是一个全校性质的学生组织，但在此之前该大学学生组织都是分布在各个学院。

二、公立高校的内部管理

（一）公立高校的内部管理机构

为了详细解释肯尼亚公立大学的内部管理体制，这里以内罗毕大学为例，介绍公立大学的主要管理机构和人员的设置。1985 年通过的内罗毕大学法案详细规定了大学的管理结构。[①] 1. 名誉校长。总统应该是大学的名誉校长，除非他认为可以任命其他人担任此职。名誉校长：（1）是大学的主管，应该以大学的名义授予学位、文凭、证书和其他大学的荣誉；（2）可以不定期主持对大学的审查或询问教学、研究或其他任何工作；（3）根据大学章程的规定安排对大学行政机构和组织的检查；（4）有时向校务会提出他认为对大学的改善所必需的建议；（5）享有以上权利和特权，履行大学章程规定的其他职能。2. 常务副校长。人选由名誉校长根据校务会的建议任命，是大学的学术和行政领导，具有大学章程所规定的权利和义务。根据内罗毕大学章程的规定，常务副校长任期 5 年，最多可以连任两届。常务副校长是以下机构的主席：评议会；副教授任命委员会；大学管理委员

① University of Nairobi Calendar. 2006 ~ 2007. pp. 10 – 14.

会；学生福利机构（Student Welfare Authority）。3. 副校长（Deputy Vice-Chancellor）。校务会应该通过与名誉校长协商，从大学教授中任命2名或2名以上副校长，他们的权利在校长之下。每个学校根据实际情况，一般设置2~3名副校长。内罗毕大学就设置了3名副校长，分管学术、行政和财政、学生事务。4. 院长（Principal）。校务会通过与名誉校长协商，为大学的每个学院任命一位院长，他是学院的学术和行政领导，权利在校长之下。院长人选在公立大学一直由选举产生。5. 校务委员会。它由下列成员组成：主席、副主席和荣誉财务员，他们都由名誉校长任命；常务副校长；副校长；附属学院（constituent college）的院长；大学内部学院（college within the university）的院长；10名以下由总统任命的政府代表；评议会任命的来自每个学院的1名评议会成员；甘地纪念学院协会（Gandhi Memorial Academy Society）任命的1名成员；校友会从校友中任命的2名成员；每个领地（State）（暂时是一种特殊的区域）的政府（the Government of each State）任命的1名成员；大学教工协会任命的1名成员；学生组织选出的2名成员；有时还由现任成员选举不超过2名的新成员。除了职位规定之外，校务会成员一般任期3年。校务会的权力包括：（1）根据校务会的观点，以促进大学的最佳利益的方式并以此为目的管理大学的财产和资金，而不是大学学院的财产和资金。但是校务会在没有名誉校长的事前批准的情况下不能对大学的固定资产进行收费或处理。（2）代表大学或下属学院接受赠品、捐赠、拨款或其他资金，然后分配给各学院或其他机构或个人。（3）为大学的教职员工和学生提供福利。（4）如果校务会认为有必要的并且是合适的，大学可以与其他大学或高等学府建立联系，不管是在肯尼亚还是在国外。（5）征求评议会意见后，制定学生行为准则。大学的章程是由校务会制定的。6. 评议会。组成人员包括：校长（即主席）；副校长；大学各附属学院的院长；大学内各学院的院长；小型、专业性学院、系所（faculty，institute，school，department）主任；由学术委员会从每个学院中选出的2名以下的教授（他们不是评议会的成员）；每个大学学院的学术委员会或同等机构从中选出的2名成员；图书馆馆长；各院系委员会任命的1名代表（不是教授，也不是评议会的成员）；学生组织选举的6名学生代表。评议会下设的委员会包括：院长委员会；发展、计划和基建委员会、图书馆和书店委员会、学生纪律委员会、研究生委员会、本科课程委员会等。评议会的权利和职能包括：（1）通过与学位、文凭、证书和大学授予的其他荣誉有关的任何课程的内容和学术标准，向校务会报告它的决定；（2）就专业的入学要求向校务会提出相关的规章制度的建议；（3）就大学的学位、文凭和证书和其他荣誉的考试中所要达到标准向校务会提出规章制度的建议；（4）决定哪个人达到以上的标准，应该被授予学位、文凭、证书和其他荣誉；（5）制定管理大学法案或学校章程所规定的其他事务的规章制度。7. 大学管理委员会。其成员包括：校长（主席）；学术副校长；行政和财政副校长；学生事务副校长；院长；内罗毕大学公司的经理；行政教务主任（秘书）。大学管理委员会负责：协调大学和学院发展计划；有效管理大学资源，包括人力资源和物质资源，就大学范围适用的政策向校务会和评议会提出建议；与大学和学院管理有关的任何其他事务。8. 学院管理委员会。成员包括：院长（主席）；副院长；学院下属子学院、研究所等的主任；所有系的系主任；所有不是该委员会工作人员的教授和副教授；每个系的代表；学院图书馆馆长；一名研究生；一名学生代表，由学生组织匿名选举产生。

（二）问题与特征

肯尼亚公立大学的内部管理实质上是个人形式的管理或独裁领导，真正的决策权在校长办公室，从学校、学院到系一级建立了自上而下的决策模式。所有的公立大学都建立了管理委员会来辅佐校长管理大学。在任命其成员时，校长经常违反大学法案和章程的规定挑选支持其个人决策的人选。在一些公立大学中，管理委员会篡夺了评议会在办学中的权利。评议会权利的丧失与其人员结构有关，因为评议会的大部分成员是院、系、所主任，除了院长由民主选举产生，大部分成员都由校长任命。由于校长的独裁，评议会很少举行真正有意义的讨论。学院和系级会议偶尔才召开，而且经常是为了处理教学计划，尤其是当学期即将开始的时候和考试将要举行的时候。学院委员会会议批准考试成绩，如果委员人数不够，院长和系主任就代表学院委员会批准考试成绩。系和学院委员会的会议主要处理学术事务，包括讨论课程计划、教学计划、考试。在系和学院一级，学术事务占会议内容的91.3%和82.5%。这些会议很少关注教师的福利问题。系主任和院长是决定这些会议议程的人。

大学的内部结构是学术自由的真正障碍。虽然大学缺乏基本的教学设施，但却经常花费数百万肯先令给参加评议会的成员提供昂贵的住宿、组织毕业狂欢、欢迎名誉校长、向校长和其他官员提供礼物等。系主任和学院领导由校长任命，他们组成的机构禁止在系的层面实行参与型决策，如果他们认为教师的意见与他们的管理相冲突，就试图忽略教师的观点。在许多情况下，这样的不一致总是围绕着学术或管理事务。高层大学管理者害怕实行更开放的包含咨询和讨论的管理机构的潜在危险，试图将教师和学生的注意力引导到学术工作上，尤其是通过每年频繁举行的考试。大学考试成为大学社区的主要关注点。通过鼓励学生和学术人员集中在学术事物上，公立大学的校长有时成功地使校园表面上处于平静之中。他们也将大学的资源引导到与考试相关的活动上。

第四节　肯尼亚私立高校的管理

肯尼亚是非洲地区发展私立高等教育的先导。根据罗杰·盖格（Roger Geiger）划分的三种私立高等教育的类型，肯尼亚的私立高等教育属于第三类，即大公立和小私立。在这种高等教育体系中，政府是高等教育的主要提供者，私立高等教育部门处于边缘地位。[①] 私立高等教育作为一个新兴的部门，不管从学校规模和教学设施来看，还是从招生人数、师资、课程门类和教学质量等方面而言，它都是作为公立高等教育的补充而存在。随着这个部门的发展壮大，它将成为肯尼亚高等教育部门不可或缺的组成部分，但是公立高校将在很长一段时间内继续占据主导地位。

肯尼亚的私立高等教育管理在非洲地区也处于领先水平，私立高校近三十年的迅猛发展就是最好的证明。肯尼亚的私立高等教育管理注重质量标准，政府在保障私立高校内部自主权的同时发挥了有效的质量监督作用。在外部管理上，肯尼亚政府制定了严格的法律框架，通过高等教育委员会这个中介机构开展学校认证、课程审批和绩效评估工作，发挥了监督作用。这表明了肯尼亚政府对于开放高等教育市场，引入社会力量（尤其是国外的办学主体）办学时的谨慎态度。在内部管理上，私立高校享有较大的自治权。主办者或出资者掌握大学所有权和管理权。自治意味着这些学校在组织、财务、教学、课程、人事、招生就业、资源管理等方面都享有独立决策权。与公立高校不同，私立高校在管理中融入了市场的机制，注重成本效益、管理绩效和市场竞

---

① Kaba, A. J.. *The development of private universities in Kenya*. Seton Hall University, South Orange, New Jersey, 2002, p. 12.

争力。这些特点的结合构成了肯尼亚私立高等教育的管理体制。它的自上而下的运作机制可以用图 3－1 来表示。

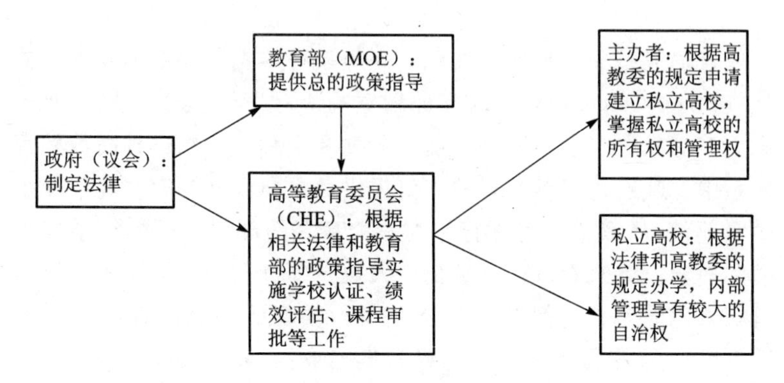

图 3－1 肯尼亚私立高校管理系统

一、肯尼亚私立高校的外部管理

肯尼亚私立高等教育的日益壮大和在高等教育体系中越来越凸显的地位引起了政府的重视。一方面，政府看到了私立高等教育部门在满足社会需求、扩大入学、增加经费等方面的作用；另一方面，由于受过去殖民主义经历的影响，政府对发展私立高等教育十分谨慎。因此，肯尼亚制定了详细而严格的办学指标体系，通过高等教育委员会（CHE）实施学校认证、课程审批和绩效评估。政府鼓励私立高校的建立和扩展，不直接干预私立高校的内部管理，但是私立高校的办学必须符合政府的标准。

（一）法律框架

肯尼亚与私立高等教育相关的法律和法规主要包括：《1985 年大学法第 210B 章》、《1989 年大学补充法案》、《2001 年大学修订案》和《1989 年大学法（大学建立）（标准化、认证及监督）》[The Universities（Establishment of Universities）（Standardization,

Accreditation and Supervision) Rules, 1989]。

1. 1985年大学法第210B章。它于1985年7月11日获得总统的批准。其最主要的内容就是宣布成立高等教育委员会和对私立大学设置的规定。该法关于高等教育委员会对私立高校的职能规定如下：(1) 促进实现大学教育的目标，即为了人类的利益发展，处理、储存和传播知识；(2) 认证大学；(3) 审查和批准私立大学向它递交的课程和课程规章的提议；(4) 接受并考虑在肯尼亚建立私立大学的个人申请，并向教育部提议；(5) 确保维持大学课程和考试的标准；(6) 就国外大学和私立大学授予的学位、文凭和证书的标准化、认可和对等性向政府提出建议；(7) 负责私立大学的注册、视察和检查等。[①] 大学法条例规定了私立高校的建校申请、特许证 (charter) 的颁发、特许证规定的事项、特许证的公布、大学名誉权的保护、特许证的变化和撤销等方面的内容。根据该法规，一个特许证应包括：私立大学的名称；私立大学建立的目标和目的；私立大学的成员和组织；为了更好地发挥学校的功能，私立大学的相关机构制定的规章制度的形式；大学其他财产的资金控制、使用和行政控制。任何想在肯尼亚建立私立大学的个人都应按照规定的形式向高等教育委员会递交申请，以获得建立私立大学所需的特许证。肯尼亚的总统具有最终决定权。

2. 1989年大学补充法案和2001年大学修订案。《1989年大学补充法案》和《2001年大学修订案》没有对《1985年大学法第210B章》进行重大修改。它们的制定是为了加强、重新确定和再次强调原法案的几个内容。《1989年大学补充法案》的主要条款详细解释了CHE的地位和功能，大学标准的准备，大学绩

① Kenyan Parliament. *Universities Act*, 1985. http://www.puib.go.ke/Legislation/Universities/UAK.doc. 2007-05-10.

效的评估和大学的监督，认证大学的标准。《1989年大学补充法案》还清楚地陈述了肯尼亚所有认证大学的权利和义务。它规定每所认证大学都具有管理学术事务的全部自主权。该法案还规定肯尼亚每所认证大学都有权决定教什么，谁有资格教，并向那些成功完成课程的学生授予学位和文凭。只要每所认证大学在任何时刻都维持法案规定的学校标准并遵守CHE发布的指令，就可以维持这些权利。《2001年大学修订案》包括两大条款。第一，它修正了《1985年大学法第210B章》和高等教育委员会的职能。第二，它详细陈述了肯尼亚总统在建立私立大学事务中的权利。该法案宣布申请人必须获得特许证才能建立私立大学，特许证由肯尼亚总统授予，这是限制国外大学影响的一种手段。

3. 1989年大学法（大学建立）（标准化、认证及监督）。《1989年大学法（大学建立）（标准化、认证及监督）》是肯尼亚政府对私立大学进行质量控制的重要依据，它也是高等教育委员会开展工作的重要指南。它规定了私立大学的注册（注册程序、准备和注册生效），建立（资格和申请程序，提议和申请程序，审核并确认各种资源，颁发临时授权书及其生效、拒绝、暂停或撤销临时授权书），学校的标准（准备、绩效评估和监督、学校标准的公布），认证的过程（认证的标准、审察委员会的任命、委员会的商议和认证的生效），认证学校的权利和义务。根据《1989年大学法（大学建立）（标准化、认证及监督）》的规定，肯尼亚的私立高校将分为三类：注册的高校、持有临时授权证书的高校和获得特许证的认证高校。注册高校是针对《1985年大学法第210B章》颁布前已经开始办学的私立高校而言，而临时授权书是对新建高校而言，这两种高校最终都需获得特许证完成认证过程。该法规还规定了认证过程的收费标准：申请注册或建立高校1000肯先令，授予注册证书5000肯先令，授予临时授权书

5000 肯先令，特许证 1000 肯先令。[①]

（二）认证机制

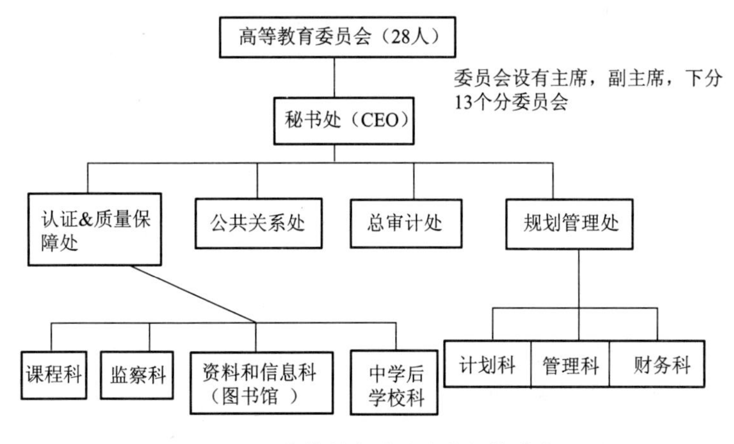

图 3－2　高等教育委员会的机构分布

1. 高等教育委员会。根据《1985 年大学法第 210B 章》成立的高等教育委员会（以下简称“高教委”）在私立高校的管理方面发挥了重大的作用。对于政府而言，它是实施法律法规和政策指导的秘书机构；对于私立高校而言，它是代表政府形象的外部监督者。高教委的认证和监督是为了确保私立高校：摆脱对国外大学的附属而成为独立的高校；为特定的种族或宗教群体的教育利益作贡献；拥有可靠的硬件设施；只录取那些至少符合公立高校最低录取资格的学生。[②] 高教委是私立高校的全面主管机构，通过专家委员会和秘书处履行职能。高教委的机构分布如图

① Kenyan Parliament. *The Universities （Establishment of Universities）（Standardization, Accreditation and Supervision） Rules*, 1989. http：//che. or. ke/. 2007－03－20.

② Oketch, M. O. “Private higher education in Kenya：Should the state support it?” http：//www. id21. org/education/e3mol gl. html. 2007－03－22.

3-2所示。高教委员会的分委员会考察和决定一些专门问题，并向高教委提出行动建议，各分委员会还从事必要的资料及相关服务。

2. 私立高校的建立。根据《1989年大学法（大学建立）（标准化、认证及监督）》的规定，申请建立私立高校的个人和组织应符合下列条件：其他大学的未来和目前的主办者（这些大学不属于该法规所适用的类型）；以提供大学教育为其目标之一的法人机构；任何提供大学教育的中学后学校。符合以上条件的个人或组织可以向高教委递交建校申请书。此外，申请者还必须同时递交一份资料，列出如下信息：（1）所提议的大学的名称、位置、学术特征；（2）大学建立的目标和目的；（3）大学开展学术和管理事务的管理形式；（4）大学提供的课程或计划提供的课程大纲；（5）大学是否具备所提议的课程或将来提供的课程所需的资源（包括资金、教职员工、图书馆服务和设备）；（6）表明未来3年内为实现大学建立的目标和目的所希望采取的安排。收到申请后，高教委将召开一次或一系列申请人会议，审核证明它们的资源的文件或证明材料。具体的审核步骤包括：（1）秘书处提交评估提议；（2）课程委员会在课程认证委员会的帮助下评估和审批提议的学术课程（包括确认学术资源）；（3）技术委员会核查硬件设施；（4）文献和信息技术委员会核查图书资源；（5）法律委员会评估管理学生行为和纪律的规章制度、教职员工工作制度等；（6）审察委员会对提议学校进行综合审查；（7）授予临时授权证书的委员会考虑这个提议。在这个过程中，与资源审核和评估有关的开支都由申请人承担。近年来，随着肯尼亚私立高等教育的发展，高教委不断收到新建大学的申请，但是由于审核过程十分严格，目前仍有许多不合格的申请文件积压在高教委。经过全面的严格考核，如果高教委认为申请人的确具备它所提议的建校资源，认为它正根据现实的计划来实现大学建立的目标和目的，并且有可能长期符合法律规定的大学标准，而且它的建立符合肯尼亚大学教育的利益，那么高教委将授予临时授权证书（letter of interim authority），并将通过公报公示大学的名称和有关信息。临时授权证书由高等教育委员会的主席颁发。如果新建学校在2年之内没有达到法律规定的标准，高教委将视情况暂停临时授权证或撤销临时授权证，而且在2年内不再接受来自同一个申请人的建校申请。临时授权证书赋予大学如下权利：（1）建立一个大学管理机构；（2）开始或继续发展硬件设施；（3）开始或继续聚集学术资源；（4）宣传课程或大学希望提供课程；（5）根据委员会的规定招收学生等。[1]

3. 私立高校的注册。根据《1989年大学法（大学建立）（标准化、认证及监督）》，所有在1985年8月1日前开始办学的私立高校都必须在该条例生效6个月之内或在高教委用书面形式同意的时间内，向高教委的秘书处递交一份注册表格。表格的内容十分详细，涉及16个方面，主要包括：大学的基本信息（名称、地点、具体地址、电话、主要管理者的名字、管理机构及其地址）、主要的学科、课程数量和类型（证书、文凭或学位）、主要研究方向、聘用的教职员工的名字和资格（全职或兼职）、学生数量、学生宿舍容纳能力、硬件设施（土地和建筑）、图书馆资源、其他特殊设施、目前的预算、主要的资金来源等。限期结束后，高教委员会经过审核，将在公报上刊登一份文件，列出符合资格的大学的名称和它们的具体信息。没有出现在这份文件中的大学或提供的信息不完整的大学将停止办学或履行一所大学的职能。但是如果理由充分，高教委允许在表格中提供信息

① Kenyan Parliament. *The Universities (Establishment of Universities) (Standardization, Accreditation and Supervision) Rules*, 1989. http://che.or.ke/. 2007-03-20.

不完整的大学继续办学3个月，除非它们提供完整的信息，否则到期后必须停止办学。出现在高教委公布的文件中并且提供完整信息的大学，将获得高教委授予的注册证书（certificate of register）。持有此证书的大学有权继续办学，并且在此基础上进一步获得认证。这是将1985年之前成立的私立高校纳入国家认证体系、控制其办学质量的有效手段。

4. 私立高校的认证。《1989年大学法（大学建立）（标准化、认证及监督）》规定申请认证的大学必须符合下列资格：（1）大学至少已经持有注册证或临时授权书3年或不少于高教委规定的特定时期；（2）大学的最近一次自评表明高教委对大学在制定、实施或维持学术和行政制度方面取得的进步表示满意。[①] 除了认证申请书，私立高校还必须递交以下材料：（1）一份特许草案，提供法律规定的大学标准方面的详细信息；（2）大学的全职员工或有望成为全职员工的人事名单及其学术资格；（3）大学提供的每个专业课程所招收的学生人数的清单；（4）与大学正在提供和将要提供的专业课程配套的图书馆和设备的规模和质量的声明；（5）大学专用资金的声明，由根据《会计法》所规定的具备从业资格的人鉴定；（6）硬件设置的详单，包括大学专用的土地。高教委在认证审核前，首先将任命一个审察委员会。这个委员会可以询问私立高校的学术事务、管理事务和社会事务，有权询问私立高校所递交的信息的真实性；如果它认为有必要，可以进行与申请相关的调查。审查委员会的评估依据是私立高校提供的详细报告，主要包括：学校提供的课程；过去4年中每个专业的招生数；教职员工的人数和资格；已

① Kenyan Parliament. *The Universities* (*Establishment of Universities*) (*Standardization, Accreditation and Supervision*) *Rules*, 1989. http://che. or. ke. 2007 - 03 - 20.

经完成、发表或正进行中的研究；资金来源；硬件设施清单（教室、实验室、办公室、教工住房、学生宿舍等）；发展计划（包括总规划）。[①] 委员会自任命之日起6个月内，应向高教委递交一份事实性的评估报告。第二步是相关分委员会的评估和审核。课程委员会在课程认证委员会的帮助下评估并批准学术课程。技术委员会评估和审核硬件设施，包括土地、水电和排污装置等。文献和信息技术委员会评估和审核图书馆服务。法律委员会评估特许证草案和大学规章。在此基础上，审查委员会再次进行全面审核。然后由高等教育委员会的秘书处准备认证报告。如果高教委满意私立高校的申请，将向教育部提议对学校进行认证，教育部再将申请和建议递交给总统，如果总统同意这些提议，则授予特许证。如果不满意，则拒绝认证。而且，认证申请被拒绝两次后，高教委将不再接受任何申请。认证的标志是颁发特许证。认证结果将在公报上公布，而且这种公布的文件是不可取消的。经认证的私立高校享有以下权利：决定由谁教、教什么、怎么教；决定谁达到了相应的学术标准，可以被授予证书、文凭、学位或大学的其他荣誉。享有以上权利的同时，认证高校还必须履行以下义务：一直维持法律规定的学校标准；遵守高教委或任何其他法律授权机构所下达的具有法律效力的指示；未经高教委的事先同意，不能擅自设置新的课程，实施新的规章制度；服从其他形式的监督，包括在高教委规定的时间接受检查和视察。[②]

① Commission for Higher Education. *Establishment of universities*. 2006. http://che.or.ke/establishment.html 2007-03-20.

② Kenyan Parliament. *The Universities (Establishment of Universities) (Standardization, Accreditation and Supervision) Rules*, 1989. http://che.or.ke. 2007-03-20.

（三）绩效评估

1. 评估标准。为了确保已获办学权的私立高校的教育质量和办学绩效，高教委在公报上公布了一系列学校标准，主要包括如下几个方面：（1）这类大学的证书、文凭或学位课程的最低录取要求；（2）大学所提供的证书、文凭和学位课程的最低数量和学制规定；（3）每门课程招生的最低和最高学生人数；（4）证书、文凭和学位课程的教学内容和教学时间的标准；（5）为大学的证书、文凭或学位课程招聘的教学人员必须具备的教育资格；（6）对于不同大小的班级和对大学计划招收的绝对数量的学生提供的空间标准和配套服务，对学校为提供大学教育和服务而开展的活动等的详细规定；（7）规范大学所有成员行为的最基本的道德标准。[①] 高教委根据法律规定公布的这一套学校标准十分详细，可以有效地确保私立高校的质量。为了确保良好的教学环境，高教委对私立高校硬件设施的规定包括公共卫生、教学设施、教学实验室、医院、工作室和录音室、餐饮和住宿、公共服务、土地等方面。表 3－1 列出了私立高校必须达到的生均教室面积的标准。高教委要求授权办学的私立高校在图书馆建设方面达到的标准[②]包括：主阅读区应容纳 30% 的全日制学生，每个阅读点不少于 1.9 平方米；每 1000 卷书的储藏区至少占地 10.75 平方米；期刊和参考书目的藏书面积是每 1000 卷书对应 10.75 平方米；大学的最低藏书应该是每 5000 名全日制学生拥有 30 卷，5000～10000 名学生拥有 50 卷，而每 10000 名学生拥有 100 卷。图书馆工作和服务区应占藏书和阅读区的 18% ～25%；图

① Commission for Higher Education. *Standards and guidelines*. 2006. http：//che. or. ke/guidelines. html. 2007－03－23.

② Kenyan Parliament. *The Universities* (*Establishment of Universities*) (*Standardization*, *Accreditation and Supervision*) *Rules*, 1989. http：//che. or. ke 2007－03－20.

书馆应具备足够的自然光线，且通风良好，窗户面积不少于所有房间墙面面积的20%，75%的窗户通向户外；屋顶高度的规定：10平方米以下的阅读区2.3米；10平方米以上的阅读区2.9米；藏书区2.3米；每个图书馆应建有足够的出口，确保火灾或其他紧急事件发生时的快速撤离。

表3-1　私立高校必须达到的生均最低教室面积标准

教室学生数量	每套桌椅占地面积（m^2）	每把椅子占地面积（m^2）
0-29	1.9	1.9
30-39	1.9	1.4
40-59	1.7	1.3
60-99	1.7	1.2
100-149	1.7	1.0
150-299	1.5	0.9

资料来源：*Universities Act*, 1985. http://www.puib.go.ke/Legislation/Universities/UAK.doc. 2007-03-10.

2. 评估程序。高教委对认证高校的评估主要分为两种形式：一种是基于每年办学的年报；另一种是每3年举行的对大学在实现目标和目的方面所取得的成绩的详细评估。高教委将根据这两种评估，对大学做出评价和指导，详细说明这些学校是否符合高教委根据法律规定所公布的学校标准。认证高校在获得特许证后的3年内或根据委员会规定的时期内必须进行特许证的复查。首先，认证高校应先完成特许学校的自我评估问卷。问卷十分详细，涉及如下几个方面：与目标相关的表现；管理和行政机构的有效性；自授予特许证以来的发展；自授予特许证以来的成就；研究活动；教职员工及其发展；招生和学生服务；资金及其可维持性等。自我评估的问卷可以直接在高等教育委员会的网站（http://che.or.ke/）下载。在收到自我评估报告后，委员会仔细审查材料，开展全面复查，如果委员会对学校自授予特许证以来所取得的进步表示满意，就会颁发一个复查证书。迄今为止，已经有4所大学接受并通过复查，分别是巴拉顿东非大学、东非天主教大学、斯哥特神学院和晨星大学。

（四）课程管理

高等教育委员会成立后，为了结束私立高校与国外大学的附属关系，它承担了审批私立高校的课程提议的责任。这不仅鼓励了私立高校的建立和发展，而且有利于引导私立高校提供符合肯尼亚的社会和经济需求的大学教育。高教委的严格监督是确保私立高校质量的有效手段。

私立高校首先应根据高教委制定的课程标准递交课程提议，此后高教委将组织至少2名专家进行实地考察。他们必须是至少拥有本专业博士学位的高级讲师。专家组将到学校检查设置课程所需的硬件设施、师资、图书馆资源、实验室、书本和教材等。这个时间很漫长，而且需要投入一定的资金。检查结束后，专家组将向高教委递交一份详细的报告。在课程提议和专家报告的基础上，高教委再考虑是否批准所提议的课程计划。

肯尼亚的大部分私立高校都由外国机构主办，因此其课程不一定反映肯尼亚的社会需求。当被问及课程审批时高等教育委员会是否考虑到课程非洲化时，高教委的课程秘书里斯帕·A.奥登戈博士（Dr. Rispa A. Odong）这样说道："我们有这方面的考虑，我可以举几个例子。第一，课程的内容必须反映非洲的实际情况。如最近在肯尼亚乃至整个非洲都十分流行合作基金，那么商业课程就必须学习这方面的内容。第二，在教材的选择方面，我们一般偏向以非洲作者所著的书作为教材，如动物学。当然如果在非洲学者不具备优势的学科，我们也会采用其他国家的作者写的书作为教材。"

二、肯尼亚私立高校的内部管理

就内部管理而言，肯尼亚私立高校和公立高校的最大差异是私立高校享有更大的自治权。德勒全球咨询公司（Deloitte & Touche Management Consultation, Ltd.）1994年为肯尼亚高教委所做的关于该国私立高校的研究对撒哈拉以南地区的公立大学和私立大学的管理特点做了如下总结：不管从财政角度还是管理角度来看，人们通常都认为撒哈拉以南的公立大学不如私立大学那样高效率或高效能。私立大学在办学方面更有优势。营利性或是非营利性私立大学都希望将商业的原则融入办学。这意味着这些学校大部分拥有制定课程、招聘教师和办学的内部权利、明确的预算和相关分配过程、管理和财政自主权、基于绩效的责任制。①

肯尼亚私立高校的主办者或赞助者直接或间接地影响着这些大学的决策权。高教司副司长 Ongong'a 在访谈中强调，私立高校的管理权主要在于出资者或主办者，国家发挥了质量监控的角色。所谓的出资，就是他们投入资金建造教学楼，购买土地，雇用教职员工，购买图书、设备和电脑。他们出钱，故享有所有权和管理权，政府不出钱。由于大部分私立大学都是国外的机构或高校主办的，因此国外高校的管理风格和文化最终影响和形成了当地高校的风格和文化。但是私立大学的自治权并不意味着绝对的自由，自治的前提是遵守国家制定的标准。如私立大学的校长一般由主办机构任命，但是教育部规定：校长必须拥有博士学位，必须具有多年（至少为5年）在大学或其他地方教学的经历。同样，私立高校必须在办学中遵守高教委制定

---

① Deloitte & Touche Management Consultants Limited. *Private university study for the Commission for Higher Education: Final report.* Vol. Ⅰ. Nairobi, Kenya: Deloitte & Touche Management Consultants Limited. 1994.

的注册、认证、课程审批和评估的标准。这里主要从行政、筹资、教师和学生等四个方面简要概述肯尼亚私立高校的内部管理特点。

1. 行政管理。一般而言，私立高校的最高决策者是董事会，其次是校务会和学术委员会。营利和非营利高校的最高决策者都是主办机构、利益相关者，或作为其代表的个人。因此，校长有时作为这些机构的创立者具有很大的决策权。与公立高校相比，私立高校的决策更体现了利益相关者的意见，大学可以自主决定内部的人事任免和管理议程。如晨星有限公司是晨星大学的创立者，它具有以下四个基本的职能：审核大学的使命；任命名誉校长；选举校务会的成员；听取关于大学办学和进展情况的报告。其中名誉校长由晨星有限公司任命，担任校务会主席，任期5年，可以连任两届。此外，他还是大学的负责人，可以正式地授予大学学位、文凭、证书和其他荣誉。校务会是对大学负有全责的管理机构。它负责特许证规定的大学内部管理、控制和行政事务。评议会主要负责大学的学术事务，它的职权范围包括：提出短期和长期学术计划和修正计划，递交校务会批准；制定、评估和提议与大学的目标、政策和基督教精神相吻合的课程；研究如何改善服务活动并付诸实践；制定招生，学生留级和升级，授予学位、文凭和证书的标准和政策；批准校历和课程；讨论并批准院长和学部主任递交的年度报告；接收和批准考试结果。大学的日常管理由大学管理委员会负责。具体而言，管理委员会主要负责：确保大学的人事、设施和财政的管理效率和效益；规划大学发展和需求；与评议会磋商后准备年度计划和预算，上交校务会批准；制定创收和筹资的策略；实施规范教师和学生行为举止的规章制度；提议实现大学目标的政策和策略；维持大学的基督教特征；履行法律规定的其他任何职能，承担法律规定的其他任何责任。①

表 3－2　　2007～2008 学年美国国际大学的收费标准（学费和膳宿费）

本科生（每三个学期）	肯先令	美元	本科生（每三个学期）	肯先令	美元
学费（12 个教学单元）6460/unit	77520	1506	保证金（可退）		
图书馆费用	4000	80	住宿生	4550	90
医疗费	1350	25	走读生	2000	40
学生活动费	400	8	资料费		
总计	83270	1619	正式	500	10
膳宿费（三个学期）			非正式	250	5
住宿	26460	530	资料邮寄费		
5 天餐费（295/天）	28880	412	非洲地区	400	7
7 天餐费（295/天）	37240	532	非洲以外地区	800	12
住宿生和留学生医疗费（患病者）	6852	96	交通费	5550	75

资料来源：USIU. *Finance & Administration*：*Undergraduate Fee Program for Academic Year* 2007/2008. http：//www. usiu. ac. ke/administration/departments/finance/fees. payments/structure. undergraduate. 2007～2008. html. 2007－09－15.

表 3－3　　1999～2001 年美国国际大学的财务状况（单位：1000 肯先令）

	2001 年	1999 年 1～6 月	1999 年 7～12 月	2000 年总计
收入：				
学杂费	468146	217942	188679	406621
附属企业	53661	25739	22253	47992

① Daystar University. *Daystar University* 2003 ～ 2007 *Catalogue*. 2006. http：//www. daystar. ac. ke/catalogue. pdf. 2006－12－26.

续表

	2001年	1999年1~6月	1999年7~12月	2000年总计
减去：奖学金和助学金	(45403)	(20880)	(14341)	(35221)
总收入	476404	222801	196591	419392
开支：				
教学	87471	39357	37619	76976
学术活动	33158	17531	10687	28218
学生服务	22416	13682	9748	23430
学校支助（support）	130392	104460	73352	177812
设备	46589	27118	22337	49455
附属企业	47202	23518	20405	43923
总的事业费	367228	225666	174148	399814
事业费节余（赤字）	109176	(2865)	22443	19578
财政收入/成本	—	(17006)	—	(17006)
再评估赤字	—	(17006)	—	—
其他收入	3803	976	1608	2584
税前节余/赤字	141074	—	37232	35736
税收	—	—	—	—
净节余（赤字）	141074	(1496)	37232	35736

资料来源：转引自 Abagi, O., Nzomo, J., & Otieno, W., *Private higher education in Kenya*. Paris: International Institute for Educational Planning/UNESCO, 2005. p. 59.

2. 筹资。私立高校没有从政府得到任何资金。其经费来源主要包括：学费、捐赠、贷款、创收收入，其中以学费为主。总体而言，私立高校的学费高于公立高校，但是不同学校的收费标准不一致。具有宗教背景的私立高校由于可以获得主办机构的捐赠，因此收费一般稍低于营利性高校。2001/2002 年，主要私立大学的学费从每年 56.9 万肯先令[①]到 14 万肯先令不等，许多学校的收费在 12 万肯先令左右。[②] 大部分肯尼亚人都承担不起这么高额的学费，私立高校的学生主要来自中上层阶级。影响私立高校收费的因素包括：地理位置和占地面积，住校生的比例，学生入学水平，本国和外国教师的比例，课程数量和类型。[③] 美国国际大学的资金主要来自 3 个方面：捐赠和信托、学杂费、附属企业和投资所得。它的经常性开支和发展开支主要来自学杂费，其中经常性开支占学杂费的 40%，发展开支占 50%。如表 3 - 2 所示，一个本科住宿生平均每年的学费和膳宿费总和至少为 15 万肯先令，其他的费用至少在 5 万肯先令左右。从表 3 - 3 可见，美国国际大学的财务状况良好，收支平衡，结余资金增多。该大学的收入主要依靠学杂费，占总收入的 98.3%。在开支方面，学校维护所占的比例最大，其次是用于教学、附属企业的投资、设备采购等的开支。用于学术活动的开支只占总开支的 9%。表格中税前和税后节余或赤字的数额不变，这说明肯尼亚政府在税收方面对私立高校给予了一定的优惠政策。

3. 教师管理。私立高校自主招聘教职员工，规定招聘资格、工作要求和工作待遇等。目前，由于师资缺乏，许多私立高校都聘用公立大学的兼职教师，有些学校兼职教师达到 50% 以上。私立高校教师的薪酬一般高于公立高校的教师。2002 年，美国国际大学讲师的月工资为 75000 ~ 105000 肯先令，全职教授的月

---

① 按照目前的汇率，1 美元≈70 肯先令。

② Oketch, M. O. "The Emergence of Private University Education in Kenya: Trends, Prospects, and Challenges". *International Journal of Educational Development*, 2004, 24 (2), pp. 119 - 136.

③ Eisemon, T. O. "Private Initiatives in Higher Education in Kenya". *Higher Education*, 1992, 24, pp. 157 - 175.

工资为128000~180000肯先令。当时1美元相当于78肯先令。虽然工资高于公立高校的教师，但是私立高校的教师不能享受公立高校的福利待遇，如免税汽车、住房补助等。[①] 晨星大学共有84名全日制教学人员，其中44名为女性；大部分女教师担任讲师和高级讲师，院长及以上职位则没有女性担任；71人（占教师总数是84.5%）具有硕士学位，10人（占12%）具有博士学位，3人获得教授职称。[②] 除了学术资格，晨星大学要求教职员工必须是虔诚的基督教徒。[③] 这种宗教信仰的要求限制了晨星大学招聘最优秀的教师。美国国际大学拥有一支十分强大的师资队伍，目前该校共有60名全职教师，126名兼职教师，大部分具有博士学位。[④] 教师面向全世界招聘，由教师评议会的人事委员会负责，教师的工资和福利待遇等则由理事会决定。受聘教师的学历要求最低为硕士，一般要求博士，此外，该校还对教师的学术能力和学术活动提出了一定的要求。兼职教师多为肯尼亚公立高校的资深教授和讲师。

4. 学生管理。肯尼亚的私立高校可以自主决定招生数和录取资格。但政府规定，私立高校的学生必须达到公立高校最低录取资格，即中学毕业考试达到C+。不同的专业课程可以制定不同的录取标准。在学生人数方面，高教委规定获得特许证的私立高校在校生最低不能少于500人。在此基础上，私立高校可以根

---

① Kaba, A. J., *The development of private universities in Kenya*. Seton Hall University, South Orange, New Jersey, 2002. p. 149.

② Abagi, O., Nzomo, J., & Otieno, W., *Private higher education in Kenya*. Paris: International Institute for Educational Planning/UNESCO, 2005. p. 49.

③ Abagi, O., Nzomo, J., & Otieno, W., Private higher education in Kenya. Paris: International Institute for Educational Planning/UNESCO, 2005. p. 51.

④ Unied States International University. *USIU Faculty*. 2006. http://www.usiu.ac.ke/faculty/index.htm. 2006-12-20.

据自身的发展战略决定招生数的多少。90年代以来，私立高校学生人数迅速增加。1990年私立高校的学生只占高校总学生数的5%，2005年已增长到20%。[①] 在学生管理方面，大部分私立高校提供了良好的教学和后勤设施，允许学生组织的健康发展并允许学生代表参与大学决策过程，因此，私立高校几乎没有学生暴动，教学环境稳定。在教学中，私立高校比较注重培养学生的实践技能和社会生存能力。此外，宗教学校还根据宗教的教义和教规制定规章制度约束学生的行为。为了解决贫困学生的学费问题，私立高校向学生提供各种奖学金和勤工俭学活动。如美国国际大学的校园勤工俭学计划（Campus Work Opportunity Programme，CWO）要求学生的年级平均学分（GPA）达到2.5以上。一般每周工作10~15个小时，每学期13周，每小时的报酬是100肯先令。工作地点包括：图书馆、计算机实验室、招生办公室、资助办公室、餐厅、注册办公室、学术事务办公室等。学生必须保持2.5分的积点才能继续获得勤工俭学的资格。三门课程的费用一般需要每星期至少30小时的工作来抵消。[②]

① Oketch, M. O., "The Emergence of Private University Education in Kenya: Trends, Prospects, and Challenges". *International Journal of Educational Development*, 2004, 24 (2), pp. 119-136.

② Abagi, O., Nzomo, J., & Otieno, W., *Private higher education in Kenya*. Paris: International Institute for Educational Planning/UNESCO, 2005. p. 58.

第四章

肯尼亚公立高教财政体制的转型与高校市场筹资

肯尼亚高等学校主要有7所公立大学，17所私立大学，21所公立教师教育学院，8所私立教师教育学院，4所国立多科技术学院和其他一些高等职业技术教育机构。由于长期的殖民统治、薄弱的经济和文化基础，肯尼亚的高等教育毛入学率还不到3%。肯尼亚公立高等教育系统从20世纪90年代末期开始经历了财政体制的重大转型。这种转型的原因、主要表现、成就、问题都值得研究，对我们深入了解肯尼亚高教改革动态、增进中肯教育文化交流有重要意义。

第一节　肯尼亚公立高教财政体制转型及其原因

一、转型

肯尼亚独立后的第一个十年（1963~1973年）是实行“免费大学教育”的时期。在这十年中，肯尼亚的大学教育部分秉承英国的传统，部分承载新兴国家对教育的厚望，在经济上体现出国家包办的特点：“包括学生生活费在内的高等教育开支完全出自公共预算”。在整个60年代和70年代初，肯尼亚经济形势较好，大学生数量也不多，高等教育经费完全无忧。那时，政府免除学杂费，为学生免费提供伙食、宿舍、寝具、书本甚至零用钱。[①] 但是，这一态势仅延续了 10 年。此后，肯尼亚高等教育逐渐走上了多渠道筹资的道路。特别是 20 世纪 90 年代中期以来，根据政府新政策，肯尼亚高等教育形成了"市场筹资模式"。

《肯尼亚 1994～1998 年发展规划》提出："新政策的中心目的是依靠市场力量来调动发展资源，而政府的作用越来越限于提供有效的规章制度和基本的公共基础设施以及社会服务。政府将限制直接参与许多部门的事务，代之以促进私人部门的活动。"围绕这一政策，内罗毕大学毕业典礼期间总统（即大学名誉校长）多次演讲的一个重要主题是，公立大学需要开展多种创收活动。这一政策在 1994 年于埃格顿大学举行的一次研讨会中得到教育部的进一步强调："现在正是大学未雨绸缪地为来自财政部之外的预期资源进行规划的关头……认真考虑大学内在创收潜力的时刻已经到来……我们的某些大学能够从它们所支配的资源中产生巨大数量的金钱……来自这种资源的收入应该加以开发并被视为大学收入的不容置疑的来源。"这些都反映了肯尼亚公立高等学校发展中将迎来新的"转折点"。[②]

二、原因

肯尼亚高教财政体制的转型，受多方面因素的影响。

1. 供应驱动的高等教育向需求驱动的高等教育转变。在 20 世纪 60 年代南撒哈拉非洲大多数国家获得独立时，发展口号是

---

① Chacha Nyaigotti-Chacha. "Public Universities, Private Funding: The Challenges in East Africa" . In Paul Tiyambe Zeleza and Adebayo Olukoshi. *Africa Universities in the twenty-first century.* Vol. I. Liberalisation and Internationalisation. Dakar: Council for the Development of Social Science Research in Africa. 2004. pp. 95－96.

② Crispus Kiamba. "Privately Sponsored Students and Other Income-Generating Activities at the University of Nairobi" . *JHEA/RESA* Vol. 2, No. 2, 2004, pp. 53－73.

根除“愚昧、文盲和疾病”。教育被视为达到这个目的的手段。这些年轻国家的政府在捐助支持下迅速扩大教育系统，而且采取措施鼓励人民选择上学而不是早早结婚或放牧牛羊。在这一时期，教育是供应驱动的。有充足的学校学额，但很少人有兴趣追求教育特别是高等教育。完成高等教育期间的预期机会成本/收入对大多数家庭来说太多。此外，一个人拿到8年级文凭可以轻易找到一份工资高的工作。但随着时间的推移，肯尼亚人越来越意识到高等教育的重要价值。到20世纪80年代，教育被高度重视起来，高等教育变成需求驱动的了。国家拨款再也不能满足高等教育人数的急剧增长的需要；甚至不能维持原状，特别是在90年代。大学生规模迅速增长迫使政府与公立大学共同寻求备选融资手段。

2. 肯尼亚经济起起伏伏、持续低迷，高校发展面临严峻的经济挑战。随着70年代人口的增长，大学注册学生数日益增长，加上70年代石油危机带来的延续到80年代初的低迷的经济成绩，迫使政府重新思考其高等教育财政政策。结果，在1973～1974财政年，出台了“大学生贷款计划”（the University Students' Loan Scheme）。虽然80年代中期肯尼亚经济得到恢复，但90年代初因政局动荡、西方停援及自然灾害等原因，经济滑坡。结构调整计划实施后，经济领域取得一些成效，1994年至1996年，年均经济增长率达到5%。但1997年起，国际货币基金组织以腐败为由中止对肯尼亚贷款，加之受自然灾害影响，肯尼亚经济每况愈下。2000年，肯尼亚国内生产总值负增长0.5%，经济陷入独立以来最困难时期。2001年以来，肯尼亚经济止跌并开始微弱增长。2003年齐贝吉总统执政以来，肯尼亚经济年增幅达4%～6%，但由于经济基础太差，这个增长速度仍远远不能解决高等教育面临的财政问题。目前肯尼亚支柱产业农业有微弱的恢复性增长，工业、第三产业大多勉强支撑。今后一段时期，肯尼亚经济仍将面临资金不足，电力、交通、通信等基础设施落后问题的制约，肯尼亚经济形势依然十分困难。这种形势更令大学放弃对政府财政能力的不切实际的幻想。实际情况是，1998 财政年与 1997 财政年相比，当时的 6 所国立大学的预算内拨款只有马赛诺（Maseno）大学有 14.8% 的增长，其他 5 所大学都呈现负增长（埃格顿大学减少 74.8%，莫伊大学减少 27.8%，乔莫·肯雅塔农业和技术大学减少 20.32%，肯雅塔大学减少 16.5%，而内罗毕大学也减少了 11.1%）。政府经常性拨款不够。这些拨款不够大学发教职工工资，大学只好挪用发展性预算拨款，结果，大学的许多发展计划未能完成。没有哪个大学没有未完成的图书馆、实验室、报告厅或宿舍等烂尾工程。结果，学生一方面想方设法筹措不断上涨的学费和住宿费，另一方面不得不对付于屋顶的漏雨、学习材料的过时、教学人员的不足、宿舍的脏乱。一些大学不得不将能得到的有限经费用于教职工工资，而牺牲图书、设备的购置费和维修费，牺牲科学研究。[①] 大学生数量增加更使大学教育的财政情况雪上加霜：基础设施不足，教育设备不足，生师比过高，训练有素的学术和管理人员不足，所使用的教学技术过时，只能供几百人使用的设施现在要供数以千计的人使用，生均图书拥有量 50 册的要求远远达不到，即使在那些有计算机专业的大学里学生与计算机数量之比也令人担忧，教室、办公室和研讨大厅（seminar hall）、娱乐设施等都不足。[②] 高校经济情况恶化开始导致高校全面的危机：高素质教职工纷纷谋求海外发展，教学质量下

① Fredrick Muyia Nafukho. "The Market Model of Financing State University in Kenya: Some Innovative Lessons". In Paul Tiyambe Zeleza and Adebayo Olukoshi. *Africa Universities in the twenty-first century*. Vol. I. Liberalisation and Internationalisation. Dakar: Council for the Development of Social Science Research in Africa. 2004. pp. 129 – 132.

② Chacha Nyaigotti-Chacha. "Public Universities, Private Funding: The Challenges in East Africa". In Paul Tiyambe Zeleza and Adebayo Olukoshi. *Africa Universities in the twenty-first century*. Vol. I. Liberalisation and Internationalisation. Dakar: Council for the Development of Social Science Research in Africa. 2004. pp. 96 – 97.

降，科研几乎销声匿迹；大学仍然昂贵但面对一浪高过一浪的学生入学要求却没有足够的容纳能力。高校财政体制改革势在必行。

3. 国际高教多渠道筹资的理论和实践的影响。世界银行以及国际上许多国家的政府、教育经济学家和教育管理理论家在近年都鼓吹，高等教育财政来源多样化和部分私有化，是提供在质量、公平、多样化、顺应顾客需要、有效等方面都令人满意的、大众化高等教育的最好方法。近年来，由于对高等教育学额需求的汹涌势头以及政府缺乏充分吸收这些入学要求的能力，上述观点在南撒哈拉非洲大学教育系统被广泛接受。高等教育筹资的市场模式目前在包括英国在内的世界许多国家中得到应用。它在美国成功了许多年。英国则始于 20 世纪 80 年代。1980 年英国对国外学生引入完全成本学费（full-cost fees），1988 年《教育改革法》则导致一场朝向市场模式的重要变化。此后英国大学大量提供适应顾客需要的课程计划（customer-tailored programs），并大张旗鼓地到国外去推销他们的课程计划。这样，南撒哈拉非洲地区的许多公立大学也如火如荼地实行了导致财政多样化和部分私有化的需求监督与调节政策（demand management policy），即政府满足用户由需求驱动的服务需要，但其成本由用户和政府分担。这与政府对所有服务提供补助而不顾如潮的需求的政策不同。它的目的是寻找扩大高等教育和提供高等教育经费而不增加政府负担的选择性手段。①

第二节　肯尼亚公立高教财政体制转型的主要表现——高等学校市场筹资

肯尼亚公立高等学校市场筹资的对象是学生和国内与国际社

① Moses O. Oketch. “Market Model of Financing Higher Education in Sub-Saharan Africa: Examples from Kenya”. *Higher Education Policy*, 2003, (16), pp. 313 – 332.

会；其手段主要有教学活动、生产活动、服务活动等。其中教学活动是最主要的筹资渠道。在多学科技术学院，教学途径的创收占全部创收的80%以上，在大学，这个比例则基本稳定在90%以上。

一、通过教学活动向学生筹资

向学生的融资分为面向所有学生、面向普通学生和面向非传统学生三种情况。值得注意的是这三种情况是依次出现的，体现了三种水平的融资，也反映了肯尼亚高等教育财政制度变革的步步深入。

1. “所有学生”开始支付个人日常消费。相对于过去免费高等教育而言，在70年代中期，大学生的交通、饮食、书籍、学习材料和个人消费品费用开始由他们自己支付，政府从这个负担中解脱出来。从此，肯尼亚高等教育总成本中开始由学生自行支付了一部分。当然，为了帮助贫困学生支付这部分费用，1974年肯尼亚政府启用大学生贷款计划。该计划旨在建立高教周转资金的基础，便于未来的资金筹措。虽然贷款最初由政府支付，但最终由学生偿还。这是在真正的成本分担政策出台前，肯尼亚高等教育财政政策的一次小小的变化。随着这一变化而来的是，大学各种满足学生日常消费的机构和设施逐渐成为大学创收的来源渠道。其中包括各高教机构的学生餐厅、面包房，也包括肯雅塔大学的学生娱乐中心等。

2. “普通学生”支付部分培养费。所谓普通学生是相对于下文中非传统学生而言的。他们被录取到大学是基于在肯尼亚中等教育证书考试中所表现出的良好的学术成绩。他们通常从政府得到相当多的资助，但也通过支付学杂费分担高等教育部分成本。从1991年开始，肯尼亚政府根据“下十年及以后教育和人力培训总统工作组”1988年的报告，实施了高教成本分担政策。

该政策规定高等教育机构的经费按单位成本获得。具体来说，政策要求每个学生支付 12 万肯先令（相当于 1500 美元）作为学费，另外支付 5 万肯先令（625 美元）作为杂费和住宿费；同时，政府按每位学生 7 万肯先令（875 美元）的补助标准向高校拨款。家庭贫困学生向高等教育贷款委员会贷款。[①] 莫伊大学在其 1994/1995 ~ 1999/2000 六年发展规划中提出，政府拨款将占其全部经常性预算的 60%，而通过学费、餐饮费、住宿费获得的经费和通过创收活动、捐赠获得的收入将占经常性总预算的 40%。可见，成本分担政策的出台是肯尼亚高等教育财政变革的重大举措。

3. “非传统学生”开始全额支付培养费。在肯尼亚，非传统大学生，一是指在公立大学平行学位课程计划（Parallel degree programmes）学习的“平行学位课程学生”，二是指在大学和多科技术学院学习部分时间制学院课程计划等文凭课程的学生。这些学生在肯尼亚中等教育证书考试中成绩达到大学最低入学要求、但没有达到联合招生委员会标准。在 90 年代末期，政府允许高校通过这些计划招收他们入学，入学条件是他们必须全额缴费。由此形成“公立大学中私立的一翼”。肯尼亚最大、历史最久的内罗毕大学于 1997 年开始了平行学位课程计划。最初几年该大学每年从中获得大约 8 亿肯先令的收入。到 2003 年时，该大学已有 8000 学生注册学习这种课程计划，其中最受欢迎的学位是商业相关领域、教育和新闻业。健康和法律领域虽受到场地和设施的限制但也吸引了相当数量的申请者。一般平行学位课程计划年均收费 13 万肯先令（2000 美元）。医学之类的课程计划

① Republic of Kenya. *Report of the President Working Party on Education and Manpower Training for the Next Decade and Beyong*. Nairobi, Kenya: Government Printer. 1988.

每年收费 50 万肯先令。[1] 除了平行学位课程外，内罗毕大学还为非传统学生提供部分时间制的、夜校的、远程学习的各种学位和文凭课程计划。莫伊大学 1998 年引入的自费学位课程计划在大学所在镇校区实施，需求大。1998/1999 学年每位注册学习该课程的学生学费为 8 万肯先令。肯雅塔大学虚拟大学（AVU）计划始于 1997 年。计划实施的第二年，肯雅塔大学就获得 770 万肯先令的收入，到 2000 年收入达到 930 万肯先令。该大学举办的教育学研究生文凭课程计划在 1998 年赚得 1500 万肯先令的毛收入。始于 1998 年的"国际夏令营"第一年获得 310 万肯先令的毛收入。2002 年 2 月，肯雅塔大学建立了虚拟大学有限公司。由这个私人公司负责协调和管理该大学各机构提供的收费的、开放的、短期课程和文凭课程计划。顺应肯尼亚高等教育的市场化和法人化（corporatisation）趋势，该公司成立时计划到 2005 年使此种课程中来自世界各地的本科生和研究生数目达到 3 万人以上。马塞诺大学教学性创收计划包括直接攻读学位计划、校本教育学研究生文凭计划、夜校学位课程计划、三明治假日研究生学位课程计划等。乔莫·肯雅塔农业和科技大学与十几个学位和证书水平培训的机构合作，联合提供推广课程计划。[2] 这类培养计划的出台是肯尼亚公立高等教育的"大规模的，而且是根本性的财政改革"。[3]

---

① Daily Nation（DN）（2002，April）"Time ripe to review varsity intake". Cited in Moses O. Oketch. "Market Model of Financing Higher Education in Sub-Saharan Africa: Examples from Kenya". *Higher Education Policy*, 2003,（16）, p. 325.

② Fredrick Muyia Nafukho. The Market Model of Financing State University in Kenya: Some Innovative Lessons. In Paul Tiyambe Zeleza and Adebayo Olukoshi. *Africa Universities in the twenty-first century*. Vol. I. Liberalisation and Internationalisation. Dakar: Council for the Development of Social Science Research in Africa. 2004.

③ Moses O. Oketch. "Market Model of Financing Higher Education in Sub-Saharan Africa: Examples from Kenya". *Higher Education Policy*, 2003,（16）, pp. 313 – 332.

二、通过募捐、生产或服务向国内和国际社会筹资

1. 向捐赠人和非政府组织筹集小部分经费。“肯尼亚公立大学的研究经费和奖学金主要来自福特基金会、洛克菲勒基金会、德国学术交流中心（DAAD）、德国技术合作协会（GTZ）、英国与其他国家联络委员会（British Council for Relations with Other Countries）、英联邦奖学金、日本国际协力事业团（JICA）等。此外，一些慈善机构已经向贫困学生提供了助学金和奖学金，包括 Rattansi 教育信托基金、维萨奥斯威尔团（Visa Oswal Community）、Doshi 等当地慈善机构。”肯尼亚大学也已经利用合同研究和咨询作为从非政府组织获得更多的经费的来源。大学建立了咨询机构，为合同研究和咨询项目投标。投标成功，参与人员与大学之间按某一协定比例分享收益。①

2. 普通生产单位的创收。这类创收活动不太依赖专业性的专门化人力资源。比如农牧场和园艺单位的创收。在这方面表现突出的是埃格顿大学。该大学的主要创收项目实际上是农业项目。该大学在贡贡格里（Ngongongeri）有 3000 英亩农场，那里农作物生长茂盛，奶制品丰富。在 1998 年，1200 英亩的农场种小麦，2004 年这一面积增加到 1600 英亩。大学从中获得了数百万肯先令的额外收入。该农场养有 600 头奶牛，每头牛平均奶产量在 16～18 升。其中一些牛奶在大学和附近社区销售，同时，剩下的牛奶在大学的牛奶厂加工。牛奶厂加工大规模加工鲜牛奶、酸奶酪和干酪之类的奶制品。该厂有每天加工 5000 公斤牛奶的能力。该厂收入成为埃格顿大学重要的额外收入来源之一。

---

① Cheboi B C. “Constrains in funding higher education and the way forward”. UNESCO, Commission for Higher Education (Kenya). *Strategic Planning and Resource Management for Universities.* Report of a Regional Workshop for Vice-Chancellors. Nairobi, Kenya. 17th ~ 19th, July, 2001. p. 75.

埃格顿大学在泰顿（Tatton）还有一个600英亩的农场。目前该农场用于学生的实习。农场上的主要活动是家禽饲养、生猪饲养、园艺和花卉栽培。这些活动最初由中国的一笔赠款1500万肯先令进行投资。该大学还有另外一些农场，也分别生产小麦和奶制品。埃格顿大学还开展了犁耕、小麦收割、焊接服务、机械和电力服务。内罗毕大学有卡贝特（Kabete）咖啡农场、园艺农场。莫伊大学主校区有1200英亩的农场，切普凯莱尔（Chepkoilel）校区有208英亩的农场。这两个农场的产品有奶制品、家禽、玉米、小麦、园艺产品和树苗。这些产品在校内外销售。肯雅塔大学的畜牧、家禽饲养以及屠宰场产值不错。再比如书店和其他创收单位的经营。莫伊大学出版社作为重要创收单位由信息科学学院经营。1999年，莫伊大学书店在为马拉卡维特（Marakawet）地区13所学校提供教材的政府招标中取胜，并从中获得100万肯先令的收入。还有林场与木材加工。莫伊大学的木材科学和技术系有一个利润高的企业。该系生产高质量的家具，并以经得起竞争的价格为大众提供木材相关的其他服务。生活服务。面包店、客房、自助餐厅和学生餐厅的经营也是莫伊、内罗毕等大学的普遍性的创收活动。埃格顿大学旅馆拥有90间客房，作为营利公司实行专业化管理。该旅店每人每天收费1750肯先令（含全天餐费）或1000肯先令（含早餐费）。该旅店承办了一些全国性和国际性的研讨班、会议和研讨会，为大学创造了财富。莫伊大学有捐助的大学修车厂，设备高度现代化，既为大学服务，也为周边社区服务。有的大学还设有收费的洗衣店、游泳池和酒吧。为了多渠道创收，一些大学还经常性地策划、举办各种科学研讨班。如肯雅塔大学的会议服务项目（boardroom services）。

（三）基于专家专业技术的创收

这类创收活动在很大程度上依赖教学部门的专门化的或技术

性的人力资源。教学医院和专科医院是这类创收活动的载体之一。莫伊大学位于埃尔多雷特的莫伊教学和治疗介绍医院和大学的卫生科学学院联合，为学生、教职工和社会大众有偿提供医学和咨询服务。这些服务包括外科、产科、妇科、精神病学、诊断实验室和药品等方面的服务。医院太平间也提供服务，包括为尸体制备、尸体防腐、尸体储存等。内罗毕大学教学医院、奇罗莫（Chiromo）太平间也提供有偿服务，其牙科医院提供专家咨询服务。埃格顿大学动物卫生系（the Animal Health Department）建立了一个兽医诊所，为附近居民的家畜提供有偿服务。乔莫·肯雅塔农业和科技大学校医院拥有50个床位，备有充足的药品。对教职工，每位每次收取100肯先令的咨询费，而对校外人员每次收取200肯先令。医院每年收款100万肯先令。其他的基于专家的创收活动还有内罗毕大学开展的DNA指纹技术、电子和计算机技术以及各系其他技术的咨询和服务，为当地企业提供有关建立日用品出口子公司之类项目的财务、管理和其他咨询。

三、肯尼亚公立高等学校市场筹资活动的管理

内罗毕大学在肯尼亚大学中的龙头地位，不仅体现在大学规模、综合学术地位等方面，也体现在各种制度创新上。在大学财政体制转型过程中，其创收活动的管理创新也走在前面。内罗毕大学董事会基于《内罗毕大学法》第二部分3（2）（d）款在1994年11月通过了一份决议。根据该决议的授权，1996年内罗毕大学组建了一个公司即“内罗毕大学创业和服务有限公司”（University of Nairobi Enterprises and Services Limited，UNES），旨在促进、管理和协调创收性活动和咨询工作。UNES理事会（Board of Directors）成员代表着大学广泛的利益集团。在该理事会中，大学董事会主席、常务副校长、行政和财务副校长以及学术事务副校长代表作为总公司的大学；国家教育、科学和技术部

的常设秘书以及国家财政部的常设秘书则代表作为大学主办者的政府。该董事会还包括来自私立部门即肯尼亚中央银行的代表，来自大学董事会的其他代表，来自大学各创收单位的代表。目前，UNES 由一名常务理事负责处理公司的日常行政事务；该常务理事是经过候选者激烈竞争后由公司理事会任命的。辅助常务理事工作的有各位理事、财务人员和一位公司秘书。UNES 与学术人员签订合同，要求他们在其特长领域提供技术支持；UNES 常务理事分别作为大学管理委员会和评议会的成员（两者的主席都是常务副校长）。此外，常务理事就各新项目的财务状况向大学董事会、大学管理委员会和学院学术委员会定期提交报告。“传统大学组织（大学董事会、管理委员会、评议会和各学院的学术委员会）与 UNES 之间的这些相互作用，考虑到了两者思想和决定的相互渗透以及在新环境的决策过程中各利益相关者相对复杂的情况。”①

其他大学也建立了类似的创收管理和协调机构。莫伊大学建立了“创收单位委员会”（Income Generation Units Committee）；肯雅塔大学成立了“创收服务理事会”（Kenyatta University's Income Generating Services Board）。同样，国立多科技术学院创收活动的管理，目前既不是由独立于学校母体的法人实体运作，也不是由合同制团体运作，而是从属于多科技术学院的院级行政班子。在行政班子之下，肯尼亚、基苏姆两所国立多科技术学院都有 1 名具体分管创收活动的负责人，埃尔多雷特国立多科技术学院则有 2 名，其中 1 名负责农场创收，1 名负责其他项目的创收。

关于这种管理体制的效率如何，可以从从事创收活动人员的

① Crispus Kiamba. “Privately Sponsored Students and Other Income-Generating Activities at the University of Nairobi”. *JHEA/RESA*. Vol. 2, No. 2, 2004, pp. 53 – 73.

创收积极性这个侧面加以判断。在上述4名创收活动负责人中，“没有人认为创收人员积极性很高，2人认为他们有积极性，2人认为他们的积极性很一般”。也就是说，创收人员缺乏强大的工作动力。4名负责人认为其原因是：“支付报酬时间迟；所得报酬与所付出劳动不相称；一些受欢迎的课程在教学安排上引起不讲该课程教师的不便，而他们又得不到报酬；技师缺乏适当的报酬和承认，但他们和教学人员一样是创收课程计划的一部分。”这些问题中，有一些“直接源于创收活动管理的高度集权性”。因此，有研究者提出要“赋予创收课程规划和创收管理一定程度的自治”。由于大多数创收活动属于提供理论课程，因此“急需建立足够多的教室、工场和实验室，以避免对其他教师产生不便。此外，还需充分认识技师在维护机器和设备方面发挥的重要作用；除了教师外，相关技师也应得适当的报酬”。①

第三节 肯尼亚高教财政体制转型的成效分析

一、拓宽了高校经费来源渠道，改善了高等学校办学条件

表4-1 内罗毕大学创收所得收入（1997~2002年）（单位：百万肯先令）

学 年	模块Ⅱ课程计划	其他项目	总计	年增长率（%）
1997~1998	12.96	66.70	79.66	—
1998~1999	233.15	82.00	315.15	+295.6

① Mukirae. S. Njihia. Income Generating Activities and Their Contribution to the Provision of Teaching-learning Resources in Polytechnics in Kenya. A Thesis Submitted in Partial Fulfillment of The Requirements for the Award of the Degree of Master of Education, Kenyatta University. March, 2005.

续表

学　年	模块Ⅱ课程计划	其他项目	总　计	年增长率（%）
1999～2000	377.14	84.16	461.31	+46.4
2000～2001	602.84	78.17	681.00	+47.6
2001～2002	944.10	73.36	1017.46	+49.4
2002～2003	1209.51	106.88	1316.39	+29.4
总计			3870.97	

Source: Crispus Kiamba. Privately Sponsored Students and Other Income-Generating Activities at the University of Nairobi. JHEA/RESA. Vol. 2, No. 2, 2004, pp. 53 – 73.

注：1 美元 =76 肯先令

从表 4 – 1 中可以看出，内罗毕大学 1997 年以来创收所得增长迅猛。2002～2003 年创收收入与 1997～1998 年的相比，短短 5 年内增长了 15.5 倍。从表 4 – 2 可以看出，这些创收所得用于教职工福利的占 3%、用于创收人员报酬的占 41%、用于服务管理费的占 7%；其他 49% 都用于大学的基本建设和教学科研活动。[①] 这些创收所得中用于教职工福利和创收参与者的报酬，有助于稳定教职工队伍，遏制人才外流；用于基建和教学科研的，更不用说其积极作用了。到 2004 年，来自创收活动的收入已使内罗毕大学能够用以支付教职工薪水的 46% 了。[②]

由于创收来源的差异，在创收收入分配上多科技术学院与大学有别。见表 4 – 2 和表 4 – 3。从表 4 – 3 可以看出，国立多科技术学院教职工津贴占创收收入分配的 57.3%。这主要是由于

① Kiamba C. "Privately sponsored students and other income-generating activities at the University of Nairobi". *JHEA/RESA* Vol. 2, No. 2, 2004, pp. 53 – 73.

② Zeleza P. T, Olukoshi A. Africa Universities in the Twenty-first Century. Dakar: Council for the Development of Social Science Research in Africa. 2004, p. 134.

创收收入的84%来自理论课程，教职工的劳动构成创收成本的最大部分。2002年基苏木多科技术学院农场创收为每位学生补贴学费1700肯先令。[①]

这些在一定程度上缓解了肯尼亚高等教育经费的不足。

表4-2　内罗毕大学1997~2002年创收经费总支出情况（百万）

支出项目	肯先令	占总数百分比	支出项目	肯先令	占总数百分比
基本建设项目	392.30	10	各学院和整个大学	344.75	9
教学方法	325.00	8	教职工福利	103.35	3
办公和教学设备	126.50	3	研究奖金	49.65	1
书刊购买	109.50	3	服务提供者	1604.40	41
原料	191.05	5	UNES管理费	269.50	7
公共事业	337.75	9	可偿还保证金	17.50	1
总计				3871.00	100

资料来源：Crispus Kiamba. "Privately Sponsored Students and Other Income-Generating Activities at the University of Nairobi". JHEA/RESA. Vol. 2, No. 2, 2004, pp. 53-73.

表4-3　2002年国立多科技术学院创收收入的用途及其占创收收入的比例

使用领域	数目（万肯先令）	%
教职工津贴	8091.54	57.30
建筑等工程、公交车购买	2142.21	15.17

① Mukirae. S. Njihia. *Income Generating Activities and Their Contribution to the Provision of Teaching-learning Resources in Polytechnics in Kenya.* A Thesis Submitted in Partial Fulfillment of The Requirements for the Award of the Degree of Master of Education, Kenyatta University. March, 2005.

续表

使　用　领　域	数目（万肯先令）	%
实验室（设备、化学品、计算机、气体购置费，维护费）	1001.20	7.09
工场（机器、备件、原料购置费、维护费等）	871.29	6.17
报告厅（桌椅、放映机购置费及维护费等）	385.51	2.73
图书馆（图书、期刊购置等）	134.15	0.95
其他（广告、水电支出等）	1481.33	10.49
总　　计	14121.36	100.00

二、扩大了大学生入学机会，节省了国家外汇

向学生融资，特别是向平行学位学生融资，扩大了肯尼亚高等教育学额的供给能力。大学能利用空余时间（傍晚、周末和节假日），为许多肯尼亚人——他们达到了大学入学要求但由于普通课程计划吸纳能力有限而不能被录取——开放了教育机会。这些机会对于那些有全日制工作和其他个人义务而不能进一步追求全日制学习的人来说，也是可以得到的。从表4－4中的数据可以看出，内罗毕大学在引入新的制度6年之后的2002～2003学年，按新制度入学的学生（在收费课程计划中学习的学生）达到大约1.7万人，不仅赶上而且超过由政府资助的传统学生人数（约1.3万），占在校生总数的比例达到56.4%。2005年肯雅塔大学的在校生约2.1万人，其中自费生占56%。[1]

① Kenyatta University. *Strategic and Vision Plan*：2005～2015. Nairobi：Kenyatta University. 2005. pp. 5，10－11，78.

表 4-4　　内罗毕大学各类学生人数及其比例
（2002～2003 学年）

学生类型	学士学位学生		文凭学生		研究生		合　计	
	人数	%	人数	%	人数	%	人数	%
普通课程计划	11090	50.43	0	0	1875	40.44	12965	43.6
收费课程计划	10900	49.57	1220	100	2761	59.56	16756	56.4
合　计	21990	100	1220	100	4636	100	29730	100

资料来源：Crispus Kiamba. Privately Sponsored Students and Other Income-Generating Activities at the University of Nairobi. *JHEA/RESA*. Vol. 2，No. 2，2004，pp. 53－73.

以前由于学额有限，一些学生不得不留学国外，现在这些平行课程留住了许多原本要到国外留学的学生。按以前的留学规模算，平行学位课程这一政策的出台每年为肯尼亚节省 1900 万美元的外汇。

三、提高了办学效率和社会适应性

财政体制转型引起的高校学生规模的这种急剧增长，除了增加学生入学、成才机会这一积极影响外，从高教事业发展讲，还有另外一个积极影响，即提高了高校办学效率。大多数平行课程计划的上课时间，平常日在下午 5：30 到 9：00 之间，周末和公共节假日则在上午 9：00 到下午 5：30 之间。这既方便了上班族在工作之余接受高等教育的需要，也提高了高等学校现有师资和设施的利用率，挖掘了国家本来十分贫乏的高等教育资源的潜力。这一转型还促使大学不断创新，创建那些社会“需要”的课程计划；使大学课程计划能及时反映社会的关切点，从而有助于这些高等教育机构敏于社会和经济的变化，提高社会适应性。[①] 这种适应性反过来又有利于办学效力和效率的提高。

第四节　肯尼亚高教财政体制转型存在的问题分析

一、高校创收活动面临种种困难，高校经费仍然非常短缺

根本的困难是肯尼亚经济欠发达，一半以上人口生活在贫困线以下，社会可供筹资的资源非常有限。学生的学杂费缴纳能力非常有限。大学校友会等组织筹款到目前为止仍没有什么成就。虽然肯尼亚大学有了四十余年的历史，但“大学为了筹款而成立校友会的尝试失败。没听说过肯尼亚人（无论企业家还是个人）提供什么捐赠，大学中也没有捐助讲座（endowed chairs）职位”。大学利用合同研究和咨询筹款面临的问题是：“肯尼亚本身产业基础薄弱，而大多数跨国公司的研究和咨询倾向于求助他们本国人员；此外，肯尼亚大学的某些人员已经倾向于开设自己的私人咨询机构，以便个人得到最大的收益。”[②] 创收过程的管理和创业人员的素质也有很多问题[③]，比如刚性的、令人沮丧的财务规定，不合理的、硬性的关于补充新教职工的限制及相关程序的繁琐，创收指导方针的模糊，创业技能的缺乏，商业运作

① Chacha Nyaigotti-Chacha. Public Universities, Private Funding: The Challenges in East Africa. In Paul Tiyambe Zeleza and Adebayo Olukoshi. *Africa Universities in the twenty-first century*. Vol. I. Liberalisation and Internationalisation. Dakar: Council for the Development of Social Science Research in Africa. 2004. p. 103.

② Cheboi B C. Constrains in funding higher education and the way forward. UNESCO, Commission for Higher Education (Kenya). *Strategic Planning and Resource Management for Universities*. Report of a Regional Workshop for Vice-Chancellors. Nairobi, Kenya. 17th ~ 19th, July, 2001. p. 75.

③ Oketch M. O. Market model of financing higher education in Sub-Saharan Africa: examples from Kenya. *Higher Education Policy*. 2003, (16). pp. 313 - 332.

计划的缺乏，提出技术和财务建议能力的缺乏，知识产权认识水平和专利信息利用水平低，大学专家数据库的缺乏，大学产业链的脆弱，等等。

由于上述各种制约，肯尼亚公立大学目前仍然面临严重的经费短缺。以肯雅塔大学基础设施建设为例。2005 年，该校在以下方面对需求的满足程度分别是：学生床位 45%，就餐 100%，交通 50%，用水供应 60%，浴室 30%，排水设施 60%，教师住房 30%，电力供应 70%，图书馆座位 40%，运动和娱乐设施 40%，医疗卫生服务 70%，分机电话 20%，直拨电话 30%，计算机 10%，互联网连接 40%，实验室 40%，教室 40%，教学仪器设备 30%，教职工办公室 30%，研讨/公共休息/会议室 20%。[①] 这些数据大多令人触目惊心。

二、教学质量严重下滑，学科结构严重失衡

在生存竞争中，肯雅塔大学计划在 2005 ~ 2015 年让来自“自费生”学杂费占大学总收入的 33%（另外，政府拨款占 31%，普通学生学杂费占 6%，校内其他收入来源占 3%，校外来源占 27%）。[②] 为了吸引更多的自费生，高等学校不顾自身的办学条件和社会的人才需要，片面迎合、迁就学生。结果平行学位持续贬值，践踏和牺牲了学术标准。政府报告承认平行课程计划“缺乏公平、质量控制和质量保证”。一些在肯尼亚中等教育考试中成绩为 C^+ 的学生居然被录取到平行课程计划中的医学、法律之类的高度竞争性专业。而实行平行课程计划之前，这些专

① Kenyatta University. *Strategic and Vision Plan*: 2005 ~ 2015. Nairobi: Kenyatta University. 2005. pp. 10 – 11.

② Kenyatta University. *Strategic and Vision Plan*: 2005 ~ 2015. Nairobi: Kenyatta University. 2005. p. 78.

业的入学要求是A⁻或以上成绩。据说这些入学成绩较差的学生在这些要求严格地学科中学习比较吃力。

过于追求创收带来的另一个问题是学科结构不平衡。一些大学仅仅为了获得额外的收入而举办不恰当的学位课程计划。文科毕业生本已有所剩余，但文科学位课程因为成本低，仍然成为大多数创收活动计划的目标课程。而各地所需要的技术培训却受到冷落。过度强调文科课程的结果是数以千计的毕业生找不到工作，也不能创业，无所事事、灰心丧气。[①]

三、大量家庭困难学生过度从事创收活动，对学习产生了很多负面影响

一些学生由于贫困又不能得到足够贷款，不能支付学费和生活费。大学生中有较高的辍学率、较高的缓学率。而即使能坚持在大学学习，一些学生的生活境况也是非常窘迫。一些学生不得不耗费过多的时间挣钱。根据一项对莫伊大学和内罗毕大学366名贫困学生的调查，关于每天花在创收活动上的时间，55.4%的学生用了4小时或4小时以下；32.3%用了5～9小时；6.9%用了10～14小时，5.4%甚至用了15～18小时。这样，错过几次上课的学生占31.7%；不能按时完成指定作业的、上课注意力不集中的各占19.7%；不能按时完成设计的占14.5%；错过日常评价测试的占7.1%；感到疲劳和萎靡不振的约占6.6%；考试不及格的占0.9%。[②] 这些无疑对学生学习产生不良影响。

---

① Zeleza P. T, Olukoshi A. *Africa Universities in the Twenty-first Century*. Dakar: Council for the Development of Social Science Research in Africa. 2004. p. 104.

② Zeleza P. T, Olukoshi A. *Africa Universities in the Twenty-first Century*. Dakar: Council for the Development of Social Science Research in Africa. 2004. pp. 152 – 154.

第五节 结 语

肯尼亚高等教育财政体制的改革，是历史的必然，达到了某些预期目的，但同时也带来了许多问题。改善肯尼亚高校财政状况任重道远。结合肯尼亚高教系统固有的一些问题来考虑，肯尼亚高等教育财政改革要注意以下几点：一是适当调整各类创收活动的结构。除了继续巩固教学渠道的创收外，高等学校还要带领学生到企业、农村、市场大量优先寻求短、平、快科技项目，开展技术创新和推广活动，帮助人民致富，借以扩大高校自身创收源泉；另一方面又要注意积蓄力量，凝聚特色优势，逐渐形成高校专业化研究、咨询和服务领域，谋求高品质创收活动的可持续发展。二是赋予创收课程规划和创收管理一定程度的自治，优化相关创业环境，提高创收的灵活性和积极性。三是提高创收人员的创业素质。四是加强“节流”改革的魄力，减少过多的非教学人员，整治腐败。五是稳定规模，调整结构，保证质量。虽然高教需求旺盛，虽然扩大高教规模可以增加高校经费，但鉴于目前的高校吸纳能力，稳定高等教育规模、恢复学科结构的平衡、恢复高等教育质量才是当下负责任的政策。

第五章

肯尼亚大学生贷款

第一节　肯尼亚大学生贷款基本情况

一、历史发展

肯尼亚大学生贷款的历史较早，其起源可追溯到 1952 年。当时英国殖民政府建立高等教育贷款基金（the Higher Education Loans Fund，简称 HELF），旨在帮助那些试图在东非以外（主要是在英国、美国、印度、苏联和南非）接受大学教育的人。独立时期，非洲人政府或多或少中止了这一计划，选择直接承担高等教育的成本。这一政策与“肯尼亚教育委员会”提出的培养高级技能的非洲人才以便从过去的欧洲人手里接管政府管理的建议是一致的。随后的政策文件，比如 1965 年政府 10 号会议文件《非洲社会主义及其在肯尼亚计划活动中的运用》，政府 1965 ~ 1970 年的第一个《发展计划》，政府 1964 年的报告《1964 ~ 1970 年肯尼亚高水平人力要求及资源》，都强调中高级人力资源是在获得快速经济发展中至关重要的资源，强调高级人力资源的培养是大学教育的目标之一。政府扩大和资助高等教育也正是基于这些认识，这样大学教育对学生而言实质上成为免费的了。[①]

---

① Wycliffe Otieno. *Student Loan in Kenya: Past Expericence, Current Hurdles, and Opportunities for the Future*. Boston College & Council for the Development of Social Science Research in Africa, 2004. (2). p. 76.

自此，大学生人数日益增长，加上20世纪70年代石油危机带来的低迷的经济成绩，迫使政府重新思考其高等教育财政政策。结果，在1973~1974财政年度，出台了一个贷款计划即"大学生贷款计划"（the University Students' Loan Scheme）。事实上，这个计划只是1952年计划的翻版（政府从未正式废止它，只是一度停止为它提供经费）。该计划不是由一个自治机构而是由教育部中的"贷款支出和回收部门"（the Loan Disbursement and Recovery Unit）来管理。政府对这个机构的运作并没有明确的规定，只是赋予了它7个目标：第一，确保接受高等教育和训练的受益者满足他们部分的教育需求；第二，促进合格学生的机会平等，而不管其背景如何；第三，提供持续的经济资源；第四，通过提供经济资助，降低退学率；第五，鼓励学生在就业方面做出正确的选择；第六，完成政府对高等教育的经济义务进而增加大学生入学率；第七，通过鼓励在教育方面的投资以满足人力资源的需要进而为国家的发展作出贡献。但是最主要的目标是两个：限制政府支出和保证高等教育入学。①

从表面上来看，该机构的目标是很高尚的，但实际上没有任何实际的措施或者行为能够确保贫困学生能够获得资助。钱逐渐地流入了那些没有强烈动机偿还贷款的学生，这也就意味着政府应该对大学生贷款的资金分配进行管理。尽管政府也看到了它的笨拙的管理和低还贷率，但从1975/1976~1992/1993年间，贷款项目获得的国家预算从3.1%增长到了6.1%，这是教育部门里头最快的增长点了。造成偿还率低和管理水平恶劣的原因有很多：第一，没有采取预防措施以防范拖欠。第二，工作人员缺乏必要的债务偿还技巧，这对于运行一个贷款项目是个很大的弊

---

① Richard Belio Kipsang. *Financing higher education in Kenya: the case of a student loans programme*. University of Nairobi Library, 2002. p. 12.

病。它的工作人员都是从其他部门调过来的，即使政府将国有商业银行、国家财政部甚至中央银行的债务管理经验和技巧传授给了这些人。第三，贷款学生在偿还债务义务和偿还之后的好处了解不够。实际上，在 1974 年设置该项目时，学生是持反对态度的，他们害怕卷入债务。讽刺的是，当 90 年代减少贷款数量时，学生又开始反对。政府没有预料到学生的这种变化。第四，匆忙的改进中，该贷款计划缺乏法律基础。所以，很难从以前的贷款学生中执行新的措施。如新的偿还措施等。

1988 年的关于下个十年人力资源和教育发展的总统工作报告（The Presidential Working Paper on Education and Manpower Training for the Next Decade and beyond committee）和 Ndegwa Report，再次考察了不管学生的社会—经济背景给所有学生提供贷款的实践。这两份报告强调了基于学生的实际需要情况选择贷款接受者的合理要求；并呼吁将成本回收的目的定位在补充政府资金；同时，提及了将教育成本转移给消费者的同时要确保高等教育的公平入学。

1991 年，根据 1984～1988 年发展计划和 1986 年一号文件引入了 6000 肯先令学费的直接的成本分担。但是，这在学生中引起了骚动，甚至一度导致了学校关门。在乌干达、赞比亚、尼日尔、博茨瓦纳等一些国家，引入学费制度时也遇到了这样的情况。学生们认为这会阻止低收入学生群体接受高等教育，但实际上这相较私立学校（每年的学费从 80000 到 25000 肯先令之间）而言，这只是象征性的收费。同时，1991 年引入了收入测定补充奖学金计划（a means-tested complementary bursary scheme），其目的在于给那些贫困的连这些学费都交不起的学生提供帮助。[①]

① Wycliffe Otieno. *Student Loan in Kenya: Past Expericence, current Hurdles, and Opportunities for the future.* Boston College & Council for the Development of Social Science Research in Africa, 2004. (2). pp. 77－78.

为了改进前面提及的种种问题，政府实施了根本的改革，包括要求学生在他们家庭所在地申请和获得贷款，而不是院校所在地；贷款申请要获得当地首席管理官员的签字；大学生吃饭付费取代了以前的免费吃饭；取消了每个学期 5000 肯先令（64 美元）的津贴（这些津贴主要用于学生的交通、休闲等）。但是这些改革措施的收效很低，因为它没有触及问题的根本。从 80 年代开始赞助肯尼亚大学贷款计划的世界银行（World Bank）和国际货币基金（International Monetary Fund）对政府推行这些所谓的根本改革极为不满，要求其实施更为全面的改革。所以，在 1995 年，肯尼亚政府在国会法案（Act of Parliament）设立了一个贷款方面的半官方的自治机构——高等教育贷款委员会（Higher Education Loans Board，简称 HELB），并制定了高等教育贷款委员会的责任和目的。

高等教育贷款委员会的目的是：为资金管理构建健康的政策；寻求各种资金帮助以促进委员会的功能；设置标准和条件，包括利息率、贷款偿还等；与有关贷款支出和回收的金融机构签订合同；提供贷款；决定每年能够获得贷款学生数量的数目和贷款的数目；收到和考虑所有贷款申请，按照法律和相关规定决定接受还是拒绝；建立和提供奖学金和助学金；按照法律，实施委员会的所有义务和权利。[①]

高等教育贷款委员会的责任是：将贷学金、奖学金等支付给有需要的肯尼亚学生；恢复从 1952 年开始由高等教育贷款基金（Higher Education Loans Fund）提供的一些贷款方式；建立周转基金，这些基金用于帮助经济有困难的肯尼亚学生追求高等教育。政府预期周转基金的建立可以大大地减少国家在教

---

① Richard Belio Kipsang. *Financing higher education in Kenya: the case of a student loans programme*. University of Nairobi Library, 2002. pp. 14 – 15.

育上的花费，可以减少接近40%的国家预算；依照法律将剩余资金进行投资；从其他组织如私人企业、慈善组织等征集附加资金。①

高等教育委员会实施的高等教育贷款方案，重建了70年代因为管理不善和高违约金而失败的旧的方案。这一方案的贷款数额以家庭经济状况调查为基础，利息为4%。这个方案的“关键之处在于其独特的贷款回收努力。新的立法要求雇主从雇员工资中扣除应还的贷款。新的法律也规定雇主收回1974年旧方案中突出的早期未偿还贷款。发生贷款拖欠，借款人和雇主都会受到严厉惩罚。政府提供贷款本金。有了新方案有力的回收贷款方式，政府还希望能回收旧的贷款，使得学生贷款基金很快形成良性周转。”②

二、具体操作

1974年，是由教育部管理大学生贷款计划。大学将每个学期申请贷款的学生情况递交教育部，教育部根据申报情况决定并准备预算，然后由教育部将预算给支出银行——肯尼亚国家银行（the National Bank of Kenya，简称NBK）。肯尼亚国家银行再根据申报情况将贷款直接拨给学校，由学校分配贷款。学费、住宿费、伙食费等都由银行直接拨给学校。银行只是一个贷款的中介，跟学生之间没有协议。教育部负责从毕业生中回收贷款的责任。

---

① Wycliffe Otieno. *Student Loan in Kenya: Past Expericence, current Hurdles, and Opportunities for the future.* Boston College & Council for the Development of Social Science Research in Africa, 2004. (2). p. 78.

② 布鲁斯·约翰斯通：《高等教育入学机会与财政可行性：学生贷款的角色》。http：//www. gse. buffalo. edu/org/inthigheredfinance/Chinese/Chinese%20paper%20Guni. pdf. 2007－10－18.

1995 年建立了完全自治的高等教育贷款委员会之后，在贷款程序上也有些变化。学生递交贷款申请给贷款委员会，经贷款委员会审核和批准，学生在下列银行中的任一银行设立自己的银行账户，包括：肯尼亚商业银行、肯尼亚国家银行、肯尼亚合作银行、邮政银行。然后，由银行将贷款直接贷给学生。

（一）贷款申请

学生申请贷款有三个步骤：一是进入高等教育贷款委员会设立的专门的网站——www. helb. co. ke，从中了解有关贷款的政策和相关要求等，进而决定自己贷款与否和申请贷款的数量。二是填写贷款申请表。贷款申请表包括很多内容，如双亲健在与否、家庭收入和支出、兄弟姐妹的情况等。三是将填好的申请表上交学校。①

（二）贷款支出

高等教育贷款委员会发展了一个有效的基于计算机的收入测定法（means testing）②。在该计算机系统里，使用学生贷款申请的编号，然后根据学生填写的申请表，决定学生的贷款情况和贷款数量。通过该方法，可以减少一些偏见或者是事务处理上的主观性。

在肯尼亚，根据学生的家庭收入和家庭人口、父母是否健在以及学生申请贷款数量等情况不同，学生可以获得不同数量的贷款。如果是孤儿的话，只要申请，都可以获得最高贷款数 42000 肯先令。其他单亲或者双亲家庭的学生，高等教育贷款委员会根据他们家庭收入的不同、家庭人口构成和他们申请的贷款数量，分配给他们不同的贷款金，如表 5 - 1 所示。

---

① http：//www. helb. co. ke/helb_ background. html. 2007 - 6 - 12

② 指对学生家庭收支进行计算以得出学生资助需求的一种测定方法。卫道治：《英汉教育词典》，武汉：湖北教育出版社 2001 年版，第 296 页。

表 5－1　　肯尼亚不同家庭收入学生获得贷款的情况
（Y，表示在；N，表示不在）

家庭收入	父母是否健在		所获贷款	家庭收入	父母是否健在		所获贷款
0	N	Y	27500	18000	Y	Y	25000
0	Y	Y	30000	19000	Y	Y	30000
0	Y	Y	20000	20000	Y	Y	25000
0	Y	Y	20000	22000	Y	Y	30000
1500	Y	N	40000	24000	Y	Y	27500
2000	Y	Y	27500	25000	Y	Y	25000
3000	Y	N	30000	26000	Y	Y	35000
3000	Y	Y	30000	34000	Y	N	40000
3450	Y	Y	25000	35000	Y	Y	35000
3500	Y		30000	38220	Y	Y	27500
4000	Y	Y	20000	40000	Y	N	30000
5000	Y	Y	40000	55000	Y	N	25000
6000	Y	N	42000	58818	Y	Y	20000
6500	Y	Y	27500	60000	Y	Y	35000
8000	Y	Y	42000	72000	Y	N	20000
9000	Y	Y	30000	80172	Y	Y	30000
10000	Y	N	40000	94280	Y	Y	20000
11000	Y	Y	42000	118000	Y	Y	25000
12000	Y	Y	20000	124000	Y	Y	20000
13000	Y	Y	30000	137000	Y	Y	20000
15000	Y	Y	35000	150000	Y	Y	25000
16000	Y	Y	30000	208000	Y	Y	27500
17000	Y	Y	40000	335000	Y	Y	20000

资料来源：Richard Belio Kipsang. *Financing higher education in Kenya*：*the case of a student loans programme*. University of Nairobi Library，2002. pp. 66－68.

肯尼亚高等学校学生贷款政策最近又有了变化。大学教育成本被估算为5万肯先令。计算机根据学生申请相关数据和计算公式确定学生筹集这一成本的能力。家庭收入等于或小于5万肯先令的学生通常获得5.2万肯先令的全额贷款，其余学生依据家庭收入的多少获得3.5万~4.5万肯先令不等的贷款。给公立大学学生的所有贷款都通过电子支付系统被拨给学生的账户，私立大学的学生贷款则被拨给大学账户。特别贫困的学生还可得到8000肯先令的奖学金，这种奖金学直接拨付给大学账户。高等教育贷款委员会也向研究生提供贷款和奖学金。[①]

根据2005年的数据，肯尼亚高等教育贷款委员会给本科生的年度贷款总数为15亿肯先令，给本科生的年度奖助学金（bursaries）总数为8900万肯先令，奖学金（scholarships）总数为1000万肯先令。给研究生的年度贷学金总数为4000万肯先令。在2005年，肯尼亚高等教育贷款委员会为3.7万本科生发放了贷款，为1.4万本科生发放了奖助学金，为35位研究生发放了奖学金，为450位研究生发放了贷学金。高等教育贷款委员会只对12所大学发放了贷学金和奖学金。它们是当时的6所公立大学和6所私立特许大学。这些特许大学是经肯尼亚高等教育委员会认证的大学。非特许私立大学的学生没有资格获得高等教育贷款委员会的贷款和奖学金。1974年至2005年6月，为大学生支付的贷款达170.3亿肯先令，到期贷款144亿肯先令，截至2005年6月偿还贷款总计44亿肯先令，到期未还贷款100亿肯先令（其中47亿已通过强制手段获得偿还）。还贷额从1995年的500万肯先令上升到2005年的6800万肯先令。到2005年6

① Benjamin C. Cheboi. " University Student Loan Scheme: The Kenya Experience". Presented at a meeting ofThe Financial Aid Practitioners of South Africa, Rhodes University. Tuesday 22 June, 2005.

月，有大约6万贷款人在还贷过程之中；2万人已全部偿还；有6万人还未开始偿还。[①]

表5-2　1974~2001年肯尼亚大学生贷款的总支出情况（单位：亿肯先令）

年　份	贷款支出	年　份	贷款支出
1974/1975	0.33	1989/1990	4.01
1975/1976	0.36	1990/1991	7.24
1976/1977	0.39	1991/1992	7.72
1977/1978	0.67	1992/1993	6.34
1978/1979	0.48	1993/1994	7.09
1979/1980	0.58	1994/1995	10.43
1980/1981	1.00	1995/1996	13.24
1981/1982	—	1996/1997	9.55
1982/1983	0.99	1997/1998	8.33
1983/1984	0.99	1998/1999	8.57
1984/1985	1.01	1999/2000	9.45
1985/1986	1.11	2000/2001	10.16
1986/1987	1.54	2001/2002	9.95
1987/1988	3.05	总数	127.71
1988/1989	3.14		

资料来源：Richard Belio Kipsang. *Financing higher education in Kenya：the case of a student loans programme*. University of Nairobi Library，2002. p. 44.

（三）贷款偿还

学生在毕业后两年开始偿还贷款，分十年偿还，采用的是按

① Benjamin C. Cheboi. "University Student Loan Scheme：The Kenya Experience". Presented at a meeting of The Financial Aid Practitioners of South Africa，Rhodes University. Tuesday 22 June，2005.

照收入比例偿还方式。

在高等教育贷款委员会刚刚建立的时候，便详细规定了在还款时大学生与雇主的责任和义务。

1. 雇主的义务：在雇用贷款学生的三个月内，应知会贷款委员会，并要求提供贷款学生的信息。如果存在前后名字不一致的情况，可以通过入学和毕业、所学课程和个人身份号码等信息来核实。雇主收到委员会的关于学生贷款和还款的安排时间表之后，根据安排从在大学贷过款的雇员工资或者报酬中扣除相应数目。然后根据委员会要求的方式将其提供给委员会。每月的汇款日期要按委员会的要求或者在每下个月的 15 号之前。学生的贷款减免额必须根据法律来进行。如果雇主没有执行这些义务，将会受到的如下惩罚：如果没有按照委员会的要求在下个月的 15 号之前将贷款汇给委员会，委员会可以处罚该雇主拖欠汇款数额的 5%。如果雇主没有在雇用欠款学生的三个月内通知委员会，那么要罚处每个月 3000 肯先令，推迟了多少个月，就算多少个月。另外，在委员会检查员检查期间，他可以调用和查看任何有关贷款学生的资料，雇主不得阻挠。否则，可能会受到法律惩罚。

2. 学生的义务：贷款之后的优惠期是两年，结束之后，学生应该开始偿还贷款。如果学生不遵守偿还条例或者要求的话，则将处以每月 3000 肯先令。如果提供假信息，将要受到不低于 30000 肯先令的惩罚，或者不低于 3 年的关押。同时，高等教育贷款委员会还设立了与肯尼亚收入管理部门（Kenya Revenue Authority，简称 KRA）的合作关系，从而可以得知哪些毕业生不能支付贷款、毕业生的收入、毕业生所在单位或者工作部门的经济情况等信息，这样能更好地监督和改善贷款回收。[1]

① http://www.helb.co.ke/helb_legal_framework.html. 2007-6-15.

三、建立高等教育贷款委员会之后所取得的成绩

（一）扩大了获贷学生数，增加了贷款量

高教贷款委员会最主要的成绩表现在，大大增加了能够获得贷款学生的数量和提供给学生的贷款数量，如上表5－2和表5－3、表5－4所示。这些学生既有公立大学的也有获得特许的私立大学的。在该委员会刚刚设立时，私立院校的学生是不能获得贷款的，因为一般都以为私立院校的学生来自较为富裕的家庭。现在，尽管私立院校获得贷款的学生较公立院校的少，但是能够获得贷款的范围还是扩展到了私立院校，这的确是一个很大的进步。贷款发放对象还从本科生扩大到了研究生，包括硕士生和博士生。给研究生的资助从贷款和补助扩大到了部分奖学金。

表5－3　2002～2003学年不同院校类型和数量之间的贷款分配

大学	申请者数量			贷款数量（单位：万）		贷款学生占全校学生的%
	所有申请者	申请获得者	百分比	肯先令	美元	
UEAB	416	332	75.81	1046.2	45.49	25.4
CUEA	354	303	85.59	952.5	41.41	20.5
USIU	106	74	69.81	237.7	10.33	3.2
晨星大学	263	195	74.14	617.3	26.84	10.8
所有私立院校	1139	904	77.30	2853.7	124.07	15.0
内罗毕大学	8931	8426	94.35	28498.3	1239.05	60.3
莫伊大学	6551	6276	95.80	21015.9	913.73	61.5
肯雅塔大学	5586	5271	94.36	17708.8	769.95	52.8
埃格顿大学	5006	4775	95.36	15988.7	695.16	47.9
JKUAT	2205	1997	96.99	6732.0	292.70	51.3
马塞诺大学	2524	2370	93.90	7938.9	345.17	34.4

续表

大学	申请者数量			贷款数量（单位：万）		贷款学生占全校学生的%
	所有申请者	申请获得者	百分比	肯先令	美元	
所有公立大学	30803	29115	95.1	97882.6	4255.76	51.4
所有院校	31942	30019	86.2	100736.6	4379.83	33.2

注：1美元=23肯先令（以2002年的购买力折算）；UEAB：巴拉顿东非大学；CUEA：东非天主教大学；USIU：美国国际大学；JKUAT：乔莫·肯雅塔农业和技术大学。

资料来源：Wycliffe Otieno. "Student Loan in Kenya: Past Experience, current Hurdles, and Opportunities for the future". *JHEA/RESA* Vol. 2, No. 2, 2004. p. 79.

表5-4　1993/1994~2002/2003学年肯尼亚高校所有贷款支出

年　份	总数（单位：亿）		增长（%）
	肯先令	美元	
1993/1994	48.03	2.09	—
1994/1995	58.46	2.54	17.8
1995/1996	71.69	3.12	18.5
1996/1997	81.24	3.53	17.6
1997/1998	89.57	3.89	9.3
1998/1999	98.14	4.27	8.7
1999/2000	107.61	4.68	8.8
2000/2001	117.01	5.09	8.0
2001/2002	126.34	5.49	7.4
2002/2003	136.41	5.93	7.4

资料来源：Wycliffe Otieno. "Student Loan in Kenya: Past Experience, current Hurdles, and Opportunities for the future". *JHEA/RESA* Vol. 2, No. 2, 2004. p. 82.

另一个成绩表现在扩大了贷款数，特别是在政府给予高等教育的经费减少了的情况下。1987 年到 2000 年，公立院校的入学率增长了 400%，而政府资金仅仅增长了 30%。高教贷款委员会尽力减少对政府的依赖，它的 50% 的资金来自于它回收的贷款。

（二）提高了贷款偿还率

在委员会建立时，贷款偿还率很低（仅有 3.3%），到 2003 年左右偿还率上升到了 18% 以上，最近达到了 20%。[①] 另外，可参见图 5－1 和表 5－5。取得这些进步的主要原因是因为实施了贷款人与雇主绑定的法律政策和跟踪记录等（如前所述）。

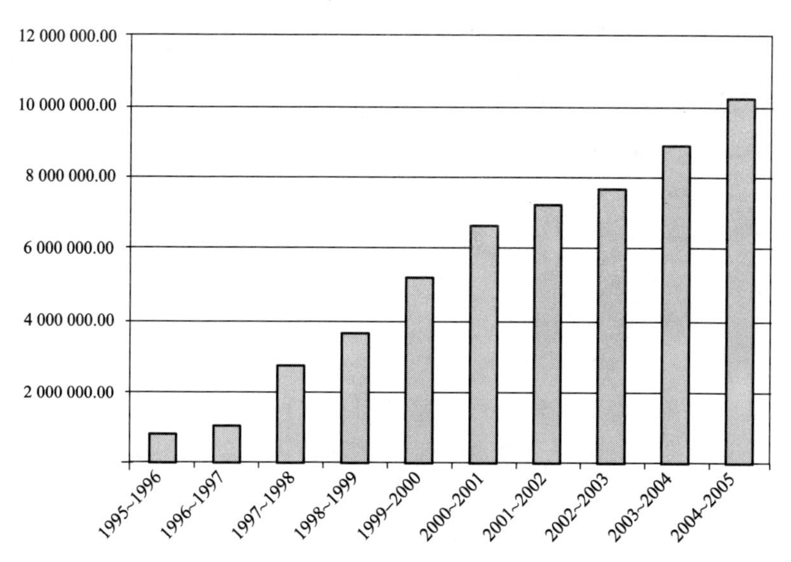

图 5－1　1995～2005 年肯尼亚的大学生贷款偿还情况

资料来源：http：//www. helb. co. ke/helb_ loans_ repayment. html. 2007－6－15.

① Wycliffe Otieno. *Student Loan in Kenya*: *Past Expericence*, *Current Hurdles*, *and Opportunities for the future* [J]. Boston. College & Council for the Development of Social Science Research in Afria, 2004. (2) p. 84.

表 5－5 1974～2002 年肯尼亚贷款偿还情况
（单位：百万肯先令）

年 份	贷款偿还	年 份	贷款偿还	年 份	贷款偿还	年 份	贷款偿还
1974/1975	—	1981/1982	6	1988/1989	5	1995/1996	59
1975/1976	—	1982/1983	4	1989/1990	7	1996/1997	84
1976/1977	—	1983/1984	4	1990/1991	21	1997/1998	206
1977/1978	—	1984/1985	6	1991/1992	27	1998/1999	281
1978/1979	—	1985/1986	7	1992/1993	23	1999/2000	397
1979/1980	—	1986/1987	7	1993/1994	33	2000/2001	514
1980/1981	5	1987/1988	8	1994/1995	57	2001/2002	549
总计							2306

资料来源：Richard Belio Kipsang. *Financing higher education in Kenya*：*the case of a student loans programme* . University of Nairobi Library，2002. p. 46.

（三）其他

其他方面的成绩包括：1. 争取到了银行的参与。2. 引入了计算机和网络，使贷款更加方便；在没有引入计算机和网络之前，贷款委员会的大楼挤满了学生，而且学生能够得到的信息也很少，不仅浪费了学生的时间，贷款委员会的工作效率也十分低。现在，肯尼亚学生可以通过网络在网上递交自己的申请报告；同样，贷款委员会也可以利用网络了解学生的家庭收支情况，然后在最短的时间内确定学生能否获得贷款以及所能获得的贷款数量并给予学生回复。3. 引入了收入测算，使贷款发放更加客观和公正。

四、面临的挑战

（一）贷款偿还率过低

尽管高等教育贷款委员会尽了很大的努力去提高贷款偿还率，并且提高到了 20% 左右，其成绩应该算是十分显著了，但是 20% 的偿还率仍然是很低的。

贷款偿还率的高低，主要取决于就业率。在肯尼亚，贷款偿还的过渡期为两年，两年之后，在原有贷款的基础上计算偿还利息。肯尼亚的失业率为 26%，这对偿还产生了很大的影响。在这样的情况下，就不能惩罚他们不能按时付款。而且，如此严峻的失业情况，很多学生即使两年之后也无法开始偿还贷款。另外，当前偿还的主要部分还是来自于在政府部门和准政府部门和公共事业单位工作的毕业生，还有教师，他们的偿还占了 56%，与其他政府部门和国家部门合计起来，占了 76%，如表 5-6 所示。在非政府单位，也雇用了很大一批的贷款学生，但是这些学生的流动性很强，频繁地换工作，或者在国家偏远的地方上班甚至在附近的其他国家上班，使得贷款委员会无法跟踪他们的信息，这就给贷款偿还带来了很大的麻烦，因此使得贷款偿还率很低。

表 5-6　　2002 年 1 月到 9 月不同部门就业人员偿还高等教育贷款委员会贷款的情况

就业部门或类别	总数（单位：万）		占偿还总额比例	就业部门或类别	总数（单位：万）		占偿还总额的比例
	肯先令	美元			肯先令	美元	
农业部门	33.25	1.45	0.71	政府部门	694.27	30.19	14.8
外交部门	1.97	0.09	0.04	非政府组织	38.70	1.68	0.82
教育机构	233.40	10.15	4.97	半国营单位	290.02	12.61	6.18
经济机构	188.58	8.20	4.02	服务产业	145.19	6.31	3.09
个体户	121.94	5.30	2.59	教师服务协会	2616.78	113.77	55.77

续表

就业部门或类别	总数（单位：万）		占偿还总额比例	就业部门或类别	总数（单位：万）		占偿还总额的比例
	肯先令	美元			肯先令	美元	
保险公司	49.35	2.15	1.05	其他	142.08	6.18	3.03
管理	163.58	7.11	2.91	总计	4692.10①	204.00②	99.98%③

资料来源：Wycliffe Otieno. "Student Loan in Kenya: Past Expericence, current Hurdles, and Opportunities for the future". *JHEA/RESA*. Vol. 2, No. 2, 2004, p. 85.

另外，不少贷款学生因为艾滋病等原因突然死亡，例如，最近报道有超过20名的教师死于该病，而教师们的贷款偿还往往超过了所有偿还的一半，失去了他们也就失去了很大一笔偿还资金，进而使得贷款偿还更加困难。

从某种意义上来讲，不能用单纯的偿还率来评价贷款实施的好坏。没有哪个贷款项目能够达到100%的偿还率，即使在十分成功的澳大利亚和新西兰。影响因素有很多，如偿还时间的长短；利率；管理成本等。完全的成本偿还是不可能的，特别是在肯尼亚这样的失业率高达26%的发展中国家。肯尼亚的大学生贷款偿还率的提高的确存在着很大的困难。

（二）建立周转基金十分困难

肯尼亚高等教育贷款委员会面临的另外一个困难便是建立周转基金，这也是1995年它设立时制定的目标之一，也就是使它自己能够自负盈亏。这个困难在很多有关贷款项目的著作中都提到过，如约翰斯通的《高等教育财政》。而且，这个困难也不仅在肯尼亚有，在美国、在中国也同样存在，只是难度不同。

---

① 如果分项数据没错，这里的总计数据应为4719.11，两者差别甚大。——引者注

② 如果分项数据没错，这里的总计数据应为205.19——引者注

③ 此处总计为99.98%。虽不是100%，但差距倒也不大。

在肯尼亚，有很多因素阻碍着周转基金的成立。第一，贷款偿还率低；如前面所述的极低的贷款偿还率使得高等教育贷款委员会在回收资本上极为困难。贷出去的钱收不回来，又怎么会有钱建立周转基金呢？第二，贷款中的奖学金部分，如表 5－7 所示。在贷款数目中，有 7% 左右的数目属于奖学金，而既然是奖学金，肯定是不需要偿还的，这就意味着必须由高等教育贷款委员会来承担这部分。这在没有资金回收（极低的贷款偿还率），而且贷款补贴率很高的情况下（1974/1975～1994/1995 学年间，贷款利息是 2%，1996/1997 学年之后的利息为 4%，而在肯尼亚其他贷款利息一般为 17%～18%组左右），还要承担其中的奖学金成分，无疑给它的自负盈亏得来了很大的阻力。第三，高等教育贷款委员会争取到的私人资本极为有限，除了资本回收以外，基本没有什么经济来源。

表 5－7　　1995/1996～2002/2003 年奖学金总数

年　份	奖学金		占贷款的比例	贷款人数	获奖学金人数	占贷款的比例
	肯先令	美元				
1995/1996	53543203	2327965	4.0	33283	8148	24.5
1996/1997	60027555	2609894	6.3	31441	8606	27.4
1997/1998	64628000	2809913	7.8	27882	8701	31.2
1998/1999	64622000	2809652	7.5	28748	9026	31.4
1999/2000	68959000	2998217	7.3	29835	12531	42.0
2000/2001	79980000	3477391	8.5	29019	13527	46.6
2001/2002	73041000	3175696	7.8	28206	14381	51.0
2002/2003	56051000	2437000	5.6	31942	10630	33.3

资料来源：Wycliffe Otieno. “Student Loan in Kenya: Past Expericence, current Hurdles, and Opportunities for the future”. *JHEA/RESA*. Vol. 2, No. 2, 2004, p. 83.

（三）贷款在促进高等教育公平方面的努力受到质疑

约翰斯通曾经提到，学生贷款项目的两个主要目标在于：补充政府收入（取决于成本回收和争取私人资本的程度）和扩大高等教育参与率。但是肯尼亚学生贷款项目在这两个方面都不太成功。一方面，尽管近年来高等教育的参与率有一定程度的扩大，但是这并不是贷款本身的功劳。尽管在部分地资助公立院校学生上有一定的意义，但参与率的扩大在更大程度上取决于私立院校数目的增加，他们招收了肯尼亚15%的大学生。同时，也是因为在公立院校采用了平行课程计划（肯尼亚的一种高等教育学习计划，其中学生按培养成本全额付费），它招收了22%的大学生，而这些学生是没有资格获得贷款项目资助的。另外一方面，有调查表明，在肯尼亚，如果把大学生人均支出额按多少分成5个等级，那么，最低一级即最贫困的大学生占大学生总数的8%，第二级是比较贫困的占4%，第三级属于中等的占21%，第四级是比较富裕的占22%，第五级即最富裕的大学生占45%。[①] 也意味着能够进入高校读书的都是那些高收入和中等收入的群体，贫困者是少数；而另有证据表明，在肯尼亚，低收入群体缴纳了80%的税收。[②] 所以，实际上是用低收入群体的钱补贴高收入群体接受高等教育。这些对于一个大学生贷款而言，是极不公平的。另外，如前所述，肯尼亚大学生贷款还是高度补贴的、再加上前面提到的低的贷款偿还率、低的成本回收、极少的私人资本的参与等，都使它的公平性大打折扣，受到了人们的广泛质疑。

---

① Wycliffe Otieno. "Student Loan in Kenya: Past Expericence, current Hurdles, and Opportunities for the future". *JHEA/RESA*. Vol. 2, No. 2, 2004, p. 89.

② Fredrick Muyia Nafukho, Satish Verma. "A comparison of the efficiency and equity implications of university loan programs in the United States and in Kenya". *Journal of Third World Studies*. 2001. Vol. 18, Iss. 2; pp. 187 – 208.

（四）其他

1. 贷款需求高。许多肯尼亚家庭十分贫困，需要资助的学生数量众多。

2. 学生贷款未能覆盖到多科技术学院的学生，也未面向在国外读书、未能获得足够资助的学生。

3. 借款人关于国家贷款的误解妨碍了他们偿还贷款的积极性。

4. 争取到的外来资金如来自私人企业单位的投资太少。肯尼亚大学生贷款项目的资金主要来源于银行，尽管一直在鼓励外界投入，但是成效十分差，几乎没有什么外来资金介入大学生贷款项目。

五、结语

肯尼亚的大学生贷款已经走了很长一段路。它已成功地降低了对政府的依赖，这在非洲国家中是少有的。

在过去的几年里，肯尼亚高等教育贷款委员会付出了极大的努力，也取得了一些成绩，如它不仅极大地提升了偿还率而且大大地减少了管理成本和程序，包括建立一个专门的网站；它所采取的严格的家庭收支信息收集等措施，也在一定程度上保证了能将可用的宝贵资金进行尽可能公平的分配；它还吸纳商业银行等社会力量的参与①，等等。

但是，像世界上大部分的贷款项目一样，肯尼亚高校学生贷款还必须要克服不少困难，包括争取更多的资金以帮助那些符合资格要求的申请者，进而扩大高等教育入学率；通过鼓励借款者偿还贷款确保真正的成本偿还以限制债务负担、建立自己的周转

---

① Ayoo, Esther Awuor. *Effects of the current university loan scheme on the food consumption patterns of public university student in Kenya*. Kenyatta University. 2002. 17.

基金；建立适合的计算机系统；鼓励私人和民间资本的参与，以扩大资金来源；建立更加合理的经济资助体系等等。

第二节 肯尼亚与中美大学生贷款工作比较分析

一、肯尼亚与美国大学生贷款工作比较

美国和肯尼亚两国大学生贷款工作有些相似也有不同的地方，但不同的地方居多。

第一，美国和肯尼亚都在为降低贷款拖欠率而努力。如自1995年以来，美国的大学生贷款拖欠率增长了，研究人员理查德（Richard Riley）将其归因于：（1）传统院校拖欠率增长；（2）1992年高等教育法增加了学生可以借款的数量并且创建了非贴息贷款项目。借款比以前容易了很多。联邦学生贷款数目从1992年的150亿美元增加到了1997年的340亿美元。贷款拖欠从1990年的224亿减少到了1995年的104亿美元。但是尽管减少了，贷款拖欠的数字104亿，仍然不低。为了回收拖欠的贷款，不少学生被送上了法庭。而且国内收入服务和国家联邦税务收集部门（the Internal Revenue Service-the Nation's federal tax collector）也联合确认拖欠者并且不给拖欠者税收返回以迫使他们偿还贷款。同时，教育部也通过限制院校的参与贷款项目的资格而着力提高贷款偿还率。肯尼亚也在着力提高偿还率。它积极使用商业银行给学生提供贷款，因为银行在追踪贷款学生上会做得更好。所有的雇主都被要求直接从贷款学生的工资里扣除应该偿还的部分，然后直接交给肯尼亚高等教育贷款委员会。政府给那些不合作的雇主的惩罚是十分严厉的。不过，到目前为止政府没有有效地处理自我就业的毕业生的偿还问题。

第二，能够申请贷款和获得贷款的学生群体范围不同。在美

国，所有进入中学后教育机构的学生都可以申请并有可能获得贷款。但是，在肯尼亚，直到20世纪末期，才将可以获得贷款的学生范围扩展到私立院校，还有一些其他院校如职业技术学院的学生等无法获得贷款，而且尽管私立院校可以申请并获得贷款资助，但是相比较而言，公立院校的学生获得贷款的机会和数量还是大得多。

第三，贷款管理上，美国要完善得多。在肯尼亚，贷款项目在开始阶段根本无法获得绝大部分贷款学生的还款。1995年，贷款学生仅仅偿还了2亿肯先令的贷款，还有58亿肯先令被欠着，偿还率不足4%，这就意味着大学生贷款项目完全依靠政府的钱维持着。同时，它也面临着很多管理方面的问题，如它的员工无法追踪到那些到了偿还期的学生。到后来引入计算机和网络之后，其情况有了一些改进，但仍然不是很乐观。而美国较早就已经使用计算机和网络来控制和管理大学生贷款项目，并且建立起来了具体详细的数据库来负责学生贷款的申请和发放并追踪学生贷款情况，使之管理通畅有序，十分有效地避免了因为管理带来的贷款滞后和使贷款还款率因为管理而降低的情况。

第四，在维护公平上，肯尼亚大学生贷款项目一直备受国内人们的质疑，美国情况则好很多。一直到1990～1991学年，肯尼亚学生贷款项目才开始考虑学生的社会和经济背景问题。以前，所有的学生都可以自动获得贷款，而这实际上是通过贷款项目进一步加剧了学生之间的不平等，因为很多资源被分配给了那些并不需要的学生，而真正需要的学生又无法得到所需要的资助。1995～1996学年之后，政府设立了高等教育贷款委员会，开始致力于给贫困学生提供资助。只是，在教育大众上，它仍然是失败的。因为到目前为止，大部分肯尼亚学生和家长都认为贷款是政府给学生提供的资助，且它是不管学生的经济背景的。所以，其贷款公平性受到公众的广泛质疑。同时，有调查表明，在肯尼亚，进入高校读书的都是那些高收入和中等收入的群体，贫困者是少数。而有证据表明，在肯尼亚，贷款补贴很高，而高等教育的税收大都非直接地来源于低收入群体，低收入群体大概缴纳了80%的税收。所以，肯尼亚的大学生贷款项目实际上是在用低收入群体的钱补贴高收入群体接受高等教育。这对于一个贷款项目而言，是极为不可接受的。在美国，贷款项目向所有的学生开放，它们给予需要的学生，其目的在于满足平等的目标。如前面提到的，联邦和州政府、私人企业和非营利机构都给学生提供贷款，都是为了平等的目标，其公平性相对较高。

第五，美国的大学生贷款项目所能获得的私人捐助资金较多，肯尼亚则很少。在肯尼亚，高等教育纯粹是政府事务，也仅有政府关心高等教育，没有私人企业为其提供资金。在美国则不一样，有很多个人、私人企业为其高等教育事业和大学生事业提供资助资金。

第六，美国的大学生贷款项目种类繁多，而肯尼亚相对单一。

尽管美国也存在着关键的偿还问题，但是它有很多经验值得肯尼亚学习和借鉴。第一，肯尼亚应该鼓励私立部门参与高等教育的资助活动；第二，它应该致力于资助那些有经济需要的学生，以满足平等的要求；第三，应该采取措施，建立多种多样的贷学金项目，满足不同经济和社会背景地位学生的需求；等等。美国和肯尼亚的高教系统有很大的差别，但是两国的贷款项目目标是一致的。美国教育有很长的历史，而肯尼亚是一个相对年轻的国家。所以，肯尼亚能从美国的高教和其贷款项目中学习不少经验，这将有助于改进肯尼亚的教育事业。

二、肯尼亚与中国大学生贷款工作比较

中国和肯尼亚的大学生贷款也有较多的相似点，同时也存在着不少差异。

第一，都经历了一段时期的免费上大学的历史，但由于大学生人数的增多和高等教育的发展，先后采取了贷款项目来帮助困难学生。相较而言，肯尼亚比中国更早。我国是在 1997 年高校完全并轨之后才开始进行大学生贷款项目的创建和完善工作。肯尼亚自 1952 年开始便已经设立大学生贷款计划，到 1995 年已经设立高等教育贷款委员会，对其贷款工作存在的问题进行全面的改革与完善，并取得了较大成效。

第二，都经历了克服多种困难逐渐改善的过程。如两者都努力地改正和完善并引入了计算机展开大学生网上申请贷款的工作；都采用了结合学生生源地的信息情况如家庭收入、家庭人口和支出情况等来决定贷款数量；都经历了原来由政府发放贷款转变为银行为发放贷款的主体的改革工作；都加强了对学生的贷款跟踪工作，并延长了贷款偿还期限，等等。两者都期望通过这些措施，提高大学生贷款工作的效率并扩大影响，使更多优秀的学生有机会接受高等教育和完成高等教育学业。但是，肯尼亚在大幅度提高贷款偿还率、增加贷款学生数量和贷款金额上面的成绩相较我国更为显著。

第三，都存在着不少相似的问题，如贷款偿还率低、外界资金介入大学生贷款工作的主动性和积极性不够等。两国都需要在这些方面做出更多的努力以改进这些问题。

第四，我国的贷款项目尽管历史较为短暂，且经验不足，但是因为同时有奖学金、助学金、减免、补助等措施的存在，贫困学生在申请和获得贷款资助的同时，可以获得其他这些方式的帮助，这十分有利于减轻贷款工作的压力。在肯尼亚，贫困学生获得的资助方式相对单一，以贷款项目为主，所以，相对而言，肯尼亚大学生贷款项目的压力较大。

肯尼亚和我国同为发展中国家，肯尼亚开展大学生贷款工作的时间比我国要早，并在这方面积累了不少经验，可以对我国大学生贷款工作提供一些启示。如与学生毕业后的工作单位直接联系来提高学生贷款还款率的努力是值得我国借鉴的；而我国的与贷款项目配套的多样的资助措施，也可以为肯尼亚减轻其大学生贷款项目的压力提供思考。两者都应该学习和借鉴美国等国家的经验，采取更加有效的措施来鼓励更多的个人和私立部门参与高等教育的资助活动等。

当然，肯尼亚的大学生贷款项目在今后的路途中还有很多工作要做，如应该尽量增加私人资金介入的力度，这样一方面可以增加提供给学生的贷款金额和满足更多贫困学生的需要，同时，也可以使高等教育贷款委员会有更多的周转基金；应该使贷款项目更多样化，并建立其他配套资助措施，降低单一贷款项目的压力；应该竭力使公众完整清楚地认识贷款项目的本质以及存在的困难，争取公众的理解和支持；等等。

第六章

肯尼亚高等院校的课程与教学

第一节　肯尼亚高等学校的课程

一、课程设置与管理

肯尼亚并没有统一的高校课程制定和管理机构。最早制定肯尼亚高校课程的是1985年成立的肯尼亚高等教育委员会，它是肯尼亚唯一的高等教育院校认证机构。1989年颁布的大学规程（The University Regulations）规定高教委员会的任务是制定大学的目标、领导人员、设备、人力资源、财政资源、课程和教育质量等。①

高等教育委员会通常鉴定具有权利颁发学位证书、文凭证书和技术证书的部分高等院校，这些学校的学生可以向高等教育贷款委员会贷款。因此，所有的高等教育机构，包括中等办学水平的、跨国的、私立的高校都想获得高等教育委员会的认证资格。尽管如此，它只负责管理私立大学的学位课程（Degree Courses）。② 得到认证资格的公立大学的课程和大部分私立大学的非学位课程是由肯尼亚教育研究所（The Kenya Institute of Education）制定。

---

① Sterian, Paul Enache. *Accreditation and Quality Assurance in Higher Education: Papers on Higher Education Series.* UNESCO, CEPES, 1992, p. 41.

② UNESCO Regional Office For Education in Africa, *Globalization and Higher Education: Case Study — Africa*, First Global Forum on International Quality Assurance, Accreditation and the Recognition of Qualifications in Higher Education, 2002 - 10, p. 7.

肯尼亚教育研究所不仅制定初等教育、中等教育以及部分高等教育的课程，也参与制定部分学科如图书馆学、文献学和信息科学的证书课程（Certificate Courses）和文凭课程（Diploma Courses）。所有课程在实施前都会接受肯尼亚教育部（Ministry of Education）官员、相关课程专业协会、肯尼亚考试委员会（Kenya National Examinations Council）和教师的充分评估。

除了肯尼亚教育研究所和高等教育委员会拥有制定和管理高校课程的权利外，公立大学也拥有一定的独立制定课程的权利。通常当特殊专业的群体或学生有需求时，在决定这些群体和学生的需求后，由相关学院部门即负责管理学术课程的学院学术委员会（The College Academic Board）命名和简述这些课程，再通过相关学院上报到负责学校学术事务的制定和管理的学校评议会讨论、详核和通过，然后实行。① 学校评议会的成员包括由校长任命的负责学校学术和管理的副校长（Vice-Chancellor）、由学校委员会和校长商议决定的分管财政和管理事务（Administration and Finance）的执行副校长（Deputy Vice-Chancellor）和分管学术事务（Academic Affairs）的执行副校长（Deputy Vice-Chancellor）、由副校长任命的管理学院学术和管理的各学院院长（College Principals）、各系主任（Deans of Faculties）、各协会、学院和中心的主任（Directors of Institutes, Schools and Centres）。②

部分私立大学拥有自己特定的课程管理机构。如美国国际大学（USIU）在 1996 年 4 月建立起了类似于学院委员会的课程委

① Bali, and Mutunga. *Towards academic and professional excellence in Higher Education*, report on the National Workshop in Mombasa, Kenya, 1992. 2, p. 41.

② University of Nairobi Planning Division, *University of Nairobi Calendar* (2006 ~ 2007), 2006, p. 39.

员会（Curriculum Committee）负责协调和分配美国国际大学的课程。该委员会自成立后即对1995年和1997年的课程设置提出了许多意见和建议，包括课程中存在的一般性问题和部分专业的特殊问题。①

大部分教师和学生不能直接参与学校课程的准备、设计或决定，除非他们担当了相关职务。莫伊大学（Moi University）医学系学生Jervas Victor Dimo在接受采访时表示，他作为学院学生会的科研部长（Director of Academics in the Students' Leadership Body）对他所在的系的课程制定拥有一定的影响。②

二、课程结构

肯尼亚高校的课程通常由学位公共课程、学位基础课程（必修课和选修课）、实践性课程三者构成。课程以课程单元（Units）为准，一门科目（Subject）通常由三个课程单元组成。

（一）学位公共课程

不同的学校公共课程的名称各不相同，如美国国际大学（United States International University）的"通识教育"（General Education），肯雅塔大学（Kenyatta University）的"全校公共课程"（Public Courses），但都具有通识教育的性质，学校内各个专业的学生一般都需学习。通识课程的内容多为思维训练课程、常识性课程。如美国国际大学48个单元的"通识教育"包括：3个单元的第一年经验（The First Experience），即制定成功计划和战略的方法；15个单元的符号系统和理智技能（Symbolic Systems and Intellectual Skills），包括6个单元的写作、分析、思

① *USIU Accreditation Report*, 1996, p. 87.

② Jan van Dalen, "Interview of Jervas Victor Dimo, a Sudanese medical student at Moi University in Eldoret, Kenya". *Education for Health*, 2003, Vol. 16, p. 93.

维训练课程和9个单元的定量的技术技能培训课程；9个单元的全球化和多元文化的观点（Global and Multicultural Perspectives），包括6个单元的语言学习和3个单元的社区服务。此外，还有6个单元的人类学（Anthropology）、6个单元的社会科学（Social Science）、6个单元的自然科学（Physical Science）。肯雅塔大学的“全校公共课程”包括交流技巧课程、批判和创造力的思维训练课程（如创业教育）、HIV和AIDS课程。该类课程通常在前两年授完。

（二）学位基础课程

各学校各学科课程安排各不相同，但均包括必修课程和选修课程。

必修课程包括专业核心课程和专业基础课程，贯穿在四个学年中。专业核心课程包括初级专业核心课程（Lower division courses）和高级专业核心课程（Upper division courses）。两者分别在前两年和后两年修读。如美国国际大学的国际关系学位课程中初级专业核心课程包括政策学入门、国际关系基础、外国政策比较、国际关系研究方法，高级专业核心课程为政治体制比较、当代国际意识形态、国际组织、外交本质、国际经济政策、国际法、区域研究。①

选修课程包括专业选修课程和跨专业选修课程。选修课程通常在大学课程中的后两年修读。如内罗毕大学基础教育系专业选修课程在第四学年开设，学生至少需要修读一门选修课程，课程包括成人教育和继续教育、性别问题研究、儿童早期教育、教学哲学等。② 美国国际大学的跨专业选修课程通常为15个课程单

① United States International Universiy（USIU）2006～2008 Catalog，p. 69.

② University of Nairobi Planning Division，*University of Nairobi Calendar*（2006～2007），2006，p. 396.

元（5门科目）。跨专业选修课程包括非洲研究、比较哲学、环境研究、英语、家庭研究、法语、性别研究、健康心理学、工业或组织心理学、文化学、西班牙语等。①

（三）实践性课程

实践性课程主要有毕业设计（理科）、毕业论文（文科）和专业实习（教学实践）等。如美国国际大学的高级经验（The Senior Experience）课程，包括毕业论文、研究设计或研讨会等，通常为6个课程单元。② 内罗毕大学教育学院（School of Education）的学生需在第三学年中到中小学进行长达一个学期的全日制教学实践。教学实践相当于2个课程单元。实践期间至少需经过3次考核，每次考核总分为100分，每次考分高于40分的学生获得通过。③

师范专业与普通专业的课程结构存在一定的区别。师范生不仅需要学习学位公共课、基础课和实践性课程，还必须学习一组（两门）教学学科课程。教学学科课程分为主修和副修教学学科课程，通常在第三学年开始学习。如内罗毕大学教育学院提供的教学学科课程有会计、商业、经济、英语、地理、历史、本国语、文学、数学、宗教、文秘、社会教育和道德。它们组合成为会计和经济、会计和数学、商业和地理、经济和商业、经济和地理、经济和历史、英语和文学、地理和历史，地理和宗教、本国语和历史、本国语和宗教、数学和商业、数学和经济、数学和地理这几组课程，学生选择其中一组进行学习。④

---

① United States International Universiy（USIU）2006～2008 Catalog, pp. 72－75.

② United States International Universiy（USIU）2006～2008 Catalog, p. 68.

③ University of Nairobi Planning Division, *University of Nairobi Calendar*（2006～2007）, 2006, p. 395.

④ University of Nairobi Planning Division, *University of Nairobi Calendar*（2006～2007）, 2006, pp. 394－395.

文科专业和理科专业之间课程结构也存在着一定的差异。理科专业比较重视实践性课程，实践性课程的比例相对较高。如内罗毕大学农业和兽业科学院（College of Agriculture and Veterinary Sciences）农学系学生在第三学年第二学期后需要进行野外实习（field practice）。野外实习的成果即研究计划需在第四学年时在讨论会上以报告的形式呈现。[①] 文科专业较重视理论性课程，课程多以培养学生的逻辑思维和基本学术素养为目标。

三、课程实施与考核

因课程种类不同，其学程（Duration）也各不相同。肯尼亚高校提供的课程主要有证书课程、研究生文凭课程和学位课程（Degree Courses）三类。证书课程的学程为 9 ~ 12 个月，文凭课程为 1 年半 ~ 2 年，研究生文凭课程（Postgraduate Diploma Courses）为 12 个月，学士学位课程（Bachelors Courses）为 4 ~ 5 年，硕士学位课程（Masters Degree Courses）为 2 年，博士学位课程（Ph. D Courses）为 3 年[②]。

课程实施的方式主要有全日制实施、部分时间制（Part time）实施、开放实施、远程实施四种。全日制实施适用于全日制学生，部分时间制实施主要是为兼职学生所设，开放实施主要采用媒体、广播、网络、电视等媒介进行，远程实施通过适用于合作课程，如肯雅塔大学与澳大利亚两所国际大学合作开设的计算机和商业管理课程。乔莫·肯雅塔农业和技术大学与英国的桑德兰德大学（the University of Sunderland）合作开设的计算机 IT

① University of Nairobi Planning Division, *University of Nairobi Calendar* (2006 ~ 2007), 2006, p. 101.

② Kenyatta University Undergraduate and Postgraduate Prospectus (2006 ~ 2008), p. 18.

硕士课程等均采用了远程实施的方式。

本科阶段的课程考核包括平时考（Continuous Assessment Test）和期末考试两部分。课程考核成绩包括70%的期末考试成绩和30%的平时考试成绩。平时考试每个单元至少一次，期末考试每学期一次，一般安排在每学期的最后两周即第16、17周进行。[①] 考核成绩总分均为100分，课程通过的分数至少为40分。考核形式多为笔试。考核内容多为基础的学科知识和技能。考核内容以及成绩的评定主要由任课教师决定，但有时为了保持本校与国内或国际其他院校同类课程水平的一致性，校外主考人（external examiners）也参与到成绩的评定中，并通过评定反馈意见。[②]

硕士研究生阶段的课程考核通常包括期末笔试（Written Examination）和课程论文或设计（The Project）两部分。期末笔试试卷总分为100分，通过的分数为50分。课程论文或设计需要在学期结束前两周提交，总分为100分，通过的分数为50分。考试未通过的学生均有两次补考的机会，通过的分数为50分，而补考仍未通过的学生得不到该课程的学分。

博士研究生阶段的课程考核通常是论文（Thesis）。

肯尼亚高校课程考核目前存在着一些问题：

首先，课程考核合格分数过低，考生学习积极性不高。一方面，肯尼亚高校的课程考核合格分数通常为40至50分。大部分学生都能轻易地通过考试，因而也容易产生侥幸心理。另一方面，未通过考试需要补考的学生，无论补考成绩高还是低，成绩

① B. Oyelaran-Oyeyinka, C. N. Adeya, "Dynamics of adoption and usage of ICTs in African universities: a study of Kenya and Nigeria", *Technovation*, Vol. 24. 2004, p. 101.

② Bali and Mutunga. *Towards academic and professional excellence in Higher Education*, report on the National Workshop in Mombasa, Kenya, 1992. 2, pp. 68 – 71.

皆被认定为合格分数。这降低了考生的积极性，不能很好地体现考试的公平性。

其次，连续性评估考查（Continuous Assessment Test）（又称经常性考查）形式不够灵活，过多地依靠论文考查（“ESSAY EXAM”）。连续评估作为使用频率最高的一种考核方式，它是一个持续的过程，因而更多地应体现为一种评价而非分数测定。它又是一个非常有价值的工具，不仅能让学生在学习过程中发现自己的缺点和优点，并根据优缺点预示发展前景，而且也能让教师在教学过程中获得反馈如哪些领域学生掌握而哪些没有。但实际上大部分高校在经常性考查的形式上，主要采用的是论文考查，而论文考查存在着一些弊端，如分数的不可靠性：不同评分人打分不同，同样的评分人在不同时间对同篇文章打分也可能不同；考核内容全面性或覆盖性不同。[①] 因此，经常性考查应尝试多样的考核形式，如课程计划书、研究论文、社会实践和实验等。

再次，课程考核内容过于生硬。由莫伊大学校长委员会赞助的一项调查[②]分析了肯尼亚公立大学 7 个系的 12 个专业在 1989～1990 年和 1994～1995 年的考试卷，发现大多数考卷着重于对低层次的学科基础知识技能的测评，而非高层次的思维逻辑水平测评。大学学习差不多就是四年课程的死记硬背。

四、私立高校的课程设置

肯尼亚私立高校的课程设置受到三个因素的影响：宗教、市场和办学成本。宗教性的非营利高校都十分重视基督教或伊斯兰

① Bali and Mutunga. *Towards academic and professional excellence in Higher Education*, report on the National Workshop in Mombasa, Kenya, 1992. 2, p. 71.

② James P. Ole Takona, *The Distribution of Undergradate Examination Questions among the Specified Congitive Levels: A Case of an African University*, 1999 - 12 - 10, p. 1.

教教育，而且强调道德观念与价值观教育。近年来，这种宗教主张逐渐受到市场经济主张的挑战，表现为商业课程的增加。当然，由于私立高校办学中融入了市场的原则，加上有限的资金来源，所以大部分学校都只开设了办学成本较低的人文和社会科学学科，避免投入大、收效慢的自然科学和工农医等学科课程。而且根据市场的需求，私立高校热门课程多，冷门课程少，课程门类狭窄。

表 6-1　2003~2007 年晨星大学的课程

学院	学系	课　程
文学院	圣经和宗教研究系	圣经
	通信系	通信文凭、通信 BA、印刷通信、电子媒体、广告媒体、公共关系
	人文系	基督教音乐通信文凭、英语语言文学学士、文学或理学教育学学士
社会科学学院	商业系	管理学文凭、会计、商务管理和经营、市场营销、管理信息系统 MIS、经济学
	社区发展	咨询文凭、发展文凭、学士（社区发展心理学和社会工作）
科学和技术学院	科学系	数学
	计算机科学	应用计算机科学 BS
		预科课程
研究生部		基督教教牧硕士、通信学位硕士、咨询心理学硕士、商务管理硕士

资料来源：Daystar University.（2006）. *Daystar University* 2003 ~ 2007 *Catalogue*. Retrieved December 26, 2006, from http://www.daystar.ac.ke/catalogue.pdf.

表 6-1 列出了晨星大学最新的课程设置。从学系的分类和课程门类来看，晨星大学的课程偏向人文和社会科学，缺乏自然科学和医学等学科。宗教课程（圣经）是宗教类私立高校的一大特色。但是从晨星大学的课程设置可以看出，宗教大学也提供

非宗教课程，而且这些课程（如通信、商务管理、市场营销、应用计算机、经济学等）也反映了市场的影响。

美国国际大学虽然是肯尼亚规模最大的一所私立大学，但是它只有两个学院：文理学院和商务管理学院。文理学院设有国际关系、新闻学、心理学的本科课程计划，心理咨询硕士、国际关系硕士课程计划。商务管理学院设有商务管理、酒店管理、信息系统和技术、国际商务管理、旅游管理的本科课程计划，商务管理硕士、管理和组织开发学硕士（Master of Science in Management and Organizational Development）、高级管理人员组织开发学硕士（Executive Master of Science in Organizational Development）的课程计划。

表 6－2 列出了 2000/2001 学年美国国际大学各专业的学生百分比。可以看出美国国际大学重点发展商务管理学科。这是因为它考虑到肯尼亚公共机关和企业私营化的趋势对有关人才的需求。美国国际大学的学生中女生占 55% 以上，主要分布在酒店管理、国际关系、心理学和旅游管理等专业，男生主要分布在与科学有关的专业，如商务管理、信息系统和技术等。

表 6－2　2000/2001 学年 USIU 学位课程的学生百分比（%）

本科课程	学生百分比
商务管理	83
心理学和家庭研究系	7
文科和跨学科研究系	10
研究生课程	学生百分比
商务管理	91
咨询心理学	6
国际关系	3

资料来源：Kaba，A. J.（2002）. *The development of private universities in Kenya.* Seton Hall University，South Orange，New Jersey，p. 143.

五、国立多科技术学院（National Polytechnic）的课程

肯尼亚高校构成中存在一类提供中、高等水平职业技术教育证书课程和文凭课程的国立多科技术学院。这些学校归政府所有和管理，它们的课程提纲（syllabus）由教育部制定，考试由肯尼亚国家考试委员会监管。它们提供的课程大多为技术类课程，如工程类、建筑类课程等。

目前该类学校在肯尼亚有4所，分别是肯尼亚多科技术学院（Kenya Polytechnic）、蒙巴萨多科技术学院（Mombasa Polytechnic）、基苏木多科技术学院（Kisumu Polytechnic）、埃尔多雷特多科技术学院（Eldoret Polytechnic）。近年来，随着肯尼亚对工业发展的巨大需求，该类院校的学生入学人数经历了一个快速增长时期。如蒙巴萨多科技术学院从2000年开始，每年的学生入学人数都保持在5000名左右，其中女性入学人数增长幅度最大。①

多科技术学院提供的课程各不相同。各校修读课程的入学要求一般为KCSE平均分和专业对口课程达到C等级以上。课程实施方式一般分为全日制实施、部分时间制实施、夜间实施三种，实施时间一般为2～6个学期（semester）不等。通常文凭课程实施时间为4～6个学期，证书课程实施时间为2～4个学期。

蒙巴萨多科技术学院提供的课程涉及医疗、社区、工业、商业、媒体等各个领域。部分领域还提供两类课程，如应用科学系（Department of Applied Sciences）既提供分析化学的文凭课程，也提供分析化学的证书课程。埃尔多雷特多科技术学院坐落在埃尔德雷特镇，该镇以农业尤其是畜牧业为特色，而该校也拥有自己的农场。学校结合自身的技术优势开设的课程受

① http：//www.mombasapoly.ac.ke/polyen.html.

到了镇民的普遍欢迎。镇民经常会到学校的农场中买畜生和询问建议。同时农场也为周围的农民提供帮助服务，如动物人工授精，植物种子服务等。基苏木多科技术学院提供的课程包括机械工程（农业或工业方向）、土木工程、定量调查（Quantity Survey）等。

六、课程的新发展以及存在的问题

（一）新发展

1. 课程合作化、国际化倾向

近年来，肯尼亚许多高校以多种形式加强与国内或国际高校间在课程方面的合作。

首先，为了保持国家课程和国际课程两者标准的一致性，邀请校外主考人（External Examiners）参与课程的制定与考核。[①] 肯尼亚高等教育委员会成员中留有外国大学专家的名额。

其次，与国外高校进行课程合作。合作的高校不仅包括非洲的，还包括欧洲、澳洲、美洲和亚洲的高校。合作的方式通常为两种，一种是外国高校提供师资，本国高校提供设备；另一种是师资、设备均由外国高校提供。合作课程包括学位课程、文凭课程、证书课程等。如乔莫·肯雅塔农业和技术大学与英国的桑德兰德大学（University of Sunderland）合作开设计算机硕士文凭课程。肯尼亚医科培训学院（Kenya Medical Training College）提供苏格兰敦提大学（University of Dundee）和澳大利亚科廷技术大学（Curtin University of Technology）的学位课程。非洲虚拟大学（African Virtual University）与澳大利亚墨尔本皇家技术学院（Royal Melbourne Institute of Technology）和加拿大魁北克莱沃大

① Dennis N. Ocholla, “Professional development, manpower education and training in information sciences in Kenya”, Library Management, Vol. 16, 1995, p. 24.

学（University Laval）合作开设的计算机学位课程[①]。此外，非洲虚拟大学也提供新泽西技术学院（New Jersey Institute of Technology）和印第安纳技术大学（Indiana University of Technology）8～10周的短期证书课程。

再次，国际研究和国际语言课程的开设。如莫伊大学社会、文化和发展学院（School of Social, Cultural and Development Studies）开设了区域研究课程。语言学和外语学系提供各类语言课程，如英语、法语、斯瓦希里语、阿拉伯语等。[②]

最后，通过各种方式开展课程交流。交流方式包括国内或国际间教师和学生互换，进行学术资源和学术信息的交流，参加或举办国内或国际会议（conferences）、学术研讨班（seminars）、展览会（exhibitions）、座谈会（symposia）等研究活动。如肯雅塔大学提供的国际课程计划（International Programme）就提供了这些形式的交流课程。[③]

2. 创业课程（Entrepreneurship Courses）的兴起

创业课程是应运而生的。21世纪初，肯尼亚政府推行以全民教育为重，强调每个人接受教育的政策，该政策体现了传统价值观中的社会公平、道德、责任以及获得适合所处环境的生活技能。[④] 这项政策引起了肯尼亚高校的扩展，高校入学人数在短时

---

① UNESCO Regional Office For Education in Africa, *Globalization and Higher Education: Case Study — Africa*, First Global Forum on International Quality Assurance, Accreditation and the Recognition of Qualifications in Higher Education, 2002－10, p. 1.

② Jane Knight and Hans de Wit. *Quality and Internationalisation in Higher Education*, OECD publications. 1999, p. 163.

③ Kenyatta University Undergraduate and Postgraduate Prospectus (2006～2008), p. 13.

④ David C. Woolman. "Educational reconstruction and post-colonial curriculum development: A comparative study of four African countries". *International Education Journal* Vol. 2, No. 5. 2001, pp. 32－33.

期内急剧上升，不仅给高校造成了巨大的办学压力，也给学生造成了一定的就业压力。公共部门（Public Section）已不再是公立大学毕业生的主要就业单位，再加上自1994年以来实施的裁减公务员和大学工作人员的计划使得毕业生不得不寻求其他途径就业，如在私立部门、非正式部门就业和自主创业。①

因此，各高校均重新制定了学术课程计划的方向，增加能培养学生创新精神和创业能力的创业课程。如乔莫·肯雅塔农业和技术大学的农业系、工程学系、自然科学系均设计了一套新的课程，如地质学、电子技术学、计算机工程学、食品科学、营养学、生物力学、信息工程学、土木工程、水利工程、环境工程、装饰学、景观美化等。② 蒙巴萨多科技术学院下设创业发展中心部（Department of Enterprise Development Centre），提供理发和营业性高级服务厅（院）的技术课程、旅店服务课程、食品制作理论与实践课程、服务和销售理论与实践课程、面包和糕点制作课程、家政服务课程、导游课程等。③

3. 对技术培训课程重要性的认识

技术教育（Technical Education）是肯尼亚大学早期教育内容的组成部分之一。早期技术教育内容主要为工程学，而后农业、兽业、医学等也逐渐出现在大学的课程中。

在肯尼亚，高等教育层次的技术教育存在着一个很大的问题即实践性课程少而理论性课程多，无法提供学生成为专业技术人员的充分条件。如医学专业，通常为六年理论学习和一年的实习，而学生并不能从短短一年的实习中真正获得足够的技术体验

---

① Gerald Ngugi Kimani. "Graduates' Perception of University Programmes and Their Relevance to Employment: University of Nairobi (1991 ~ 1998)". *Africa Development*, Vol. XXX, Nos. 1 & 2, 2005, pp. 68 – 85.

② http://www.jkuat.ac.ke.

③ http://www.mombasapoly.ac.ke.

和经验。再者，肯尼亚也有许多中等技术教育机构如为将小学毕业生培养为泥工、木工、裁缝、金属冶炼等技术工的青年多科技术学院（Youth Polytechnics），提供专业领域中等水平实践技术教育的技术培训学院（Technical Training Institutes），提供精湛工艺以及与地方人力资源需求相适应的商业教育或技能教育的技术学院（Technical Institutions），提供中等水平医学教育的医学培训学院和医疗培训机构（Medical Training Institutions），提供中等和高等职业技术教育的国立多科技术学院（National Polytechnics）①。这些学校多以当地政策为导向制定符合当地市场的课程，加强与当地企业的合作。它们通常更强调实践性课程，重视技能的培训与应用，因而学生的动手能力和工作适应能力往往比高校同类专业的学生强。最后，掌握技术教育进行自主创业能在一定程度上缓解由肯尼亚高校学生人数增多带来的就业压力。

鉴于以上三点原因，肯尼亚高校对技术培训课程逐渐予以重视。如内罗毕大学的阿森戈·帕特里克·欧德汉德教授（Asingo Patrick Odhiambo）提出公立大学应创造一种更有效的课程开发和复查战略，建立一个服务于所有公立大学的大学课程发展和复查委员会，该委员会的成员必须包括教育家、企业家、政府官员、课程小组、教授等，委员会需考虑为学生提供足够多的企业实践机会，并提供企业实习资金补助，将企业培训纳入授予文凭的条件之一。②

---

① Asingo Patrick Odhiambo. *Higher education and human resource development in Kenya: the case of technical training in Public Universities*. Nairobi university, 2000, thesis of master of Arts, pp. 88 – 102.

② Asingo Patrick Odhiambo. *Higher education and human resource development in Kenya: the case of technical training in Public Universities*. Nairobi university, 2000, thesis of master of Arts, p. 167.

（二）存在的问题

1. 多数课程内容跟不上市场变化，不能适应就业需求

大学课程与潜在就业机会之间一直以来缺乏明确的联系，这在许多调查、研究报告中得到了充分的反映。

在1994年一项关于毕业生就业市场的研究中，一个已毕业的学生说：

> 我感觉大学里的大多数课程与就业是不相关的。招生入学被政治化并被干涉。总体标准在下降……大学绝对数量少以及缺乏合适充足的设施造成了培训的不完整。

1995年，一份受世界银行委任所做的关于高等教育成本和财政的报告确认高校课程需要改革。报告中说：

> 大学的学术课程需要反思。并不存在对现有课程计划的质量评估和保障机制。大多数课程的设置并没有考虑到技术和工作环境的变化。①

2002年，弗雷德里克·格拉夫尼（Frederick. Q. Graveni）对肯尼亚公立大学的课程进行了一项调查，结果显示在1991～2000年开设的课程中，有三分之二的课程项目几乎在各个大学都有，供过于求。② 部分肯雅塔大学学生认为学校所设置的有利于就业的和实用的课程过少，而大部分已有课程与学生的创业并无很大联系，学习这些课程仅因为它们都是必修课。③

在2003年一次关于肯尼亚大学教育的研讨会上，与会者认

---

① World Bank and Ministry of Education. *Cost and Financing of Education in Kenya*: *Access*, *Quality of Equity in Tertiary Education and Training Institutions*. 1995.

② Frederick. Q. Gravenir. *The expansion of university programmes and the Supply*. pp. 535－543.

③ Kenyatta University. *Kenyatta University Strategic and Vision Plan* (2005～2015). 2005. p. 21.

为大学应继续重审现有课程，建立符合现代国家经济需求的课程，最大限度地满足学生的需求。[①]

尽管目前肯尼亚政府、高校、多数研究者都已意识到高校中有部分课程不能很好地适应市场需求的问题，需要进行课程改革。但由于课程资源、师资、资金等问题，改革遇到一定阻碍。

2. 课程的投入资金过少

肯尼亚大学课程的投入资金过少，很多实践性课程所需的实施条件往往不能满足。资金已给肯尼亚高校开发新课程造成了一定的困难。如乔莫·肯雅塔农业和技术大学大多数课程的投入资金过少。工程学、建筑学和农业学等课程因为需要更多的资源而需要更多的投入，但政府每年下拨的生均课程经费是 120000 肯先令，而实际需要是 500000 肯先令。[②]

3. 部分新课程的实施不具备课程资源、师资、设备等条件

为了适应新的市场需求，增强课程对就业的适应性，肯尼亚许多高校近年都开设了许多新课程，但新课程的实施得不到必要的课程实施条件的支持，实际效果差强人意。在 2005 年，东非大学校际委员会（The Inter-University Council for East Africa）调查了东非 45 所大学（包括肯尼亚的大学）的课程是否与这些大学的师资队伍和设施设备相符合的问题。调查结果显示一些大学在短期内开设许多新课程，但明显地缺少能教学这些新课程的教师。[③] 在 2003 年一次由肯尼亚高等教育委员会组织的关于肯尼亚大学教育的研讨会上，与会者对于大学课程实施提出建议，认为高等教育委员会应重审公立大学和私立大学的课程资源以确保

① Commission for Higher Education. *Re-Engineering University Education For National Development.* A Report of Symposium on University Education. Nairobi, Kenya. 14 - 16 October, 2003. p. 29.

② http: //www. jkuat. ac. ke.

③ News provided to LexisNexis by Comtex News Network, Inc, May 20, 2005.

更好地实施课程。①

第二节 肯尼亚高等学校的教学

一、教学主体

在构成教学系统的诸要素中，教师和学生是两个最活跃的因素。教师是教的活动的主体，学生是学的活动的主体，由教师的教和学生的学构成的教学活动，是主体之间（即人与人之间）相互作用的结果。

（一）教师队伍的构成问题

肯尼亚高校教师队伍存在着一系列问题，如学历构成、性别构成、年龄构成的失调，数量不足等。如 2005 年肯雅塔大学共有教师 747 名，男性教授只有 33 名，男性讲师（包括资深讲师、讲师、副讲师）有 366 名。女性教授全校只有 2 名，女性教师只占全校教师总人数的 30%。这些教师多为年轻且无经验的教师。② 这显然不能符合肯雅塔大学的学生、课程以及多样化的学习方式的需求。

表 6－3 肯雅塔大学 2005 年教师状况

学院	职称											
	教授		副教授		资深讲师		讲师		副讲师		助教	
	男	女	男	女	男	女	男	女	男	女	男	女
SPAS	9	0	12	2	35	11	63	12	11	5	34	4

---

① Commission for Higher Education. *Re-Engineering University Education For National Development*. A Report of Symposium on University Education. Nairobi, Kenya. 14 - 16 October, 2003. p. 29.

② Bali and Mutunga. *Towards academic and professional excellence in Higher Education*, report on the National Workshop in Mombasa, Kenya, 1992. 2, p. 21.

续表

学院	职称											
	教授		副教授		资深讲师		讲师		副讲师		助教	
	男	女	男	女	男	女	男	女	男	女	男	女
SE	14	0	5	3	21	6	38	28	0	4	6	12
SESHS	1	1	5	2	9	8	14	10	9	8	2	8
SB	0	0	0	0	3	0	14	4	11	8	5	1
SHSS	9	1	14	3	27	16	67	37	19	8	32	17
SHS	0	0	2	0	8	0	12	4	5	0	6	2
总计	33	2	38	10	103	41	208	95	55	33	85	44

注：SPAS 为理论与应用科学院，SE 为教育学院，SESHS 为环境与人类科学院，SB 为商业学院，SHSS 为人文社科院，SHS 为健康科学院。

Source：Kenyatta University. *Kenyatta University Strategic and Vision Plan*（2005 ~ 2015）. 2005. p. 8.

乔莫·肯雅塔农业和技术大学也存在缺乏专业的技术教师和技术人员的情况。[①] 埃格顿大学（Egerton University）农业和动物知识的专家或教师较多而缺乏其他学科的教师。

教师数量的不足导致了师生比例失衡的问题，教师少而学生多。肯雅塔大学 2006 年平均师生比为 21150:747（即 1:30），最低比例的系（课程管理计划和发展系）为 1:247。[②] 内罗毕大学 2004 年共有教师 1330 名，学生 36000 名，平均师生比为 1:25[③]。

（二）教师的继续教育问题

肯尼亚许多高校都对教师的继续教育问题予以重视，并制定

① Bali and Mutunga. *Towards academic and professional excellence in Higher Education*, report on the National Workshop in Mombasa, Kenya, 1992. 2, p. 32.

② Bali and Mutunga. *Towards academic and professional excellence in Higher Education*, report on the National Workshop in Mombasa, Kenya, 1992. 2, p. 44.

③ Dennis N. Ocholla. "Professional development, manpower education and training in information sciences in Kenya", Library Management, Vol. 16, 1995. 24.

了教师发展政策和措施。如鼓励和提供本国教师参加国际或国内的学术会议，在国内或国际大学进行课程进修和技能培训等，然而这些措施在实行时却遇到了很多困难。

首先，继续教育因教师的教学和科研压力受限。每学年过于频繁的考试如经常性考查（CAT）、期末考、补考等大大地减少了教师接受继续教育的时间。此外，学校对教师的考核集中于教师的教学质量、学生的成绩和论文的成果数量上，这迫使教师在教学和科研上花费更多的时间。

其次，继续教育的投入资金不足。尽管各个大学从各种渠道获得了一定的资金支持教师的继续教育，但与实际所需的资金还相距甚远。因此，各高校经常采用的是进修方式是在本校或国内大学进修，而不是去国外大学进修。这是因为前者进修成本低，后者成本高。如在 1992 年，莫伊大学进修硕士课程两年共需 222024 肯先令、而当时在英国进修一年硕士课程需要 453244 肯先令、在美国则需要 1086488 肯先令。[①]

再次，继续教育的受关注程度不够。学校的精力集中在提高教师教学质量问题和论文成果数量上，而对教师参加研究会、研讨会和会议的关注较少。学校又面临学生的就业难问题、教学质量保障问题、资金问题等，教师的继续教育问题并不能得到最大限度的重视。

（三）学生队伍的构成问题

1. 自费生和公费生比例

肯尼亚政府近几年调整了高等教育入学政策，鼓励高校多招收自费生。自费不仅扩大了学生受高等教育的机会，而且收取的费用也是学校财政的重要来源之一。因此，各高校都积极开设自

① Bali and Mutunga. *Towards academic and professional excellence in Higher Education*, report on the National Workshop in Mombasa, Kenya, 1992. 2, p. 35.

费课程，高校自费生的人数也越来越多。

2005年肯雅塔大学的自费生人数已经多于公费生，自费生人数已占总人数的56%。

表6－4 肯雅塔大学2005年公费生与自费生人数统计

性　别	普通生	自费生	总　计
男	4852	6112	10964
女	4645	5541	10186
总　计	9497	11653	21150

Source：Kenyatta University. *Kenyatta University Strategic and Vision Plan*（2005～2015）. 2005. p. 5.

2. 男生和女生比例

表6－5 肯雅塔大学2005～2006学年学生人数统计（按学院和性别）

性别	学　院						
	SB	SPAS	SHSS	SESHS	SB	SHS	总计
男	5620	2138	1142	479	1562	—	10941
女	6283	1012	951	760	1203	—	10209
总计	11903	2736	2093	828	2765	825	21150

Source：Kenyatta University. *Kenyatta University Strategic and Vision Plan*（2005～2015）. 2005. p. 6.

肯尼亚高校男女生比例总体较为平衡。在个别学院和科系中如理工学院和以实践和实验为重的科系存在比例失衡的状况。肯雅塔大学2005～2006学年各学院的男女生比例较平衡，但在自然科学和计算机学院中，男生人数多，而在环境与人类科学院和商学院中，女生比男生略多。

3. 本科生与研究生比例

本科生与研究生的人数比例各校不同，总体情况是研究生数量过少。这是因为肯尼亚能提供研究生水平课程的高校数量少以及高校中研究生水平的课程数量少。就算是在肯尼亚名列前茅的内罗毕大学和肯雅塔大学，其研究生所占比例也不大。内罗毕大学在2004～2005学年，研究生人数为7000名，占学生总人数（36000名）的19.4%。肯雅塔大学2005～2006学年，研究生人数为1264名，占学生总人数（21150名）的5%。① 这与中国名列前茅的北京大学相比差距甚为悬殊。北京大学现有普通本专科学生15000余人、硕士生8119人、博士生3956人②，就是说普通研究生人数占普通学生总人数的44.6%。③ 清华大学在校学生人数31395名，其中本科生13900名，硕士生12179名，博士生5316名④，就是说研究生占在校学生总数的55.7%。

（四）学生择业与就业问题

就业是学生选择专业的根本因素。1987年L.J.戴（Day, Lynn Joesting）教授就肯尼亚两所公立大学的494名学生和九所私立大学的306名学生考入大学的动机做了调查。结果显示，无论是公立大学还是私立大学的学生，考入大学的根本动机是就业而不是高的社会地位或生活标准，选择的专业多为就业便利的、有市场需求的、稳定性强的专业。⑤ 在一次采访中，莫伊大学医

---

① *Information booklet Unitversity of Nairobi*, Unversity of Nairobi Vice — Chancellor's Office. 2006. p. 3.

② http://baike.baidu.com/view/1471.htm. 2008－07－01.

③ 但另据北京大学自己的“北大招生网”上2002年8月更新但沿用至今的关于“北京大学概况”的信息（此外在该校网站再查不到其自行发布的学生统计数据），该校普通本科学生14465人、硕士生10031人、博士生5088人，这样其研究生占全日制普通在校生总数的51.1%。

④ http://www.tsinghua.edu.cn/qhdwzy/detail.jspseq = 1011&boardid = 1205 2008－07－19.

⑤ Day, Lynn Joesting. Academic motivation for participation in Kenyan university-level education. Michigan State University, 1987.

学系学生表示选择医学专业的原因是医生的生涯具有高度的完整性和正直性，思想的独立性，不用受到如丢失工作或奉承他人的问题的干扰。①

肯尼亚高校学生就业单位多为政府或公立部门，在私立部门就业或自主创业的毕业生相对较少。这是因为肯尼亚政府会在公立部门中有倾向性地安排一定数量的职位给大学生。尤其在20世纪90年代初，大学毕业生人数少，政府有能力安排且也有必要充实职能部门力量的需求，因而当时的大学毕业生就业是相对容易的，且单位也多为政府或公共部门（见表6-6）。

表6-6 内罗毕大学1991~1998年毕业生就业单位情况调查

	学习领域			总百分比
	教育学	理学	商学	
公立部门	98	40	30	61
私立部门	2	53	69	37
自主创业	0	5	1	1
其他	0	2	0	1
总计	100	100	100	100

Source: Gerald Ngugi Kimani. Graduates' Perception of University Programmes and Their Relevance to Employment: University of Nairobi (1991~1998). *Africa Development*, Vol. XXX, Nos. 1 & 2, 2005, pp. 68-85.

然而，由于肯尼亚高等教育的迅速扩张，再加上肯尼亚政府部门的力量已经饱和，不再能提供满足毕业生人数要求的新职位，20世纪90年代末期能在公立部门就业的毕业生已经有所减少。一项对内罗毕大学1991~1998年教育学、理学、商学专业

① Jan van Dalen, "Interview of Jervas Victor Dimo, a Sudanese medical student at Moi University in Eldoret, Kenya". *Education for Health*, 2003, Vol. 16.

毕业生就业情况的调查显示，61%的毕业生就业于公立部门，但也有37%就业于私立部门，2%自主创业或从事其他活动。不同学习领域的毕业生在公立部门就业的情况也各不相同，98%的教育院系毕业生就业于公立部门，而只有40%的理学毕业生，30%的商学毕业生就业于该部门。大约69%的商学毕业生和53%的理学毕业生就业于私立部门，而只有2%的教育学毕业生就业于该部门。

除就业单位有所变化外，就业难也是一个逐渐显现的问题。在关于毕业生毕业后是否能立即就业的情况调查中，1991～1993年毕业的大多数学生（72%）在毕业后就立即被雇用。1994～1996年毕业后立即就业的人数占59%，已有所减少。而在1997～1999年完成学位课程的毕业生中，只有15%的人立即受雇。这种就业形势太严峻了（见表6－7）。

表6－7 内罗毕大学1991～1998年毕业生毕业后立即就业情况

	学士学位获得年份			总百分比
	1991～1993	1994～1996	1997～1999	
就业	72	59	15	47
专业培训	0	1	2	1
更高层次的理论学习	0	1	0	0
待业，寻业中	25	38	80	49
待业，不准备寻业	1	2	3	2
其他	2	0	1	1
总百分比	100	100	100	100

Source：Gerald Ngugi Kimani. Graduates' Perception of University Programmes and Their Relevance to Employment：University of Nairobi（1991～1998）. *Africa Development*, Vol. XXX, Nos. 1 & 2, 2005, pp. 68－85.

二、教学方法

肯尼亚高校中常见的教学方法是讲授法（Lecture）、小组教学法（Small Group Teaching）等，其中讲授法的时间最久，影响最深。讲授法的特点是教学准备和计划的重要性大于呈现，多强调重点内容和事例的陈述（presentation），而忽视对陈述内容的思考和讨论。但由于它操作容易且效率高，能紧扣教学进度、节省教学时间和教学资源，再加上肯尼亚高校教师少、设备少、资金少、学生多的实际情况，讲授法在很长的一段时间成为高校使用最频繁的教学方法。

小组教学法强调学生的合作与讨论，教学过程的重要性大于教学准备和计划的重要性。实施小组教学法的每组学生人数少于30人。[①] 它节约时间、能照顾到个体，效果较好，但因需考虑到学生在过程中的反应因此更具有挑战性，并且由于人数的限制，多适用于部分选课人数较少的课程。

文科专业和理科专业的教学方法存在一定的区别。文科专业更多地采用讲授法，理科专业则更多地采用实验法。两类专业都适用小组教学法教学。

随着新课程的实施和不断变化的教学情况，基于讲授法的肯尼亚传统教育方法已经不再适用于正式的教育系统了。如修订过的学制（8－4－4学制）期望传授给学生自主创业的知识和技能，但在实际的教学中却遇到了许多困难，如紧凑的学习不能充分地培养学生自主创业的知识、技能和态度等。[②] 学生们也认为除了教师普通使用的讲授法和小组教学法外，可以增加更多更有

---

① Bali and Mutunga. *Towards academic and professional excellence in Higher Education*, report on the National Workshop in Mombasa, Kenya, 1992. 2, p. 44.

② Dennis N. Ocholla. “Professional development, manpower education and training in information sciences in Kenya”, Library Management, Vol. 16, 1995, p. 24.

效的新教学方法如请企业家作讲座，进行实践和实验等。[1]

对此有所意识的部分高校开始尝试使用新的教学方法。

莫伊大学的健康科学系在2000年就已经将以学生为中心、学生自主为特点的新的教学方法取代以教师为中心、大班级授课、学徒制为特点的传统的教学方法。这些新的教学方法主要有：1. 自主性学习。学生能决定他们学什么以及学习的深浅程度，而教师提供适时的指导和可用的资源。2. 小组辅导/讨论。这种小组一般5~10人，旨在促进医学教育创新中所强调的多方面能力的发展，包括问题解决能力、表达能力、推理能力、人际沟通能力、工作协同能力、观点形成能力。3. 基于能力的学习。这是一套以学生或教师提出的问题为中心的提出问题、分析问题、解决问题的方法；强调学习者在知识、能力和态度方面的表现，是一种很好的专业培训方法。4. 基于社区的教育和服务。这是一套以提供学生在社区学习的机会为目标，使学生能在实际环境中学习知识和培养技能的方法，尤其适用于健康有关的专业。5. 案例研究。教师选择一些案例让学生阅读、分析、提出建议和解决方案。6. 项目法（Project Method）。指在有限的时间内完成一组或一系列任务的方法，学生在完成任务后需做一个陈述或提交计划报告。7. 示范法（Demonstrations）。这被认为是一种最适宜的方法，特别是对教学技能而言。该法强调要规定学生实习并积极参与学习过程。而示范法对学习者而言的不折不扣的可视性、可听性和正确性等方面被认为十分重要。8. 角色扮演，教师指定或学生自定角色，进行合作演练。莫伊大学上述教学方法被通称为SPICES教学法，是以下原则首写字母的合称：学生中心

① Kenyatta University. *Kenyatta University Strategic and Vision Plan*（2005~2015）. 2005. p. 21.

（Student-Centerd），基于问题（Problem Based），综合（Intergrated），社区导向（Community-Oriented），选择性（Electives）和系统性（Systematic）①。此外被青睐的教学方法还有计算机辅助学习、计算机辅助评估、计算机辅助管理等方法。

这些新教学方法尤其适用于理科专业，受到了学生的欢迎。研究者在有关创新性教学方法的访谈②中发现，学生表示在经历过基于社区的医学教育研究后觉得该方法在非洲很受用，应该让所有的医学院校与社区进行联系，让学生进行更多的实践。而服务社区不仅能让大众和社区更好地接受健康服务，与医学院校更加亲近，而且有利于医学人才更好地理解社区，在实践中更有效地学习医学知识。

尽管新的教学方法得到了肯定，但在推广方面受到如资金、设备、师资等因素的影响，并非所有的高校都有条件采用。这个问题也是高校目前亟待解决的问题之一。

三、教学设施

教学设施不够完备的情况出现在大部分肯尼亚高校中，体现在基础性教学设施过于陈旧，现代化教学设施缺乏，尤其是计算机资源的缺乏。肯雅塔大学 2005 年基础性教学设施只能满足不到一半的学生和教师。计算机数量只有 691 台，学生拥有的比率为 31∶1。如果加上教职工和非教职工，那么这个比率将更低。网络通信只达到应有水平的 10%，而正是由于缺乏了适时的外

① Simon Kangethe, Fredirick Muyia Nafukho. *Innovative Techniques in The Training of Health Professionals: The Case of Moi University, Faculty of Heath Sciences, Kenya*, 2000. pp. 24 – 27.

② Jan van Dalen, "Interview of Jervas Victor Dimo, a Sudanese medical student at Moi University in Eldoret, Kenya". *Education for Health*, 2003, Vol. 16.

网资源，学校的网络课程受到了一定的限制。[①]

表 6－8　　肯雅塔大学 2005 年基础性教学设施情况

基础性教学设施	目前情况（数量）	满足程度（百分比）
图书馆	2000 座位	40
运动场所	19 个	40
计算机	691	
网络通信	—	10
实验室	14	40
教室	40	40
教学设备	—	30
教师办公场所	322	30
会议室	1	20

Source：Kenyatta University. *Kenyatta University Strategic and Vision Plan*（2005 ~ 2015）. 2005，p. 11.

在图书馆设施方面，各校普遍存在馆藏量不足且过于陈旧，自动化操作水平低的问题。2005 年肯雅塔大学图书馆设施只满足 40% 的要求。内罗毕大学 2006 年图书馆共有座位 2020 个，而学生约有 36000 名。馆藏量共 60 万册，包括装订成册的杂志。在图书借阅方面，学校教师、中层管理人员和研究生每月可以借 10 本，本科生每 2 个星期只可借 6 本书。[②]

除了网络设施和图书馆设施外，各高校教室、办公室、会议室、运动场、教师和学生宿舍等基础性教学设施的现状都有待改善。

---

① Kenyatta University. *Kenyatta University Strategic and Vision Plan*（2005 ~ 2015）. 2005，p. 11.

② University of Nairobi Planning Division，*University of Nairobi Calendar*（2006 ~ 2007），2006. pp. 630 – 632.

四、教学质量

肯尼亚政府目前致力于提高高等教育的入学率，因而集中关注于解决数量庞大的适龄学生带来的财政缺口和教师缺口问题，却忽略了学科的教学质量问题以及学生的学习质量问题。① 政府的教育政策目标是尽快地做能做到的事情（do-able），如实施免费初等教育、高校扩招。这项政策的确让更多的学生进入学校学习，但却带来了学校教育质量问题和承受能力问题。

此外，肯尼亚高等教育委员会近些年来支持创办的新型中等教育后培训机构如基安达学院（Kianda College）、肯尼亚会计学院（Kenya College of Accountancy）和肯尼亚专业学习学院（Kenya School of Professional Studies）等，它们联合公立大学，提供大学的学位课程，证书课程或文凭课程。这对肯尼亚原有的教育体制提出了挑战。尽管这些新学校为更多的人提供继续教育和培训的空间，课程设置也更具有弹性，能使学生更快地适应工业的需求，但它们同时也增加了政府的管理负担，原本法律规定所有证书须由大学或被认可的考试机构如肯尼亚国家考试委员会授予，但由于要求不严格，许多新学校仅仅在培训几个星期后便授予证书和文凭。利益的驱使似乎主导着这些新学校，造成的后果是它们会花最少的资金雇用低水平的教师，提供最少的资源，加上缺乏监督，最终导致大多数新学校教学质量不高。②

教师教学评估也缺乏完整的机制。2005 年一项关于肯尼亚

---

① Kenneth King. “Re-targeting schools, skills and jobs in Kenya: Quantity, quality and outcomes”. *International Journal of Educational Development*. Vol. 25. 2005, p. 426.

② UNESCO Regional Office For Education in Africa, *Globalization and Higher Education: Case Study — Africa*, First Global Forum on International Quality Assurance, Accreditation and the Recognition of Qualifications in Higher Education, 2002 - 10, pp. 3 - 4.

三所公立大学和两所私立大学教师教学效率的调查[①]结果显示，各大学均没有明确的关于教师教学效率评估的政策。

肯尼亚高校的教学质量通常受到师资质量、科研水平、生源质量、课程、图书资料、仪器设备、教学经费、教学管理等因素的影响。肯尼亚高校的师资力量普遍不能符合学生和学校的要求。教师着重于准备学生的考试、紧张的课程教学而没有充足的时间进行学术研究活动。教学设施和课程资源也不是很完备，这些都影响了肯尼亚高校的教学质量。

大多数肯尼亚高校并没有可靠的综合性质量保障体制，没有教学质量评估计划而且从未从毕业生或他们的雇用者那里得到任何反馈。[②] 教学质量通常是通过相关部门管理、教学评价等方式来保障的。部门主要涵盖在学术事务管理部门中。如内罗毕大学，作为大学最高权威和决策机构的大学委员会，对学术事务的行动和管理负责的评议会，根据学校规定指导和规范学院教学的学院委员会等机构都从一定程度上保障该校的教学质量。[③]

部分大学也拥有专门的质量保障中心，如肯雅塔大学 2003 年成立的大学质量保障中心，主要通过计划、支持、评估教学实践来提高和保持大学课程实施的质量。

在全国范围内，最早关注肯尼亚高校教学质量的机构是 1985 年成立的肯尼亚高等教育委员会。1989 年颁布的大学规程规定其制定大学的目标、学术特点、领导人员、设备、人力资

---

① Moses Waithanji Ngware, Mwangi Ndirangu. "An improvement in instructional quality: can evaluation of teaching effectiveness make a difference?" Quality Assurance in Education? 2005, Vol. 13, p. 183.

② Association of African Universities Report. *Developing Quality Assurance Systems In African Universities*, June 2004, p. 27.

③ University of Nairobi Planning Division, *University of Nairobi Calendar* (2006 ~ 2007). 2006, pp. 47 – 57.

源、财政资源、课程和教育质量等。[①]

在非洲区域内，非洲大学联合会（AAU）也实施了质量保障项目，以保证和监督非洲各国大学的教学和研究的质量、管理、政策和战略、国际化的措施以及面对社会需求变化的反应等问题。[②] 许多肯尼亚高校都已经认识到质量保障的重要性并参与了 AAU 质量保障项目。

① Sterian, Paul Enache. *Accreditation and Quality Assurance in Higher Education: Papers on Higher Education Series*. UNESCO, CEPES, 1992. p. 41.

② Association of African Universities Report. *Developing Quality Assurance Systems In African Universities*, June 2004, p. 27.

第七章

肯尼亚远程高等教育

第一节　肯尼亚远程高等教育的历史背景

一、非洲远程教育的历史发展

教育资源短缺；高等教育供不应求；市场对终身学习的需求和信息交流技术的发展是促成世界范围内的远程高等教育发展的四个重要因素。非洲则由于资源匮乏、政治动荡、艾滋病肆虐等原因而使高等教育面临更大的压力，他们运用信息技术扩大高等教育入口的努力早在20世纪四五十年代就开始了。

在英语非洲国家里，南非大学作为一所函授大学在1946年就成立了，并已成为世界上最大的开放远程学习的大学之一（在20世纪末招生人数已达17000人）。从20世纪60年代开始，博茨瓦纳、肯尼亚、马拉维和赞比亚也已经将远程教育用于教师培训。1985年，非洲英语国家中有25个由国家资助的远程教育机构。非洲法语国家远程函授教育始于1970年，由位于布拉柴维尔（Brazzaville，刚果共和国首都）的马里安·恩古瓦比大学（Marien Ngouabi University）提供。20世纪80和90年代，通过远程教育项目进行的教师升级培训已在贝宁、布基纳法索、布隆迪、喀麦隆、中非共和国、科特迪瓦、马里和刚果开展起来。

现在撒哈拉以南非洲有超过140家的公立和私立机构提供远程高等教育服务。这些项目主要依靠印刷媒体，再以书面作业和面授补充。其中一些机构已创造性地应用了国家广播、磁带和电子邮件。这些项目大多为在职教师提供技能培训，还主要用于为在职人员提供商业管理或信息技术。在20世纪末，一个关于非洲143个高等远程教育项目的调查发现52%的英语项目和67%的法语项目以教师和学校行政人员为受众目标。值得注意的是，两种语言中都有12%的项目以大学生为目标，而且这个数量正在增长。

在远程教育外围，网络连接正在快速扩展，但并不平衡。54个非洲国家中有49个已在它们的首都实现了互联网接入，但这几乎是为城市的上层阶级所专用。南非、加纳、塞内加尔、莫桑比克、肯尼亚、乌干达、津巴布韦和科特迪瓦的互联网市场尤其活跃。1999年一项撒哈拉以南非洲15所大学（南非除外，因为它在信息交流技术方面的应用更超前）的互联网能力调查显示，只有4所大学有较全面的网络能力，有自己的网址；有6所大学有一定的网络能力；3所只有校园网电子邮件功能；2所只有有限的电子邮件能力。

今天，非洲远程教育的面貌在迅速发生变化，各式各样的远程学习方法正在很多国家进行试验。纳米比亚和加纳已将双重模式教学宣布为它们的国策。博茨瓦纳、喀麦隆和赞比亚正建造地区学习中心，这种中心基于大学的互联网系统来支持远程学习者。坦桑尼亚、博茨瓦纳和津巴布韦已建立了新的完全致力于远程高等教育的机构。津巴布韦开放大学已在9种课程计划中招收了近万名学生，最近它又为在职教师开设了教育硕士学位课程。乌干达的远程商业学士学位已招生1400人，它正计划将其扩展到法律、技术和自然科学领域。尼日利亚的远程学习中心（位于其首都）在14个学科领域提供文学和理学学士学位。马达加斯加在法律和社会科学大学项目中率先倡导使用录音磁带。科特迪瓦、刚果、多哥和贝宁也都在不同阶段开展以大学为基础的远程教育项目。在塞内加尔，远程教育帮助教师培训和提供健康、法律硕士学位项目。一些非洲国家远程教育的使用规模已在比例上超过了欧洲和北美，但还未达到很多亚洲国家的水平。[①]

二、肯尼亚远程教育的历史发展

远程教育在肯尼亚也并不是新鲜事物。政府部门、大学、教会、非政府组织和妇女团体都是开放和远程教育项目的提供者。如内务部（Ministry of Home Affairs）下属的成人教育部门曾在1979年开展过成人识字项目；卫生部健康教育处（Division of Health Education）组织过健康教育的普及和培训项目；基督教会教育协会（Christian Churches Education Association）组织过关于基督教信仰教育的远程项目等[②]。1966年，肯尼亚通过一项议会法案（the Act of Parliament of 1966）成立了成人教育理事会（the Board of Adult Education），这是第一个涉及远程高等教育的政府政策。之后，通过该理事会，内罗毕大学受命承担了大量成人远程高等教育（尤其是教师培训）方面的任务，包括成立成人学习学院（Institute of Adult Studies）和20世纪80年代的外部学位项目（external degree program）等。不过当时，无论是政府还是人民或企业雇主，都更加偏向于传统模式的教育，肯尼亚教育部也没有专门负责远程教育的机构，因而肯尼亚远程高等教育一直没有得到充分的发展。不过近二十年肯尼亚高等教育领域持

---

① Saint, W. *Tertiary Distance Education And Technology In Sub-Saharan Africa*, Working Group on Higher Education Association for the Development of Education in Africa, The World Bank, 1999.

② Juma, M. N., "Country Report: Kenya", in Commonwealth of Learning: *Identifying Barriers Encountered by Women in the use of ICTs for Open and Distance Learning in Africa.* Reports sponsored by The Commonwealth of Learning and The Acacia Initiative, International Development Research Centre. 2000. p. 39.

续的财政紧缩与招生扩张已使高等教育危机重重，各种压力和趋势使越来越多的人开始转变观念，将目光放到远程教育上。20世纪90年代末期，肯尼亚公、私立大学纷纷开始了远程高等教育的各种尝试，如莫伊大学的“平行的/夜晚的/替代性学位项目”（Parallel/Evening/Alternative degree programs）、马塞诺大学的“三明治项目”（Sandwich programs）、美国非洲国际大学的晚间课程项目等①。

很多学者认为，远程教育将是非洲国家不以降低教育质量为代价而调和高等教育入口与资金之间平衡的有效方法。其至少能带来三方面的明显收益，即扩大教育范围/数量、提高教育质量和节省成本。此外，以网络、电子为基础的现代远程教育模式也更具国际合作的优势。由世界银行投资的非洲虚拟大学（African Virtual University，AVU）就是典型的例子。它于1997年被投放于非洲，与包括肯尼亚在内的撒哈拉以南非洲国家合作。2000年，AVU总部移至肯尼亚首都内罗毕。现在肯尼亚有两个AVU学习中心，它致力于填补非洲数字鸿沟并提高国家理工科教育水平与课程质量。

总的来说，肯尼亚的远程高等教育正在蓬勃发展之中。尽管它在教育体制、国家政策等方面仍有待完善，但知识经济与信息全球化的浪潮已拍打着非洲大陆，对教育怀有信念的国家领导人与民众正在曲折之中努力抓住这一机遇。相信在更多的合作与援助之下，肯尼亚的远程高等教育会在未来若干年中持续扩张，保持并发挥出远程教育的更大优势。

① Amutabi, M. N. & Oketch, M. O. “Experimenting in distance education: the African Virtual University (AVU) and the Paradox of World Bank in Kenya”, *International Journal of Educational Development*, 2003. 23, pp. 57 - 73.

第二节　肯尼亚远程高等教育的组织机构与项目设置

一、远程高等教育的机构及其项目设置

在这里，我们主要介绍的是肯尼亚提供远程高等教育的政府机构、组织和公立大学。

（一）内罗毕大学①

内罗毕大学可以说是肯尼亚历史悠久的远程高等教育重地。

1. 成人学习学院（Institute of Adult Studies）

随着1966年成人教育理事会的成立，内罗毕大学在促进成人教育方面又有了新的任务。1967年它成立了成人学习学院，1973年该学院转移到基库尤校区（Kikuyu Campus）的成人学习中心（Adult Studies Centre）。

成人学习学院主要有四个部分，分别是：

■ 校外部门（the Extra-Mural Division）

■ 基库尤的成人学习中心（The Adult Studies Centre at Kikuyu）

■ 广播函授课程单元（The Radio/Correspondence Course Unit）

■ 培训和研究部（The Training and Research Division）

校外部门（学习中心）主要分布在内罗毕、基苏木（Kisumu）、蒙巴萨（Mombasa）、纳库鲁（Nakuru）、涅里（Nyeri）、卡卡梅加（Kakamega）这些省级都市。这些中心设置夜校、研讨会、公共讲座之类的成人教育活动。它们为使学生获

① Juma, M. N. *The Establishment of a Higher Education Open and Distance Learning Knowledge Base for Decision Makers in Kenya*, UNESCO, 2001.

得“O”级（普通级考试）证书和“A”级（高级考试）证书而进行辅导并提供法学、人力资源管理、公共行政、贸易、商业管理、审计、税收、计算机科学、经济学、心理学、犯罪学等方面的专业考试。这些课程主要在业余时间尤其是晚上开设。

基库尤校区的成人学习中心强调提供有助于国家发展的课程。它是一个可容纳约60人住宿的中心。中心的项目从一周到一年的都有，主要为议员、工会人员、妇女、警察、囚犯、军队长官等组织开设。成人教育有为期9个月的文凭课程，是为从事或准备从事某种专业的成人教育活动的人而设计的。

广播函授课程是由肯尼亚教育研究所（KIE）为不合格教师提供的升级课程。学习大纲和资料寄给参与者，广播节目每周播放用以补充印刷资料的学习。

培训和研究部主要从事成人教师的培训和对成人教育项目、方法的研究。培训项目包括为相对没有经验的教员提供为期3个月的成人教育入门课程，在成人中心或各省为成人教师提供短期课程和为期一年的成人教育大学文凭课程。

2. 外部教育学士学位项目（The External B. Ed. Degree Program）

在近些年由肯尼亚公立大学实施的各种远程学位项目中，20世纪80年代开设的外部教育学士学位项目是为数不多的专门迎合远程学习需要而设计和实施的项目。该课程由成人和远程教育学院外部学位学习系（Faculty of External Degree Studies）主办，英国议会的财政支持使该项目的开发和学生手册的简化成为可能。项目以教育学士学位课程计划为起始。课程计划建立在肯雅塔大学学院（当时还是内罗毕大学的一部分）所组织的课程单元基础之上。大部分的教员也因此来自那个学院，他们接受远程学习技术培训并为学生准备课程手册。被选定的课程与学院的教育学士学位项目相一致，包括教育概论、教育心理学、教育技术、课程开发、教育行政学和教育规划，还包括肯尼亚中等学校所要教的一些主要科目的教学：地理、历史、经济学、商务、秘书、艺术、手工、家政学、宗教、教育和斯瓦希里语等专业。

教育学士远程学位项目学习期限为6年，它招收学员的对象是当时的“A”级学位申请者，特别是持有教学文凭和S1（中学一级教师）证书的教师和教师培训人员。起初，项目招收了约600名学生，其中接近450人顺利毕业。

该项目分为三个等级，每个等级包括两个学期，共6个月。印刷资料（学习单元）中每个单元覆盖的内容相当于45个1小时的讲座。学生学习每个单元至少需要70个小时。辅助服务包括面授、磁带；图书馆提供包括每单元重要教材在内的其他教学资料。面授包括在学习中心进行辅导、讨论（提供住宿）。考试的形式包括对连续的书面作业的评估、学期测试、示范、方案设计和每学期期末的卷面考试。一个学生毕业需要通过48个单元。

该课程项目在当时为满足国家对中、高级水平劳动力的需求作出了很大贡献。由于它的课程设计和学习资料取得了很大成功，所以成人和远程教育学院一再将它们运用到非洲东部和南部地区的一些远程教育项目中。

（二）肯雅塔大学[①]

曾是内罗毕大学的下属学院，1985年成为独立的大学。其现设的开放学习学院（Institute of Open Learning）和电子学习中心（E-learning Centre）可提供文、理、艺术、商业管理等多种专业的远程高等教育。电子学习中心亦是非洲虚拟大学（The African Virtual University，AVU）的所在地，这项由世界银行启

① 以下4所大学的远程高等教育机构设置情况均根据 The 5th Exhibition by Kenyan Universities（March 2007）和 2nd International Conference on ICT for Development, Education and Training（25th May 2007）的新闻稿整理。

动的远程教育工程将本书在第八章具体介绍。另外，该大学还在全国范围内设有8个开放学习中心，使更多高等教育需求者可在校外学习。

（三）乔莫·肯雅塔农业和科技大学

曾是肯雅塔大学下属学院，1994年获批独立。它在1997～1998学年与英国的桑德兰大学（University of Sunderland）合作，在自己的继续教育项目中开设了计算机信息系统专业的理学硕士学位。2006年，该大学成立了学习学院（School of Learning），更多的远程教育项目将在此被实施。

（四）马塞诺大学

2001年成为正式的大学，下设有继续教育和电子学习中心（Centre of Continuing Education and E-learning）。其远程教育项目已确立了9个学习中心作为开放的、远程的和电子的学习课程（Open, Distance and Electronic Learning Programme）的试验基地。

（五）马辛德·穆利罗科技大学（Masinde Muliro University of Science & Technology，MMUST）

2006年12月30日获得批准成为肯尼亚第七所公立大学。该大学设有开放学习和继续教育学院（School of Open Learning and Continuing Education），通过与其他专业院系合作提供远程教育项目。

（六）肯尼亚特殊教育学院（Kenya Institute of Special Education）①

肯尼亚特殊教育学院为在职教师提供远程教育资料并提供特

---

① Juma, M. N. "Country Report: Kenya", in Commonwealth of Learning: *Identifying Barriers Encountered by Women in the use of ICTs for Open and Distance Learning in Africa.* Reports sponsored by The Commonwealth of Learning and The Acacia Initiative, International Development Research Centre. 2000. p. 39.

殊教育培训。培训包括为期两个月的寄宿式集中教学，其后是24~28个月的函授课程。

(七) 非洲医学研究基金会 (African Medical Research Foundation)[①]

在20世纪70年代早期，非洲医学研究基金会率先在东非引进了卫生工作者的继续教育。十年过后，该组织为了解决分散在肯尼亚各地的大量护理人员的培训问题，决定采取远程教育的策略。它开设的第一门远程教育课程是以印刷品为基础的传染病课程，目标受众是护士。现在，该基金会已针对多种卫生专业开展了9种以印刷品为基础的课程和一些音频课程。

二、其他相关机构[②]

(一) 高等教育委员会

高等教育委员会是通过一个议会法案——1985年第五号大学法案（The Universities Act，1985，NO. 5）而成立的。它的职责是通过保证肯尼亚高效率、高质量的教育促进国家高等教育系统的发展。它也负责为大学提供好的财政和行政系统。

根据1985年第五号大学法案，高等教育委员会有如下功能：促进大学教育目的的实现，即为了人类利益发展、加工、储存和传播知识；建议国家部门建立公立大学；协调大学教育长期的人员、学术和物质发展；促进国家团结和大学同一性；通过与政府部门和经济领域的公、私立部门保持联络来获知整个国家的人力

---

① Juma，M. N. "Country Report：Kenya"，in Commonwealth of Learning：*Identifying Barriers Encountered by Women in the use of ICTs for Open and Distance Learning in Africa.* Reports sponsored by The Commonwealth of Learning and The Acacia Initiative，International Development Research Centre. 2000. p. 38.

② Juma，M. N. *The Establishment of a Higher Education Open and Distance Learning Knowledge Base for Decision Makers in Kenya*，UNESCO，2001.

需求；在大学教育的规划发展上与政府合作；检查课程和私立大学提交的课程规范并提出建议；接收并考虑在肯尼亚建立私立大学的申请，并汇报给部长；为大学招生制定规范，并为公立大学招生中心服务；确保大学课程和考试标准的稳定；就大学教育与研究向政府提出建议并要求政府考虑；收集、检查并出版大学教育与研究的信息；计划和提供大学教育与研究的财政需求，包括大学周期性和非周期性需求；决定议会为大学教育与研究所拨款项的分配情况并呈交给部长，检查大学资金使用情况；在外国或私立大学授予学位、文凭、证书的标准化、承认程度和平衡性方面对政府提出建议；为实现高等教育目的和大学入学协调中等后教育机构的教育和培训；安排对私立大学的常规访问和视察。

高等教育委员会的成员包括：由总统任命的主席、副主席；由总统任命的 11 ~ 15 名成员；负责大学教育的在职部长的常任秘书；在职财政部长的常任秘书；4 名由部长任命的大学教育其他领域的代表；秘书长；人事部门主管；其他成员（3 名以内）。

委员会一年至少举行四次会议，会议上会做出一些重大决定。会议还有不少于 12 人的特选成员。委员会会议中的所有问题都由出席成员投票决定。委员会成员被编入处理大学教育事务的大学授权委员会或普通大学入学委员会之中。委员会有权下设它认为合适的其他协会。因此，委员会也应同时规定它所设立的协会的职权、程序及其办公人员的工作细则。

（二）东非开放学习远程教育联合会（the Open Learning Distance Education Association of East African，OLDEA-EA）

这是一个由东非五国组成的区域保护协会，其成员国有：肯尼亚、乌干达、坦桑尼亚、马拉维和塞舌尔群岛。每一成员国都有一个代表协会，即：肯尼亚开放学习协会（Open Learning Association of Kenya，OPLAK）；乌干达国家远程和开放学习协会（Uganda National Distance and Open Learning，UNDOL）；坦桑尼亚远程教育协会（Distance Education Association of Tanzania, DEAT）；马拉维开放远程教育协会（Open Distance Education Association of Malawi, ODEAM）；塞舌尔群岛的国家协会正在注册中。

成立东非开放学习远程教育联合会的目的是：促进开放和远程教育的专业化；通过组织论坛、工作室、研讨会等促进学术发展；为联络世界其他组织提供平台；帮助发展成员国的信息交流技术（ICT）；交流远程教育信息和资料；通过改进课程将广泛的教育从基础教育提升至高等教育；促进东非远程教育和开放学习的研究与评价；促进和加强远程教育的质量保证；在五国范围内为分享学习资料和专家提供平台；鼓励五国范围内远程开放和学习期刊及其他学术资料的出版。

联合会由一个章程管理，它于 1998 年 9 月在达累斯萨拉姆由当地的远程教育专家组成立，国家协会选择地区协会的代表，协会领导人两年一换。第一任主席是来自坦桑尼亚开放大学的远程教育专家，现任主席来自马克里尔大学远程教育系。协会每年举行一次年会。

肯尼亚开放学习协会（OPLAK）由肯尼亚远程教育专家组成立。该协会已制定了自己的章程，明确了自身功能并向肯尼亚官方申请了注册。其目标是促进肯尼亚远程教育机构的合作；使决策者和其他利益相关者关注和理解肯尼亚远程教育的原理及其应用；促进信息交流技术政策的发展以改善肯尼亚远程教育；促进肯尼亚远程教育和开放学习的研究与评估；加强远程教育的质量保证。

肯尼亚开放学习协会为下列机构的成员提供机会：开展远程教育和开放学习的大学、学院和其他机构；提供远程教育的学院和培训机构；涉及远程教育的各个体协会；政府组织；远程教育的资助组织。该协会也为肯尼亚个人提供开放学习机会。

远程教育协会对在区域内联络远程教育决策者和管理人方面起重要作用，有利于地区能力建设、外部考试（external examining）和学位论文检查中的协作、课程资料的交流、课程设计和开发的提高以及学习者辅助系统的改进。

三、远程教育模式的选择

前面我们介绍了肯尼亚开设远程高等教育的各种机构，那么不同的机构在教育模式上有何区别？远程教育又应如何选择教育模式？

威廉·森特（William Saint）将撒哈拉以南非洲远程高等教育的模式分为四种，并分别指出了这些模式的利弊[①]：

（一）双重模式（dual-mode）

双重模式同时提供课堂教学和远程教育项目。其招生人数适于在1万到2万之间。不过在有效管理下，财政"保本点"可降至招收5000学生或更少。当传统高等机构被说服将远程教育看作一个具有相当质量的正规选择时，双重模式的机构也可有效招生超过2万人。

双重模式有很多优点。它利用并通过已有的学术社区和研究能力支持自己。传统教学和远程教学以共同的材料为基础，评价标准也相同。当一个学术信用系统投入使用之后，学生可以在远程与教室之间选择，或选择两者的结合。在小型机构中，这种模式可以扩展课程，当教员休假或人手不足时，课程也能照常开设。

双重模式机构的主要缺点是在将远程学习方式引入以面授为基础的传统高等机构中时，可能会遇到现有学术和行政人员反对

① Saint, W. *Tertiary Distance Education and Technology in Sub-Saharan Africa*, Working Group on Higher Education Association for the Development of Education in Africa, The World Bank, 1999.

改变的顽固抵抗。在一些非洲机构中，行政僵化、有限的自治权和缺乏管理弹性增大了这种改变的难度。不过一个认可教员对远程教育项目贡献的特别标准加上对占用教师额外时间的经济奖励，一般可帮助解决这种问题。

双重模式大学中的远程教育可用两种方式组织。一种是拥有专业团队的专门机构，它借用大学院系中的内容，由专家来设计课程、编制教材并负责监察自己的成果及其应用。另一种是成立协调部门，将学生和直接生产、提供远程教育课程的机构联系起来。由于公共机构往往缺少决策制定能力，后一种方式效率较低。

（二）单一模式（single-mode）

单一模式是指机构只承担远程教育的任务。这类机构的学生入学时没有选拔，因此通常称这类机构为“开放大学”（open university）。其优点包括拥有强大的专业团队、内部没有对新教育方式的抵制以及能为多国学生服务。它的缺点是需要一笔不小的启动资金进行合理建设，因而需调动一定的政治意志完成此事。而其毕业生可能会被认为远离住宿学校教育因而不如从住宿学校教育毕业的学生。单一模式目前存在于南非、坦桑尼亚、津巴布韦。

（三）特许国际项目（franchised international program）

在特许国际项目中，国外远程教育项目提供商与本地高等教育机构合作提供教育项目，它经常被当作商业风险投资。本地机构使用外国提供商的教材和版权，自己负责本地的后勤、学生辅助和管理。学费收入由两个机构分享。AVU 即属于此类。

特许方式主要有三个优点：无须太多本地专家，因而能很快启动；课程内容可能更加符合国际趋势和需求；因此易于通过课程鉴定；可以获得国际技术（甚至资金）援助。其缺点主要是：可能不适应本地需求；可能难以对本地质量保证机构负责；可能比本地开发的项目更昂贵。

（四）非特许直接国际供给（direct un-franchised international provision）

非特许直接国际供给出现不久。这种模式是由远程学习机构或虚拟大学在国际范围内通过网络和邮件提供课程。学生接受教育所需的就是一台电脑、一个调制解调器、网络连接和一张信用卡。美国国家科技大学通过卫星向北美和亚洲学生传输的工程学硕士学位项目就属于此列。在非洲，南非大学新建的被叫作“学生在线”的网络虚拟大学就能被非洲境内的任何人访问。直接提供国际性远程教育课程的范围有望在未来几年被快速扩展。

该模式的好处在于地方政府或机构不用费力，学生则可以不必离开家或工作岗位去上学，也不必筹集远赴国外学习所需的费用。弊端是可能缺少质量控制，可能联系到信誉不佳的供应商；在发送和接收的社会之间可能有教育文化上的差距；缺乏本地的辅导性支持；学费水平高，只允许最富有的学生接受这种教育。长远地看，非特许直接国际供给的风险是，高等教育可能会变成又一个发展中国家必须从发达国家进口的固定性商品，从而创造了新的、更有效的文化帝国形式。这也刺激发展中国家培育自己的远程教育能力，并共同合作。

威廉·森特还指出，在对这四种模式进行选择时，市场分析是规划和决策过程的基本部分。因为远程教育在课程材料开发和辅助支持方面有相当大的预先投资，市场分析有利于初期策略选择尽可能正确，并减少错误引导。一般而言，市场分析要看四个方面：（1）学生人口统计（年龄、地域分布、学历期望、职业兴趣、社会经济地位）；（2）竞争（可供学生选择的服务、可供供应商选择的传输模式）；（3）可调整的环境（质量标准、许可、资格鉴定、税收、电信）；（4）学生付费的能力和意愿。他还认为，对目标人口中有代表性的人群进行市场调查可以获得不同课程水平需求的范围和最受欢迎课程的类型等方面的信息。这些观点无疑对肯尼亚远程高等教育产生了重要影响。

第三节 肯尼亚远程高等教育的行政管理

一、行政层面①

在肯尼亚，开放的和远程的高等教育的决策者包括：教育科技部；肯尼亚大学常务副校长；大学远程教育机构的主管；坐落在肯雅塔和埃格顿大学中的非洲虚拟大学（AVU）的主管。

（一）教育、科学与技术部（The Minister of Education, Science and Technology）

肯尼亚每个大学都通过议会的一个法案来建立。尽管大学应该是自治的，但1968年的议会教育法（Education Act of Parliament — 1968）规定，大学隶属于教育科学与技术部。

教育科技部和常任秘书负责为教育系统中各个等级的教育制定政策。教育部有管理各级各类教育的部门，如，大学教育，中等教育，初等教育，教师培训学院，非正式教育，学校艾滋病问题，特殊教育。但教育部中没有负责远程教育的部门。因而尽管肯尼亚政府像非洲其他国家一样开设了远程教育，却没有监督远程教育在大学中实施的政策框架，只有一些法案和政策文件对远程教育机构的行为提出建议。

（二）关于远程高等教育的政策文件

第一个关于远程高等教育的政府政策是1966年议会法案（the Act of Parliament of 1966），通过它成立了成人教育理事会，以采取多种方式促进国家的成人教育。1967年，政府在内罗毕

---

① Juma, M. N. *The Establishment of a Higher Education Open and Distance Learning Knowledge Base for Decision Makers in Kenya*, UNESCO, 2001.

大学的成人学习学院建立了函授课程单元。

1988 年，总统工作组关于未来十年教育和人力培训的报告（卡曼基报告，Kamunge report）表达了对内罗毕大学提供的外部学位项目的肯定，认为它作为一个成功的选择性和继续教育的实例可以接收全国范围内符合条件的学习者。报告同时也提议更新成人和远程教育学院中用于印刷、刻录教育资料的设备并通过远程教育满足不断上涨的成人教育需求。

1995 年，肯尼亚大学教育委员会报告（蒙盖报告，Mungai report）提出建立一个与英国、中国香港和坦桑尼亚相类似的开放大学，以此作为将大学教育扩展给尽可能多的肯尼亚人的方法。该报告认为应将开放大学建立在以满足尽可能多的肯尼亚人的高等教育需求为目标的创新型策略之上。该报告要求公立大学开设提升技能的短期课程，并以此作为大学收入的来源之一。

1999 年，肯尼亚教育系统调查委员会（寇奇报告，Koech report）指出内罗毕大学的外部学位项目对在职教师很有帮助，但肯尼亚其他在职人员由于大学教育的全日制模式而无法获得学习机会。它提出应扩展该项目，使更多有资格的肯尼亚人加入。

肯尼亚政府根据这些报告中的建议制定了一些国家级的指导计划，如卡曼基报告就成为政府关于未来十年教育与培训的 6 号会议文件的一部分。不过由于肯尼亚缺少负责远程教育的专门机构体系，形成的政策性文件难以被有效实施，因而对远程教育的影响十分有限。

二、管理层面[①]

（一）思想观念与文化

在肯尼亚，远程教育机构倾向于成为公立或私立大学中院

① 具体的管理操作程序将在下文有关非洲虚拟大学的案例研究中详细论述。

系层次的部门，这种存在方式具有普遍性。从同构理论的视角来看，当一个新组织出现时，为了获得合法地位并被普遍接受，它们必须与正统的规定和标准保持一致，因此新生组织倾向于在组织形态和结构上向该领域的传统机构看齐。对远程教育来说，完全的整合有助于在现有高等教育机构中减少不可避免的对新事物的排斥，也有助于超越那种认为和住宿学校教育相比远程教育是一种次等产品的观念。尽管如此，接受新事物总需要一定的时间，而远程教育最大的挑战是个人的态度和院校的抵制。

（二）教学管理

很多机构对远程教育的抵制源自其自身运行框架和行政程序的僵化。这些僵化是由于这样的假设：高等教育的主要对象是刚完成中学学业、准备进入劳动力市场的学生。这些运行体制不利于教员为了回应增长的学生需求和环境多样化而探索新的教学管理方式。而这些需求和环境需要大学教学管理有更大的弹性。其中学生日益强烈的要求包括：整个学年都能随时登记入学；可以选修任意长度的课程并可积累以获得更多的资格证明；可以随意组合课程从而创造出不同的学习项目；可无限期推迟学业；可以在方便的地方学习（包括家和工作场所）；可以按照自己的生活规律学习；整个学年都能考试或进行其他评估；可以在不同时间以不同方式付费。

（三）教员培训

远程高等教育项目的有效实施需要预先重视教员的培训。当教师从教学转至辅导时，他需要扮演新的角色，需要新的技能。但经验表明，教员培训并没有受到应有的重视。在远程教育项目中，时间和资金的不足经常会表现在忽略教职员工培训上。一项肯尼亚远程学习调查发现，很多远程教育中的教职员工都不符合资格。这损害了项目价值的实现，进而影响后继项目的可信度。

（四）后勤工作

高效的后勤是远程高等教育项目是否有效的决定因素之一。学生资料必须及时分发。学生表现的反馈（如成绩、评语）也要及时交流以维持学生积极性和促进下一步的学习指导。需要一个管理良好的学生档案系统（如所修课程、学分、符合的条件、发送的资料、作业完成、所付款项、地址变换等），以便为高效的后勤提供坚实的基础。虽然现代的计算机化管理系统使这些工作比人力手工的更加简单且精确，但计算机化管理系统的经验在非洲还没有普及（南非除外）。在应用它的地方，也常因为没有足够的电脑维护而阻碍系统运行，影响预期的效率。公立院校在竞争中没有能力为留住熟练的员工而支付更多的工资，这是扩展计算机化管理信息系统的又一障碍。

为了扩大远程高等教育招生规模，所有的高等教育课程项目都需要转变为模块/学分制（modular/credit system）。在这一制度下，学生每修完一门课程就会得到一定的学分，当他积累的学分达到所要求的数值时，他就会获得一个学位。转变为标准化/信用系统是一个艰难却至关重要的过程。自定步伐学习、终身学习和学生在传统与远程学习之间的流动都是建立在该系统基础之上的。

（五）其他方面

远程教育评估经验显示，在课程实施计划中还有一些错误较常见，比如：过早选择技术；强调技术计划，忽略教育计划；市场因素考虑欠缺，如顾客需求、多种竞争事项的选择和变化的环境；项目资源的鉴定和使用不充分，等等。

只有在以市场为导向的教育计划起草完成之后，技术选择才能被确定。与提供远程教育的技术相结合是一个重要的实施决策，因为它与项目组织、人员安排和花费直接相关。而媒介选择对学业成就的影响微乎其微（这一论断已被反复证明），因此应以地区消费为导向，以地区环境中可信赖的产品为主。技术选择应有技术发展计划，这种计划提供关于基建、培训需求、成本评估和教学、研究、行政管理及社区服务投资优先权等方面的细节。[1]

第四节　肯尼亚远程高等教育的经费

一、远程教育能节省成本

前面提到，选择远程教育的主要原因之一便是节省成本。虽然有效的收益必须通过精心的设计和创造性的管理才能实现，不可能只是简单地引进远程教育项目就能奏效，但是不管怎样，肯尼亚学者从理论和实践两方面证明了远程教育可在四方面节省成本：[2]

第一，它减低了高等教育中学生的费用。学生不必再为了学习而放弃工作收入，也不用付住宿费和往返旅费。随着高等教育成本分担在非洲更加普及，远程学习学费比住宿式教育的学费要低。

第二，远程学习往往具有更有效的师生比，因而降低了院校预算中的教师工资比例。同样，它将昂贵的物质设施及其维护的投资需求最小化，因此省下更多资金用于支持教学投入和学习活动。很多因素在复杂的方式中共同影响远程教育的成本。据估计，学生一小时的学习时间需要 100 小时的课程设计和开发时间——尽管这一比例在实际中变化较大。相比之下，优质的课堂

---

① Saint, W. *Tertiary Distance Education And Technology In Sub-Saharan Africa*, Working Group on Higher Education Association for the Development of Education in Africa, The World Bank, 1999.

② Saint, W. *Tertiary Distance Education And Technology In Sub-Saharan Africa*, Working Group on Higher Education Association for the Development of Education in Africa, The World Bank, 1999.

教学每一小时需要10小时的准备时间。其他课程成本因素包括课程的使用寿命、学生人数、传输类型（除了印刷方式，其他媒介成本上涨很快）、学术评估的性质、学生互动的种类和区域以及所雇用的设计、开发和传输课程的专家的水平。

第三，与传统校园模式相比，远程高等教育的边际成本较低。随着招生人数的增加，每个学生的成本会减少（如果整体入学率较低的话，每个毕业生的成本也可能是高的）。加拿大、爱尔兰和以色列的高等远程学习项目成本分析表明，它们的生均单位成本约等于一个招生3000名学生的校园教学模式中的生均单位成本。在肯尼亚和尼日利亚，教育学士学位都曾有过较小规模的远程教育，但还是保持了生均成本较低的优势。

第四，远程学习之所以节省成本是因为它采用了模块化教学。课程材料能为适应具体类型的学生而更新或修改，无须全部重新制作。随着21世纪高等教育面临为越来越多样化的有着更多学习需求的学生群体服务的挑战，这一弹性将更显优势。

二、远程教育经费不足与成本分担政策

肯尼亚高等教育主要依靠政府供给。教育部每年花在高等教育上的经费占当年预算的12%还多①。可是，给公立大学的这些拨款大多用于支付员工工资，只有很少的钱留作购买教学资料和设备之用。由于政府没有为高等教育制定适宜的远程教育政策，在国家年总预算中就没有远程教育具体经费的规定。结果，大学里的远程教育机构和院系不得不自己创收，以维持项目运行，进行规划、协调、监督和项目评价。很多时候，远程教育项目赚来的钱还会被用于补贴其他的传统项目。不少远程教育项目是作为

---

① Juma, M. N. *The Establishment of a Higher Education Open and Distance Learning Knowledge Base for Decision Makers in Kenya*, UNESCO, 2001.

资金紧张的公立大学的创收工具，并非是为学习者的利益而设计，维持教育项目的直接和间接成本都很少被考虑到。更糟的是，远程教育革新依赖的资金来源是不稳定的，尤其是私人捐赠。

在许多非洲国家，远程高等教育项目在学生和政府间实行一定程度的成本分担。这一实践源自这样的假设：远程教育的学生是在职的，因此有能力负担一部分学费。根据马辛德·穆利罗科技大学 2007 ~ 2008 学年的一份入学申请表显示，通过远程学习获得商业管理专业的证书文凭需要 3 个学期共 6 万肯先令，这个开销介于公立大学公费生学费和自费生学费之间，不过远程学习将节省旅费和住宿费。

总之，世界性普遍情况是，政府和高等教育机构对远程教育的资助都不够，因而也削减了它们的效用。资金不足的最普遍的领域是学生辅助服务、教师培训和专业发展。

第五节　肯尼亚远程高等教育中的学生分析

肯尼亚的公立和私立大学只能为不超过 5% 的适龄学生（即 20 ~ 24 岁的中学毕业生）提供入学机会。1999 年，超过 36666 名候选人通过了肯尼亚中等教育证书考试（KSCE），获得了进入公立大学的资格，但仅有 8892 人即 29.5% 的人在 2000 年被公立大学录取。这不及注册参加考试总人数的 6%，仅为中等学校入学人数的 1.3%。而且，公立大学的招生人数在过去 20 年中停滞在 4 万人以下，私立学校的存在也没有改变现状。① 远程教育依然是提高高等教育入学率的最佳渠道之一。

① Juma, M. N. *The Establishment of a Higher Education Open and Distance Learning Knowledge Base for Decision Makers in Kenya*, UNESCO, 2001.

一、远程高等教育中的受益群体

有4种人一般被排除在传统高等教育之外，而远程教育项目能为他们扩大教育机会。他们是没有获得大学入学资格的中学毕业生、有家务负担的已婚妇女、地域偏僻或居无定所的学生（如难民）和经济贫困人口。其中，人数最多发展也最快的是在高等教育入学竞争中失败的中学毕业生。

根据联合国教科文组织20世纪末的统计，非洲妇女构成整个高等教育（所有第三级教育）入学人数的35%，但在“大学”中只占学生总数的23%。[①] 这种明显偏低的现象表明增加非洲高等教育妇女的参与率会带来颇具潜力的发展收益。家居学习加上弹性学程可以很好地适应那些必须同时承担家庭负担的妇女，而且可能尤其适合穆斯林社会。

远程学习可以将高等教育机会扩展到农村、小城镇或难民营这些不方便接触高等教育机构的地方。对地处偏僻但却有上进心的学生而言，这种方式的节省是可观的：节省上学、放学的时间和旅费，还能在学习之余继续工作挣钱。

只要有足够的政治意志，远程学习也可以是贫穷的或社会边缘化社区的可行选择。在高等教育入学竞争激烈的背景下，毕业于优质私立中等学校或受过专门辅导的精英会更有机会进入大学。而允许学生工作学习两不误且无须额外住宿花费的远程教育则为家庭经济有限的学生提供了一条可选择的接受高等教育的渠道。

二、肯尼亚妇女接受远程高等教育的障碍[②]

尽管相对传统教育，远程教育更有利于妇女的学习，但在肯

---

① Saint, W. *Tertiary Distance Education And Technology In Sub-Saharan Africa*, Working Group on Higher Education Association for the Development of Education in Africa, The World Bank, 1999.

② 有关肯尼亚女子高等教育的更多障碍可参见本书第九章。

尼亚，远程教育中女性学习者的比例并不比传统学校多——平均少于30%。妇女只在成人识字班和传统的生育护理项目中才占大多数。相比之下，在南非，70%的威斯特大学[①]（Vista University）学生和50%的南非大学学生为女性。在马达加斯加，46%的远程教育学生是女性。在斯威士兰，这一比例是44%[②]。肯尼亚妇女远程高等教育的低参与率原因何在？

1. 贫困。肯尼亚有75%～80%的人口务农，而绝大多数农村地区仍然是赤贫的。贫穷至少给女性带来两方面的学习障碍：一是很多女孩不能入学或中途退学，妇女文盲率较高（1994年15岁以上的妇女文盲率为32%）；二是缺乏远程教育的接收设备——收音机或电视。由于前一原因，女性在中等甚至初等教育中，比例就已逐渐减少，因而进入高等教育领域的人数自然不多，远程高等教育亦然。后一原因进一步减少了妇女受远程教育的机会。另外，很多地方贫困的肯尼亚妇女一生也没机会接触到信息交流技术，她们根本不了解这种技术在生活中的作用，也没有要去了解的意识与愿望。

2. 文化传统。在肯尼亚的绝大多数农村，妇女在家料理家务，丈夫外出打工是一种传统。妇女都怀有“技术属于男人”的观念。在很多妇女眼中，收音机等设施是属于丈夫的；像计算机、互联网和电子邮件这样的事物，都是属于西方国家、白人的东西，跟她们自己的生活无关。另外，像社区中心、图书馆以及会议室这些公共场所，长期以来也被看做是男性专有的。一些地方由于文化禁忌，成年的和不识字的妇女不与男性一起参加社交活动。因

① 威斯特大学是南非最大的面向黑人学生的公立大学，在南非各地不同城市拥有7个校区。

② Saint, W. *Tertiary Distance Education And Technology In Sub-Saharan Africa*, Working Group on Higher Education Association for the Development of Education in Africa, The World Bank, 1999.

此，在一些社区，女性是被排斥在知识、资源的决策之外的。

3. 其他。信息交流基础设施的缺乏和广播、电信领域的国家垄断也是现存的主要困难。由于垄断，广播与电视台的许可权受限，而国家也没有给开放远程教育优先权，一些妇女中心想运营自己的广播电台却不被允许有自己的频率波段。

综上所述，我们可知，肯尼亚远程高等教育要进一步为女性扩大机会还有很长一段路要走。这既包括国家政策的开放与调整，也包括经济的发展、文化的革命以及妇女自身的觉醒。

第六节　对肯尼亚远程高等教育的思考

总体而言，肯尼亚远程高等教育的开展使大批学生、在职教师和各行各业的工作人员获得了宝贵的学习机会，在缓解高等教育的压力、提升国家劳动力水平方面作出了应有的贡献。但作为一个经济、政治都尚未稳定的发展中国家，肯尼亚远程高等教育的深入发展虽然势在必行，却绝不是一帆风顺的。

一、肯尼亚远程高等教育水平的国际比较与国家制度框架

在非洲，国家间远程高等教育项目的设计、管理、支持和评价能力等方面的发展，呈现不均衡的态势。一项关于非洲 22 国远程教育机构能力的调查及使用了格特曼量表技术的后续分析（见表 7－1）[①]，显示了这些国家远程教育能力发展的逻辑次序。肯尼亚远程高等教育的发展能力在撒哈拉以南 22 个非洲国家中处于中间位置，但由于肯尼亚教育部缺乏专门负责远程教育的单

---

① Saint, W. *Tertiary Distance Education And Technology In Sub-Saharan Africa*, Working Group on Higher Education Association for the Development of Education in Africa, The World Bank, 1999.

表 7－1 撒哈拉以南非洲国家远程教育能力发展情况

国家	提供高等函授课程	大学有DE负责部门	DE中有捐赠人资助项目	教育部有DE负责机构	大学有DE研究机构	有私人提供DE课程	无线电广播提供DE课程	非政府组织提供DE	大学是获授权的网络服务商	政府发布DE正式声明	有国家的专业DE协会	教授大学水平的DE理论/方法	电视提供DE课程	国家有开放大学	合计
1. 南非	1				1	1	1	1			1	1	1		14
2. 坦桑尼亚	1				1	1	1	1			1	1	0		13
3. 津巴布韦	1				1	1	1	1			1	0	1		12
4. 加纳	1				1	1	1	1			1	1	0		12
5. 赞比亚	1				1	1	0	1			1	0	0		10
6. 喀麦隆	1				1	1	1	0			0	0	1		9
7. 毛里求斯	1				1	1	1	0			0	0	0		9
8. 莫桑比克	1				0	1	1	0			0	0	0		8
9. 科特迪瓦	1				1	0	1	1			0	0	1		8
10. 马达加斯加	1				1	0	1	0			0	0	0		7
11. 塞内加尔	1				0	0	0	1			0	1	0		7
12. 肯尼亚	1				1	1	1	1			0	0	0		7

续表

国家	提供高等函授课程	大学有DE负责部门	DE中有捐赠人资助项目	教育部有DE负责机构	大学有DE研究机构	有私人提供DE课程	无线电广播提供DE课程	非政府组织提供DE	大学是获授权的网络服务商	政府发布DE正式声明	有国家的专业DE协会	教授大学水平的DE理论/方法	电视提供DE课程	国家有开放大学	合计
13. 纳米比亚	1				1	1	0	0			0	0	0		6
14. 布基纳法索	1				0	0	1	1			0	0	0		6
15. 多哥	1				1	0	0	1			0	0	0		6
16. 尼日利亚	1				0	1	1	0			0	0	0		5
17. 贝宁	1				0	0	0	1			0	0	0		5
18. 博茨瓦纳	1				0	0	0	0			0	0	0		4
19. 马拉维	1				0	1	0	0			0	0	0		3
20. 苏丹	1				1	0	0	0			0	0	0		3
21. 乌干达	1				0	0	0	0			0	0	0		1
22. 埃塞俄比亚	0				0	0	0	0			0	0	0		

Source：Saint，W. *Tertiary Distance Education And Technology In Sub-Saharan Africa*，Working Group on Higher Education Association for the Development of Education in Africa，The World Bank，1999.

位，与远程教育相关的制度框架一直无法得以确立，这直接影响到了远程高等教育的后续发展。如经费划拨、私人投资、广播电台的播放权及远程高等教育的专项研究等问题，都会因为制度的缺失而得不到明确的协调和保证。因此建立一系列国家层次的专门机构和政策是当务之急，包括政府为远程教育发展确立明确的国家政策；成立国家级的远程教育行政部门，对远程教育项目的开发、研究、设立、运行、拨款及人才培养等进行规范。

二、国际援助与开放程度

远程教育通常需要预先在教员培训、课程设计、材料准备和技术获得方面进行投资。一旦这些需要满足了，项目相对适中的周期性成本将通过学费大部分收回。这种预先投资形式说明远程高等教育是国际发展援助的理想对象。在确保项目经过4～5年的启动阶段之后可以自我维持的情况下，发展伙伴的资助能为项目启动提供最初的资本和技术支持。不过国际援助对受援国的影响，在很大程度上取决于这些国家自身的发展水平、文化传统和开放程度。在非洲，很多国家首脑担心信息的自由流动会带来政治上的动荡。在肯尼亚，国家电信公司是唯一从事电信网络系统工作的部门，它对包括国际宽带在内的电信垄断使肯尼亚互联网的使用昂贵而缓慢。此外，肯尼亚的通信委员会（Communication Commission Kenya，CCK）专门负责对互联网服务商、广播电视电台、手机生产商等发放许可证。一些新闻网络和非政府组织的通信设施曾因遭到质疑而被没收或拆除，申请开通远程教育项目的广播电台也很难被批准。

时代的进步需要领导者给学术和信息以自由的空间，政府应通过有益的政策倾斜为远程高等教育时代的到来打造环境、规范管理、健全法制，而不是以自闭、怀疑的态度限制其发展。相应的，远程教育充分发展也需要学术文化从个体学术研究、训练和学术自由的传统转向一个以院校使命、团队合作、交互训练和责任制为特征的新文化。

三、资金筹措与部门拓展计划下的未来展望

一项对撒哈拉以南非洲 143 个远程高等教育项目的考察发现，66 个英语机构中有 41% 为私营[①]。在政府资源和技术能力有限的背景下，如果教育质量能被保证的话，这种私立项目在扩大高等教育机会中将起重要作用。肯尼亚政府如果想让远程高等教育得到更快的发展，那么，充分利用私人渠道，进行公、私立的合作将是解决资金和资源短缺的有效方法。实际上，为达到千年发展目标[②]和全民教育目标，重视教育的肯尼亚政府也采取了积极措施，实施了部门拓展计划（Sector Wide Approach programme，SWAp）。SWAp 是在发展中国家的发展实践中出现的一种新趋势，它可视为一个过程。具体是指，在政府领导下，从政府内部或捐赠人那里筹资，用以支持某一特定部门的某一政策和支出计划。它的特点不仅表现为政府领导下的与捐赠人代理和其他利益相关者的持续的合作伙伴关系，还表现为跨部门采用

---

① Saint，W. *Tertiary Distance Education And Technology In Sub-Saharan Africa*，Working Group on Higher Education Association for the Development of Education in Africa，The World Bank，1999.

② 千年发展目标是在 2000 年由联合国、各国政府、众多国际发展组织和其他关心世界贫困问题的人们共同制定的。主要包括八大目标：消除赤贫和饥饿；改善母亲的健康状况；实现全球基础教育；抗击艾滋病、疟疾和其他疾病；促进性别平等，为妇女赋权；确保环境的可持续性；降低儿童死亡率；建立全球发展合作伙伴关系。为此，目前上述各种力量正在不断努力。发展专家相信千年发展目标将会在 2015 年实现。

共同的方法和策略[①]。它是为了获得国家所有权、整合目标、协调过程、方法和资金配置而结盟所有投资者的过程。

2005 年 7 月，教育和科技部出台了一份政策蓝图：肯尼亚教育部门支持计划（2005～2010 年）（Kenya Education Sector Support Programme 2005～2010，KESSP）。它明确提出了通过信息交流技术打造高质量教学（包括开放和远程教育）的目标，并将 ICT 列为未来五年 23 个投资项目之一。从 2005 年到 2010 年，教育部计划在 ICT 领域的投资累计达到 4 亿肯先令[②]。这些投资会在 SWAp 之下通过政府与地方、私人和各种机构的通力合作来达成。在 ICT 方面，远程高等教育扮演着使用者、培训者和传播者的多重重要角色。政府认为要“促进公、私立部门将 ICT 用于教育和培训领域的行为”。这一认识无疑将为远程高等教育的快速发展创造更有利的环境条件。

在这一新背景之下，除了建构起国家层次的专门机构与制度外，要使发展的实践与行政和管理政策进入相互促进的良性循环之中，肯尼亚还应建立一个有效的监管机制。这是将实践引向深入的迫切需要。

---

① Odoki, J. B. “The Development of the Ugandan Justice, Law and Order Sector Wide Approach”. http://www.britishcouncil.org/implementing_a_swap_uganda_benjamin_odoki.doc, 2006－11－21.

② The Minister of Education, Science and Technology. *Kenya Education Sector Support Programme* 2005～2010. Kenya: Republic of Kenya, 2005.

第八章

肯尼亚远程高等教育个案
——肯雅塔 AVU[①] 研究

第一节　肯雅塔 AVU 的建立

一、AVU 的创立和发展

非洲虚拟大学作为世界银行的一项工程始创于 1996 年。1997 年 2 月，该工程第一次被官方投放于非洲，地点是埃塞俄比亚的首都亚的斯亚贝巴。投放期间，参与者有来自非洲六国（埃塞俄比亚、加纳、肯尼亚、坦桑尼亚、乌干达和津巴布韦）六所大学的代表、参与国的财政大臣、世界银行方面的国家代表以及有兴趣并签署了世界银行协议的组织机构代表。该工程总部最初设在华盛顿。世界银行捐助给非洲六个参与国每国近 20 万美元以实施该计划。这些钱用于购买 AVU 卫星接收终端以及在 12 所大学中建设 AVU 所需的基础设施。今后加入的大学并不全会给予资助，这取决于它们的发展水平。

1. 目标

AVU 最初的目标是补充和加强正在进行的各种努力：同时多方面扩展学生和专业人员数量以增大非洲第三级教育和继续教育的入口；通过引进非洲和全球最好的学术资源和提供学术辅导

---

① 肯雅塔 AVU：设在肯雅塔大学的非洲虚拟大学分部，是 AVU 和肯雅塔大学合作办学的机构。

培训 AVU 远程教育师资来提升教育质量；通过增加与 AVU 学习中心和主办方大学的联系以及提供工程学、计算机科学、信息技术和商业领域的教育来缩小数字鸿沟；通过提供技术培训和专业深造来促进新的投资和经济发展，并致力于劳动力的技术更新；提高非洲第三级教育的水平，增强它们的管理、理财能力，通过远程教育拓展其范围。

2. 发展阶段

AVU 的发展分为三个阶段。（1）1997～1999 年。在非洲各大学副校长的支持下，AVU 使用美国、爱尔兰和加拿大机构提供的课程和世界银行提供的设备。（2）1999～2002 年。在非洲 17 个国家的合作大学中建立了 31 个 AVU 学习中心；建立了更多的伙伴关系；在新闻、商业、计算机科学、语言、会计等领域培养了 23000 名非洲学生；评估了非洲对 AVU 提供的可持续、可承担的高质量高等教育的需求。（3）2002 年至今。AVU 已成为总部设于内罗毕（Nairobi，肯尼亚首都）的独立的非营利组织。发展目标包括：在非洲 50 个国家将学习中心扩展到 150 所；在计算机科学和商业学习中引入法语和英语的四年制学位项目；在肯尼亚内罗毕总部建立 AVU 自己的交流设施——一个网络中心、一个工作室以及超小型卫星通信系统（VSAT）。[①]

3. 合作机构

AVU 是建立在 31 个非洲机构合作基础上的一个概念。AVU 也与下列其他国际组织合作：（1）美国黑人研究所或非裔美国人研究所（Africa America Institute）。AVU 与美国非洲研究所达成合作以寻求联合资金，这大多由美国政府支持。合作关系被命名为促进教育和劳动力发展的非洲科技，它已被 AVU 理事会主管批

① Juma, M. N. *Kenyatta University — African Virtual University, Kenya*. UNESCO, 2006.

准。（2）澳大利亚国际开发总署（Australian Agency for International Development）。在世界银行的启动阶段，澳大利亚政府通过由澳大利亚国际发展机构组织的科伦坡虚拟计划（Virtual Colombo Plan）与世界银行达成合作，AVU 将从这一新的学习型伙伴关系中获益。在这一开端中，AVU 有望在 3 年期内获得约三百万美元的支持，它将被直接用于购买课程内容。AVU 已与澳大利亚墨尔本皇家理工大学合作传送计算机科学学位课程，与科廷大学（Curtin University）在商业学习方面合作。澳大利亚的大学会授权给 AVU 这些课程。AVU 将得到 30 万美元用以作为辅助的行政管理开销。（3）加拿大大学和学院联合会（Association of Canadian Universities and Colleges）。与 AVU 合作的加拿大大学和学院联合会已为法语系 AVU 学习中心开发了一个计算机科学证书和学位项目。通过竞标，魁北克的拉瓦尔大学（Laval University）获得提供内容、传输和授权项目的权利。[①]

二、AVU 的网络系统与教学管理

（一）网络系统

内容制作。AVU 的网络设施配置在内容编制机构或其附近的工作室。每个内容制作地点都有进行实况转播或录制教育项目所需的全部装备，还有将这些项目传输到本地区或有地面接收站的远程国际通信卫星去的设施。工作室也有为提供交互式联络（如实况转播项目的音频对讲机）及其他相关功能的辅助设施。机构人员包括教授、讲师和项目技术员。广播既能实况播放也可录音。

卫星传输。制作机构发出的传输信号通过地区供应商（目

---

① Juma, M. N. *The African Virtual University — Kenyatta University, Kenya.* London, Commonwealth Secretariat, 2001.

前是印第安纳州立大学系统）连接到华盛顿。AVU 已与通信卫星公司（COMSAT）[①] 签订了合同，通过国际通信卫星组织（INTELSAT）的卫星系统将信号从华盛顿传到非洲。国际通信卫星组织为 AVU 工程捐赠了相当于 200 万美元的卫星数据传输量，AVU 在实验阶段可以对其无限使用。

地区支持。每个撒哈拉以南的参与机构都被提供了接收数字卫星传输和 AVU 项目、服务的全套设备。目前的资金由世界银行提供（每所大学约 54000 美元），未来的地区设施资金将由 AVU 特许中心供给。AVU 提供的室外设施包括：单向接收卫星天线、电力设备、集成硬件和电缆。室内教室设施被设计为人性化且能弹性使用 AVU 项目和服务的模式。室内设施单元包括：两个或更多数字视频接收解码器；一个以上电视监控器；一个以上盒式录像机；两个多媒体计算机系统；一个推动式电话；一个打印机；一个传真机；一个监控装置；一个专门设计的器材橱柜和其他多种能保证运行顺畅、项目接收不被打断的设备。一个综合数据操作和交流系统被设计以接收、存储、处理引入的高速广播数据频道，并为每个接收点提供一个对外数据/音频对讲连接。

教室。一个典型的 AVU 教室可容纳 20～40 名学生，他们可在自己座位上通过电视监控器观看录像或现场直播。在直播中，学生有机会与教师实现真正的互动，并能与其他学生合作。[②]

（二）AVU 的教学管理[③]

AVU 力图通过与撒哈拉以南非洲的大学和美国、加拿大、法国、爱尔兰这些课程提供国家的信息提供商合作来从事能力建设。

---

① COMSAT 为美国政府资助的商业组织。

② Juma, M. N. *The African Virtual University — Kenyatta University, Kenya.* London, Commonwealth Secretariat, 2001.

③ Juma, M. N. *Kenyatta University — African Virtual University, Kenya.* UNESCO, 2006.

在 AVU 的实验阶段，所有项目的教学资源都由世界银行设在华盛顿的 AVU 部门管理。首席学术官员负责采购、协调、运营传输给非洲 AVU 机构的课程。国际通信卫星组织提供卫星传输支持，AVU 管理部门为通过卫星授课的教师和课程埋单，教材、课程笔记等是免费传送给 AVU 学习中心的。在启动阶段，华盛顿 AVU 的团队与非洲 AVU 的地方员工一起，监管和评估 AVU 项目。不过随着 2002 年 AVU 总部转移到肯尼亚的内罗毕，AVU 学习资源就由内罗毕协调管理。虽然在 AVU 实验阶段，课程内容是从发达国家输入非洲的，但非洲 AVU 中心的学生、讲师和管理者将大量投入放在了他们想获得的知识上，这对适应地方需求至关重要。在课程内容的计划、准备和传输方面，AVU 依靠世界各地的专家传送知识。有了卫星传输、合适的数据信息和交流通信技术的帮助，一个专家能同时给不同地方的很多人授课。

为了创建更好的学习环境，AVU 采取了弹性的、多模式的传输方式。该方式周密而综合地安排了同步视频播放、在线学习资料、光盘预习学习包和同步讨论。学习者与课程的互动主要通过电子邮件和讨论。助教组将学生的提问事先打在屏幕上，并为真正授课时的回应做好准备。助教还负责和学生的同步讨论及指导环节。

AVU 的教学方法强调“以学习为中心”。AVU 希望所有的学生在参与一个具体日程中的同步环节时都能在其所在的 AVU 中心登记，这样做是为了确保每一个学习者都能获得有益的学习体验。这对那些需要逐步加强信息通信技术学习的非洲年轻人来说尤其重要。学生由训练有素、熟悉相关科目的教员来帮助和督导。AVU 数字图书馆正在扩充更多的期刊、电子书籍以满足学位项目的需要。

指导 AVU 的基本原则是提供高质量的产品、传输技能和教育范围最大化。实施这一策略需要以下步骤。首先，需要一个国际机构提供教育项目，同时由非洲合作机构进行招生并给予设备等方面的支持。其次，AVU 提供基本的技术框架、数字图书馆、网络管理专家，并通过磋商为非洲机构获取廉价的配置。AVU 还为非洲机构提供课程设计和传输领域的专家，这样他们就能将自己的项目转化为信息与通信技术整合的形式，从而得到更方便的传播和更大的市场。再次，一旦技能传输程序完备了，一个同国际始创机构有密切合作的非洲参与大学就会接管并运营这个项目。

该方法可确保达到如下目的：通过调用全球教育资源和培训非洲学术人员使教育质量得到提升；通过增进与非洲教育机构的联系弥补数字鸿沟；非洲人能获取非洲的国际教育资源从而减少人才流失；拥有技能和企业家精神的劳动力的存在使非洲的经济投资和发展不断前进；非洲教育机构持续的能力建设可满足信息通信技术整合项目。

三、肯雅塔 AVU 的建立

1996 年，朱马（Magdallen N. Juma）博士作为远程教育专家由肯雅塔大学资助参加了华盛顿的远程教育会议。会上，AVU 模式的创立者巴兰夏马吉（Etienne Baranshamaje）为大家作了报告。不过当时 AVU 工程名单中还没有肯尼亚，在朱马博士及肯雅塔大学副校长与巴兰夏马吉和世界银行的协商下，肯雅塔大学被列入了合作名单。

1997 年 2 月，肯雅塔大学的五位代表拜访了设在亚的斯亚贝巴的 AVU 工作室。大家开会讨论之后，一份由肯尼亚政府、世界银行和卫星设备提供商（通信卫星公司）三方签订的合同便产生了。之后诸如安装和革新设备的工作被陆续完成，卫星接收终端于 1997 年 6 月安装完毕。[①] 对肯雅塔大学来说，加入

① Juma, M. N. *Kenyatta University — African Virtual University, Kenya.* UNESCO, 2006.

AVU 被看做是重新建立和弥补现有学术研究能力的大好机遇。

第二节　肯雅塔 AVU 的行政管理

一、肯雅塔 AVU 的机构设置和人员特点

肯雅塔大学的 AVU 学习中心设在它的远程教育学院。由于肯雅塔大学的传统模式，学术和行政管理依靠的是管理委员会、评议会和各院系。大学理事会是大学的最高管理机构，其成员由肯尼亚著名学者和评议会代表组成。内罗毕的 AVU 总部决定着包括肯雅塔 AVU 在内的整个撒哈拉以南非洲 AVU 网络中心的学术项目。因此，肯雅塔 AVU 行政模式受到两个不同类型组织的影响。首先是内罗毕的 AVU 中心，它是 AVU 的总部和技术中心，为整个非洲的参与机构提供课程、学习者辅助系统、技术、质量保障和评估系统。其次是肯雅塔大学，同其他 AVU 合作大学一样，它提供基础设施和人力支持，使 AVU 能通过设在大学中的学习中心发挥作用。肯雅塔 AVU 的行政流程主要遵从肯雅塔大学的程序，但这种行政机构有时会给肯雅塔 AVU 学习中心的运行效率带来挑战。

肯雅塔 AVU 的管理渠道包括 AVU 管理委员会的例会、每月一次的 AVU 教职员工会议（monthly AVU staff meetings）以及每周一次的有学生代表参加的全体会议（weekly plenary meetings with students）。内罗毕的 AVU 中心会在每学期与非洲所有的 34 个学习中心举行一次虚拟会议，这当然也包括肯雅塔的 AVU。学生管理包括由大学提供的学生社会咨询和由学习中心管理者提供的学术咨询和课程辅助。肯雅塔大学通过 AVU 学生俱乐部和 AVU 网站来鼓励学生参与决策。这种学生委员会每周开一次会来确定学生遇到的困难及其解决办法。

为了保证机构精简、日常开销节俭，AVU 的管理人员包括一小部分全职核心人员和一定量的短期专家顾问。其管理层人员为：创始人、首席执行官、学术主管和技术主管。每一所参与大学都有一个全权负责地区 AVU 项目实施的校园协调人员，他指导院系和 AVU 工作人员的工作。肯雅塔 AVU 有一个总主管、一名技术主管、一个项目（课程）主管、一位行政助理、一个秘书、一个会计、六个技术员、一个通讯员、两个干事、一个园丁和两名清洁工（见图 8-1）。这些人都是肯雅塔大学的雇员，可被自由调遣。肯雅塔 AVU 雇用兼职教师帮助传授课程，他们也

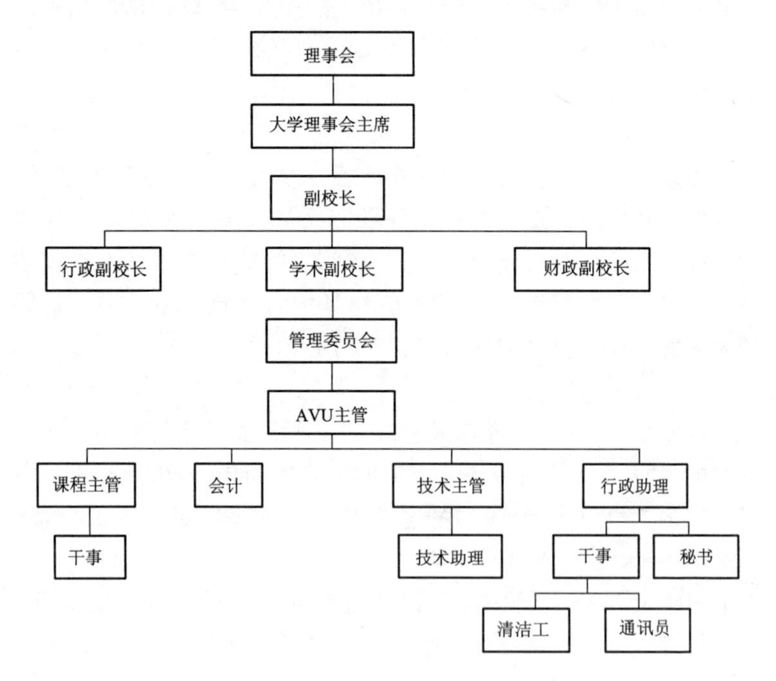

图 8-1　肯雅塔 AVU 的组织结构

资料来源：Juma, M. N. *Kenyatta University — African Virtual University, Kenya*, United Nations Educational, Scientific and Culatural Organization (UNESCO), 2006.

都是肯雅塔大学或国内其他大学和机构的员工。共有8位教师负责教学，AVU付给他们每小时9.3美元的报酬。大多数课程传授者都拥有相关领域硕士以上的学位。

大多数肯雅塔AVU学生来自首都内罗毕周边的地区。涅里（Nyeri）地区由于具有农业潜力（咖啡和茶），进入AVU学习的学生也最多。乐意并有能力承担AVU课程在很大程度上是因为当地居民的社会经济水平较高和对教育尤其是工作不可或缺的计算机技能的需求的增长。

一项关于肯雅塔AVU学生的教育背景分析显示，约62%的学生达到普通教育水平（O-level，具有普通教育证书），10%的学生具有高级教育水平（A-level，普通教育高级水平证书），13%是大学毕业生，1%是研究生，其余（指持有其他证书的学生）占14%。

职业方面，62%的肯雅塔AVU学生实际上是其他学院的全日制学生，25%没有专门职业，剩下的是由教师、农民、家庭主妇、会计、计算机技术员、技工、商人等组成的多样化群体。大多数在肯雅塔AVU受训的教师是小学教师。学生年龄普遍在25岁以下，很少有超过35岁的。[①]

二、肯雅塔AVU行政管理面临的基本问题

1. 管理效率问题。尽管肯雅塔AVU的行政管理自1997年以来一直都运行良好，但仍有一些挑战阻碍了学习中心的发展。由于肯雅塔AVU是肯雅塔大学的一部分，它的组织管理、行政策略、结构和运行是与肯雅塔大学保持一致的。这种安排不利于管理一个虚拟的学习环境，因为它需要的是快速决策程序。例

① Juma, M. N. *Kenyatta University — African Virtual University*, *Kenya*. United Nations Educational, Scientific and Cultural Organization (UNESCO), 2006.

如，肯雅塔 AVU 主管没有权利购买设备、软件和录用员工。肯雅塔 AVU 管理团队向肯雅塔大学远程教育部汇报，后者监督 AVU 学习中心的管理工作。其他关于财政和学术的议题也都要上呈给该部门，再由它把所有问题上报给大学的有关委员会，包括评议会，最后做出决策。这种行政系统相当耽误时间，它适合面对面直接教学的环境，但不适合虚拟学习环境。AVU 学术项目是另一种领域，需要发展和实施不同于面对面教学模式的新的组织和程序。一个 AVU 学习中心需要专门的卫星传送监控室、足够的计算机、局域网络服务、好的互联网连接、学习者辅助系统、打印机和相关软件，所有的这些教学资源必须及时到位才能促进高质量教育的供给。而决策的拖沓和缓慢的官僚系统给 AVU 学术项目的有效传送造成了很大阻碍。

2. 经费问题。尽管世界银行赠与肯雅塔大学 194000 美元的启动资金，但由于官僚作风和财政紧缩政策，肯雅塔 AVU 很难从财政部获得资金。作为应对，肯雅塔 AVU 主管实施了广泛的市场策略，从而使许多不同背景的人（如其他学院学生、教师、私立部门员工等）进入 AVU 学习。肯雅塔 AVU 学习中心成为肯雅塔大学收入最高的一个部门，其成功获利很大程度上是依赖它的计算机短期培训。学习中心因此有能力购买计算机、付给讲师薪水、结算互联网连接费用及其他运行开销。

3. 基础技术设施问题。AVU 的技术设备是通过整合卫星与网络技术，将世界各地的视频与数据资源传送给非洲的参与机构的。它在综合运用较成熟的互动手段和多媒体资源来帮助学生学习并运行网络方面也很具机动性。合作大学和信息提供商们提供了附有教材的教学实况和录像，以及数字图书馆和课程笔记。学生与他们的老师及学生之间通过电话、电子邮件、讨论会和传真进行互动。AVU 通过 NSS803，即一种 C-band（指卫星信号传输频率范围在 700MHz 至 4200MHz 之间）国际卫星来传送课程与研讨会，这种卫星的足迹已遍布整个非洲大陆、西欧、美国东海岸和加拿大。各种项目通过 AVU 美国网络中心传送，它坐落于美国马里兰的卫星通信公司数据传送站。

4. 知识产权问题。学术项目的传送（见图 8－2）是 AVU 的核心工作。包括肯雅塔 AVU 在内的所有合作机构都参与 AVU 课程传送。由于 AVU 中心传播的课程来自世界各地，而非完全自己设计、开发，因此内罗毕的 AVU 中心使用三种“许可证”。举个例子来说，AVU 正在从美国马萨诸塞州的技术学院传输计算机课程，这一短期课程的版权归学院所有，AVU 买下这些课程，并被许可将课程播放给指定数目的学习中心和学生。这种许可是第一种许可，被称为“专一使用”，指 AVU 只被授权使用某种资料一次。第二种许可是“多重使用”，它允许课程被无限地传送给尽可能多的地方和学生，但有一定限期。第三种许可是“一次性许可”，它适用于学位课程，是指 AVU 花钱买下并拥有许可，如 AVU 已买的澳大利亚墨尔本皇家理工大学四年制计算机学位课程，

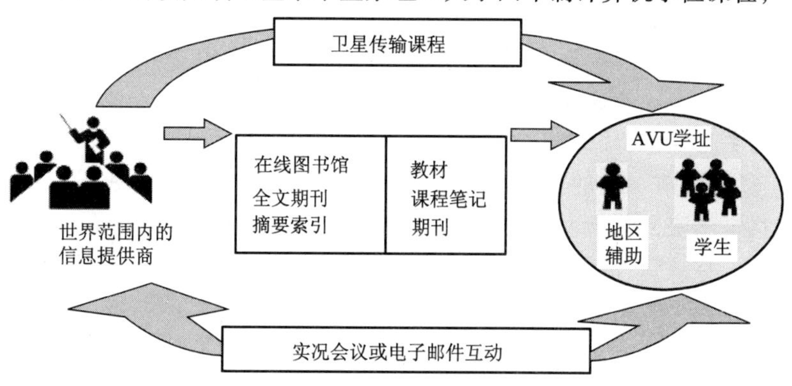

图 8－2　AVU 传输模式

资料来源：Juma, M. N. *Kenyatta University — African Virtual University, Kenya*, United Nations Educational, Scientific and Cultural Organization (UNESCO), 2006.

它已在 2003 年 1 月开始向非洲各地的 AVU 传送。四年之后，许可权再归还给学院。[①]

三、小结

从肯雅塔 AVU 的行政管理中可以看出：虚拟大学的行政管理与面对面发号施令的传统大学不一样，位于大学里的学习中心需要拥有更多自治权以提高管理效率。虚拟学习系统鼓励资源流动与共享，管理过程和传输系统的弹性化能扩展 AVU 学习中心的商业运作。

第三节　肯雅塔 AVU 的课程及发展趋势[②]

AVU 的现行项目包括：正式学期课程项目、短期计算机证书课程项目、大学预科课程项目和研讨班课程项目。

一、正式学期课程

实验阶段，肯雅塔 AVU 开设了三个学期的正式课程项目（见表 8-1 和表 8-2），分别是：夏季学期、1997 年学期 1（10 月 1 日～12 月 23 日）和 1998 年学期 2（1 月 26 日～5 月 15 日）。所有参与的学生均为肯雅塔大学全日制在校生，他们来自科学学院中的物理、数学、化学和应用技术专业。

自 AVU 课程开办以来，招生情况总体呈上涨趋势，但是性别差异仍然明显。女生所占比例少于 30%，该比例同传统大学

---

① Juma, M. N. *Kenyatta University — African Virtual University, Kenya.* United Nations Educational, Scientific and Cultural Organization (UNESCO), 2006.

② 本节除特别注明的以外，资料来源都是 Juma, M. N. *The African Virtual University — Kenyatta University, Kenya.* London, Commonwealth Secretariat, 2001. 下文各项目均根据该文献整理而成。

女生比例相似，造成这种差异的原因我们已在第七章中说明。

表 8－1　实验阶段的 AVU 课程

课　程	组　织　者
微积分 I	美国新泽西科技学院
微积分 II	美国新泽西科技学院
计算机组织与结构	美国科罗拉多州立大学
微分方程	美国新泽西科技学院
C＋＋编程入门	加拿大圣文森特山大学
计算入门	美国马萨诸塞大学
工程学入门	美国乔治亚科技学院
互联网入门	美国马萨诸塞大学
有机化学	加拿大劳伦系大学
物理学	加拿大卡尔顿大学

表 8－2　实验阶段 AVU 课程项目的招生情况

课　程	招生人数			
	夏季学期	1997 年学期 1	1998 年学期 2	总计
微积分 I	28	41	41	110
微积分 II	—	55	57	112
计算机组织与结构	—	—	41	41
微分方程	—	—	12	12
C＋＋编程入门	—	—	28	28
计算入门	—	—	20	20
工程学入门	—	—	20	20
互联网入门	—	47	26	73
有机化学	—	—	31	31
物理学	—	24	23	47
总计	28	167	299	494

AVU 课程受到了大多数学生的肯定。它形象生动的讲解和互动，使学生更好地理解了自然科学知识并顺利通过考试。数学系其余学生在夏季学期参加传统的肯雅塔课程学习，两部分学生一起进行了由数学系 AVU 教师出题、评分的两次评估测试和一次期末考试。考试结果是，AVU 学生通过率为 80%，传统模式为 40%。

AVU 课程的学业成绩总体而言是不错的，只有微积分Ⅰ和计算机组织与结构稍差。互联网相关课程尤为出色，平均成绩超过了 70 分（见表 8-3）。

表 8-3　AVU 课程成绩

课程	平均成绩		
	夏季学期	1997 年学期 1	1998 年学期 2
微积分Ⅰ	46	51	—
微积分Ⅱ	—	—	51
计算机组织与结构	—	—	46
微分方程	—	—	63
C++编程入门	—	—	76
计算入门	—	—	78
工程学入门	—	—	61
互联网入门	—	77	74
有机化学	—	—	62
物理学	—	56	—

二、短期计算机课程

除了以全日制学生为目标受众的 AVU 正式学期课程外，还有持续两周至两个月不等的短期计算机课程项目。这些课程对需要进行专业更新和继续学习的公众开放，包括：公务员；银行、政府、大学这类组织的员工；毕业生；医生和辍学学生。

表 8-4　AVU 开设的短期计算机课程

课程代码	课　程　名　称
AVU 01	微型计算机和 MS-DOS 入门
AVU 02	Windows '95
AVU 03	MS Word '97
AVU 04	MS Access '97
AVU 05	MS Excel '97
AVU 21	互联网应用
AVU 22	互联网高级班
AVU 31	C++编程
AVU 34	可视化编程

表 8-5　AVU 短期计算机课程招生情况（按阶段分）

时　间	女性	男性	总计
阶段 1　1998.5.29～1998.7.24	87	189	276
阶段 2　1998.7.27～1998.10.2	125	337	462
阶段 3　1998.10.12～1998.12.18	106	125	251

表 8-6　AVU 短期计算机课程招生情况（按课程分）

	阶段 1	阶段 2	阶段 3	总计
AVU 01	57	116	105	278
AVU 02	62	97	92	251
AVU 03	45	67	—	112
AVU 04	41	66	—	107
AVU 05	40	65	—	105
AVU 21	13	23	21	57

续表

	阶段 1	阶段 2	阶段 3	总计
AVU 22	10	20	14	44
AVU 31	8	8	—	16
AVU 34	—	—	19	19
总　计	276	462	251	989

数据显示，AVU 短期计算机课程招生情况较好（在第三阶段人数有所下降），其中最受欢迎的课程是微型计算机和 MS-DOS 入门。其中，AVU01、02、05、21 和 31 课程成绩的平均分都在 70 分以上。

三、AVU 大学预科课程

表 8－7　　AVU 预科项目招生情况

课　程	学生人数				
	女生	男生	中途退学	未完成	总计
微积分 I （数学Ⅲ）	19	79	4	3	105
化学 100	19	80	4	2	105
计算机科学入门	18	78	4	5	105
物理学 105	20	81	4	0	105

计算机证书课程极受欢迎，并带来了很好的收益。另外，AVU 还为追求大学学位的学生准备了大学预备课程项目。通过广告、选拔和招生，105 名学生参加了这个为期两学期的项目，它始于 1999 年 10 月。

四、AVU 研讨班课程

通过在内罗毕商界充分营销 AVU 研讨会，40 名来自巴克莱银行（Barclays Bank，英国）、标准渣打银行（Standard Chartered Bank）、中央银行、肯尼亚商业银行、非洲商业银行、肯尼亚酿酒厂等公司的行政人员参加了从美国弗吉尼亚大学实况转播的关于“采购策略与实践”（Purchasing Policies and Practices）的研讨会，时间是1997年8月14日至8月21日。这在商界引起了强烈反响。在实况研讨会中，参与者同弗吉尼亚科技大学的墨菲（Murphy）教授以及乌干达、津巴布韦、埃塞俄比亚的同行们互动。这是一次成功的研讨会，参与者认为它很有教育性和信息性，它预示了商业与大学的合作，也预示了项目的可持续性——只要参与者愿为这种课程付钱。

此外，一系列由世界银行经济发展机构（EDI）组织的培训研讨会也在1998年3月31日开始。肯尼亚30名记者参加了为期14周的会议，它由肯尼亚AVU的实况卫星传送。EDI会议为肯雅塔大学带来了5000美元的收益——EDI为使用AVU的设施传输课程而付的钱。其他一些重要的研讨会也在肯雅塔AVU召开。

五、肯雅塔AVU课程项目的发展趋势

1997~2001年，AVU不断将精力集中在计算机证书课程和研讨会上，这可从肯雅塔大学入学趋势中得到反映。证书课程的学生数由1998年的993名增至1999年的2594名，2000年达到3324人。1997~2001年间，45.6%的AVU入学者选择证书课程（大多为计算机课程），17.4%的人学习大学预备课程，16.9%的人接受教师培训课程，15.9%参加研讨会议，只有4.2%的肯雅塔全日制学生为他们的学位而修习了AVU课程。需要指出的是，短期课程和学位项目在组织和管理上是不同的。肯雅塔AVU提供的包括计算机和研讨会在内的短期课程会持续两周到六个月不等，选择短期课程的学生是非全日制的，而选择学位项目的学生是全日制的。

因为高质量的培训、对证书的认可和对工作的实用性，证书课程很受欢迎。微软办公课程的入学水平很高，这大多是因为该课程与计算机使用人员，尤其与已工作的人员关系密切。值得注意的是，随着课程变得更加高级，招生数量却在下降。这说明学生认为肯雅塔 AVU 除了提供时效的证书课程之外，还应提供更多其他的课程，尤其是计算机和工程学方面的学位课程。从 2003 年 1 月起，AVU 网络开始为非洲各地提供计算机科学学位项目，包括埃格顿大学（位于肯尼亚的纳库鲁城）的 AVU 中心。这个来自澳大利亚墨尔本皇家理工大学（RMIT）的四年制项目，将作为一个两年制学位课程全部或部分地被采用。

自从肯雅塔 AVU 开设以来，至少有 2417 个不同背景的人参加了 AVU 研讨会。该会的话题范围从计算机权利、新闻研究到经济增长和撰写简历。例如，已有 1743 人参加了撰写简历的研讨。研讨会的情况一直都不错，人数每年都在增长。[①]

第四节　肯雅塔 AVU 的影响

肯雅塔 AVU 的出现给肯尼亚的学生、教师和社区都带来了相当大的影响并产生了良好的效果，主要表现在下列方面。

一、扩大了教育资源的供给

肯尼亚公立大学的入学数量受资源所限，而私立大学不但昂贵，且大多提供人文课程。因此，AVU 给更多合格的学生提供了受大学教育和培训的机会。此外，肯尼亚能提供学位课程的远程教育项目也很少，且大都集中于人文学科，私立部门和非政府

---

① Juma, M. N. *Kenyatta University — African Virtual University, Kenya.* United Nations Educational, Scientific and Cultural Organization (UNESCO), 2006.

机构的管理者也迫切需要对员工进行培训，AVU 增加了远程继续教育的机会。

就肯雅塔大学而言，AVU 的 120 台计算机使学生能有效参与计算机课程。AVU 资源的影响已渗透到了整个科学学院学生团体之中，网络设施被所有对电子邮件和网络搜索感兴趣的人使用，大学环境因此更加现代化[①]。

二、引入了新课程

AVU 工程增加了诸如计算机科学、计算机工程学、信息技术和电子工程等领域的入学人数。该类课程的需求量很大，但大学院系每年只能录取 20～60 名学生[②]。计算机科学作为一门学科从未在肯雅塔大学出现过，但在设立了 AVU 之后，很多以计算机为基础的课程变得十分流行。例如互联网课程，已被发现很有就业前景。肯雅塔大学最后在 AVU 学生的帮助下，利用新信息技术创建了一个网站。

三、加强了能力建设

AVU 对不同领域各种人的培养发挥了重要作用。它给予教授、讲师、学生和大学其他雇员接触知识、技能和正确应用信息技术的机会。在肯雅塔大学，对 AVU 课程的需求如此之大以至于在过去三年中只有 5% 的需求得到了满足。在公立和私立部门，对 AVU 课程的需求来自政府机构（如军队、警察、各行政部门）、中小学教师、律师、保险和会计公司，还有酒店、旅游

---

① Juma, M. N. *The African Virtual University — Kenyatta University, Kenya.* London, Commonwealth Secretariat, 2001.

② Juma, M. N. *Kenyatta University — African Virtual University, Kenya.* United Nations Educational, Scientific and Cultural Organization (UNESCO), 2006.

部门、制糖业、酿酒厂及银行[①]。通过 AVU 尤其是计算机领域的相关课程，继续教育的观念已深入到大学和公众之中，地区能力因此加强。

四、增加了创收，扩大了招生

通过 AVU 的学位课程，肯雅塔大学扩大了招生。其短期计算机课程也为大学带来了可观的收益。肯雅塔 AVU1998 年短期课程的总收入约为 6.5 万美元，预科课程总收入为 7 万美元[②]。

五、接入了数字图书馆

AVU 运行着一个复杂的以互联网为基础的数字图书馆。数字图书馆包括四部分[③]：一个允许无缝接入各种数据库的 Z39.50[④] 图书馆界面入口；3800 个可链接到美国和欧洲的学校和研究中心内部的研究报告与工作论文的主要网址；对 1200 种全文科学期刊的电子访问；附带相关摘要和索引服务。数字图书馆的准入权通过一列注册网络协议数字授予。非洲的参与机构在初始实验阶段可以免费访问并下载资料，以后，将收取年订阅费

---

① Juma, M. N. *Kenyatta University — African Virtual University, Kenya.* United Nations Educational, Scientific and Cultural Organization (UNESCO), 2006.

② Juma, M. N. *The African Virtual University — Kenyatta University, Kenya.* London, Commonwealth Secretariat, 2001.

③ Saint, W. Tertiary Distance Education And Technology In Sub-Saharan Africa, Working Group on Higher Education Association for the Development of Education in Africa, The World Bank, 1999. p. 9.

④ Z39.50，信息检索应用服务定义和协议规范（Information Retrieval Application Service Definition and Protocol Specification），是由美国图书馆界创立的计算机数据库网络互联通信协议。可以通过 Z39.50 规定的基本的查询和检索功能，实现图书馆之间通过各种方式交换数据记录。通过使用 Z39.50 作为基础，许多图书馆的业务可以公开化、标准化。

用。在运行中期过后，该图书馆希望能作为非洲大学图书馆自动化的催化剂，通过浏览和数字化保存非洲珍贵的资料，通过在线发布传播非洲科学社区的学术成果。数字图书馆为肯雅塔大学提供了大量资料，使用者可访问数据库并在版权允许下复制文件。它促进了大学的研究与学习，学生、教授、医药人员、律师等都可获得高质量的时效信息。

六、新建了 AVU 虚拟实验室①

现在，肯雅塔大学的教师和学生可以共享现代虚拟实验室的设施和实验。肯雅塔大学的原实验室因设施贫乏，学生很难根据要求完成各种实验。AVU 虚拟实验室弥补了这一缺陷。

七、促进了大学教员教学策略的改善

AVU 录制的录像带也被用于非 AVU 学生学习和复习新的概念。AVU 传输模式为一些教师带来了挑战并在无形中改善了他们的教学策略。一位物理学教师表示②，他根据美国教授的讲课及教学方式进行了反思与借鉴。

第五节　肯雅塔 AVU 的经验、趋势及未来战略

一、肯雅塔 AVU 的经验

肯雅塔 AVU 作为一个具体实例，从招生、教学管理、财政

① Juma, M. N. *The African Virtual University — Kenyatta University, Kenya.* London, Commonwealth Secretariat, 2001.

② Juma, M. N. *Kenyatta University — African Virtual University, Kenya.* United Nations Educational, Scientific and Cultural Organization (UNESCO), 2006.

维持和业绩等方面都被认为是AVU启动阶段最好的分部之一。根据肯雅塔AVU的创始人和实践者朱马博士的观点，肯雅塔AVU取得的经验主要有：

大学对AVU的所有权和项目宣传活动。为了使项目成功，有必要组织介绍和发起活动，让各系的主任、各部门负责人、教师、学生、大学管理者和下属人员了解和感受项目。社区，尤其是潜在的顾客，如毕业生、家长，也应了解该项目。国家的公立和私立部门应清楚该项目的益处。

人力与物力的配备。有快速的网络连接、充足的学习辅助材料和设备，足够的计算机、打印机、显示器、电话、液晶投影电视、屏幕和其他诸如教材、练习册、相关指南等；足够的熟练员工；全力以赴的领导层。而且掌管AVU的人至少拥有哲学博士学位，并且真诚，有企业家的敏锐。

能力的建设。AVU员工在计算机技术和管理领域不断更新自己的技能。

高质量学术项目的传输。高质量课程的传输是AVU高入学率的先决条件，家长们乐于为高质量教育付钱。为了保持高质量教育，应适当采取下列质量保证策略：有效的课程分级和证书系统；足够的市场战略以吸引学生，高入学率以取得可观收入来维持AVU；有效的入学标准和注册系统；使学生较好地了解技术和传输模式的有效的学生入学指导项目；学生数据库；学生指导和咨询；设计良好的学生成绩评价系统；有效选拔当地合格教学人员的制度；吸引教学人员的计划；教学人员充足的报酬；适量的考试；足够的考试监管人员；监督和管理制度；有效的课程证书制度。

维持。对一个AVU学习中心来说，有能力获得收入并维持自己是必须的。必须履行财务手续，例如，为了合理控制与管理，AVU中心的银行账户数目变更必须有两个签字者才能生效。

此外，学习中心主管应该也是主要的账户管理者。采购政策和合作大学的办事程序应遵循支付程序。尽管 AVU 中心可能是独立的，但重要的审计程序，如每年的账户稽核，应与整个大学的稽核结合起来。

AVU 学生参与领导。学生领导创造了一种主人翁意识和归属感；AVU 学生联合会，它是使学生变得守纪和成熟的一个好方法。

全体会议。AVU 主管、课程主管、教员、行政管理者每月至少两次与学生代表一起开会是很重要的。肯雅塔 AVU 作为一个好的领导层、监管层证明了这一点。[①]

二、肯雅塔 AVU 的趋势：AVU 所有权转向及面临的挑战

（一）AVU 所有权转向非洲

首先回顾一下 AVU 工程的实验阶段取得的成绩：创建了一个有 17 个非洲国家高等学校（分属法语、英语、葡语语系）参与的网络中心；加入了全球一流大学的网络，从全球的一流大学中传送出超过 3000 小时的教育短期课程项目；学期课程（semester-long courses）的注册学生超过了 23000 名，工商管理研讨会招收近 2500 名专业人员；建立了一个可容纳 45000 个电子邮件的网络，一个有 1000 余种期刊、每月点击率过百万的数字图书馆；非洲妇女大批量参与了专家项目（specialist programmes）的学习。

实验阶段这些成绩证明，在撒哈拉以南非洲建立服务于教育和发展的虚拟大学是可行的。1999 年 11 月，非洲 AVU 参与机构的校长、副校长们齐聚内罗毕达成了以下共识：

1. AVU 利用科技传播教育的模式是扩大受教育范围、扩展

① Juma, M. N. *Kenyatta University — African Virtual University, Kenya.* United Nations Educational, Scientific and Cultural Organization (UNESCO), 2006.

信息的最可行方式之一，实验阶段也已在学生、家长、公司、学校和政府中获得了很大期望，必须尽一切可能坚持下去。

2. 非洲合作者们已承担了 AVU 的领导工作，对如何自给自足也有一个明确计划。人们愿意为 AVU 课程付钱，非洲的合作机构除了从政府那里得到资金以外，也允许自己投入资金支持 AVU。

3. 由于距离、学术、文化和其他障碍，也由于美国、欧洲和非洲的差异，AVU 实施的项目、政策、程序、技术模式应该在一个限定的实验阶段通过参与机构间的紧密合作被开发、测试和检验，从而在全面推广之前根据需要进行改进。

4. 尽管撒哈拉以南非洲在世界一流学位课程和相关资源以及科学、技术服务方面还是一个未开发的市场，但所开发的产品必须符合非洲的社会文化现实。必须有一个强有力的组织机构支持市场产品并坚持质量监控。AVU 必须建立一个高效的、可承担的、弹性的分配系统，并应用互动技术使分配教育产品和辅助学生成为可能。

5. 一些成功的远程教育组织的经验为过去三十年满足市场需求、达成学术项目和服务提供了可行的办法，应对这些开端在撒哈拉以南非洲如何被接受进行评估。

于是，AVU 从世界银行中脱离出来。2000 年 5 月，它注册成为一个非营利组织，总部迁至内罗毕。它有一个理事委员会和一个主管委员会。理事委员会有信托责任，它委任主管委员会。主管委员会负责决策和查缺补漏，它有 9 个成员，其中 4 个是非洲大学校长、副校长们的代表，其他成员从 AVU 的战略伙伴和具有可以为 AVU 发展作出贡献的特殊能力的个人中选出。

（二） 面临的新挑战

自从 AVU 被付诸实施以来，很多关于大规模传输高质量学位项目给非洲的意料之外的新挑战已日渐显现。这些挑战来自

AVU 运行的宏观环境，其中，AVU 履行它要尽可能多地把高质量第三级教育按时传播给有资格的非洲学生的诺言非常困难。这些挑战主要包括①：

1. AVU 保护其课程、教学方法和传播模式的国际授权程序很麻烦，需要耗费数年，而非洲大学也不愿意在没有获得课程授权之前招生。

2. 某些 AVU 系统的非洲合作大学感觉 AVU 在高等教育的扩大招生、提高质量、培养能力方面更像一个竞争者而非合作伙伴。没有一个明确的法律框架来定义合作关系，这些大学所关心的是 AVU 是否会在自己的校园中逐渐发展成为一所独立大学。

3. 通过卫星广播技术传送学位课程的开支变得越来越大。例如，每周传送所需的 12 小时的授课需花费约 12000 美元。

4. 1998～2001 年间互联网协议标准的快速发展加快了教育软件通过在线学习管理平台向互联网转型的速度，因此，AVU 完全基于卫星传播的方式受到威胁。

5. AVU 从一个由世界银行支持的工程演变为非政府组织，这使它很难从合作大学中筹集到资金，因为法律和运营框架中没有合作大学如何付费给“非政府组织” AVU 的相关规定。

6. 同“非洲发展新伙伴”计划一样，新出现的一些泛非②行动计划强调把教育作为发展的基础，这迫使非洲虚拟大学提供国际认可课程，持泛非的观点，能适应非洲国家不同的环境。这样，AVU 必须对自身运行模式进行反思。

---

① Juma, M. N. *Kenyatta University — African Virtual University, Kenya.* United Nations Educational, Scientific and Cultural Organization (UNESCO), 2006.

② 最初由西印度群岛和美国的黑人发起，是争取种族平等的运动。“泛非”一词意为把非洲人作为统一的整体联合起来，它反映了非洲人民要求团结统一，非洲人的问题由非洲人自己来解决的强烈愿望，至今仍是非洲各国和非洲统一组织遵循的最高原则。

三、肯雅塔 AVU 的未来战略①

（一）AVU 的未来战略

为了指导今后的运营，AVU 决定对提供给非洲机构的学位和能力建设项目进行优先选择和战略方法上的再定义。AVU 不得不重新思考它的战略、优先权和运行模式，并决定如何在不破坏现有的高等教育设施的情况下将高质量的第三级教育传播给整个非洲。AVU 得在一个合理的时间框架中做这些工作，因为它不希望成为又一个失败的“非洲梦”。

由于所涉问题的复杂性，也为了确保目标最大化，AVU 委任了一个外部专业组织来做它们运行和计划的战略考察。

考察的主要目标是：确立一个在未来能即时传输学位项目和扩大运营规模的新的战略方向和角色；确定持续发展所需要的，尤其是有能力在教育使命和商业需求之间保持良好平衡的资本投资和资助模式；确定所建议的产品、所需要的技术设施和技术传输的实施规程；建立组织和管理结构，确立活动的场所。

考察的主要结论：为了将高质量第三级教育扩大至非洲所需要的和非洲人所渴望的规模，AVU 应将自己重新定位成一个教育网络工程师，担负起连接大学和所需要的课程、创造可持续的学生、大学和教育者社区的职责。通过增进参与者（大学、技术提供商、捐赠人、学生、教员、信息提供商）之间的接触、互动和交易，AVU 能帮助拓展撒哈拉以南非洲的高等教育。

这一战略考察所提出的建议被 AVU 董事会（Board of Directors）、管理部门和资金合伙人广泛接受，因为它所提出的计划将使 AVU 有能力提供授权的学位/证书课程，而这又将快速扩大非洲的高等教育人口。

---

① Juma, M. N. *Kenyatta University — African Virtual University*, *Kenya*. United Nations Educational, Scientific and Cultural Organization (UNESCO), 2006.

为此，AVU开始了新的运行模式。AVU已决定在短期内将自己的角色从授权教育项目的提供者调整为使学生需求与大学供应相匹配的教育网络系统的设计者、辅助者和整合者。AVU将继续通过鉴定教育项目需求、开发适宜的教学内容、安装必备的技术设施、扩大需求量以改善购买条件、推动（不是取代或拥有）合同签订和履行程序来辅助大学。

在新的运行模式下，AVU拟提供的产品包括：可持续发展的关键性领域的授权学位、文凭、证书项目，但不全由现有机构提供；一个扩充了更多期刊、电子书籍以支持所提供的教育项目的数字图书馆；一个接纳更广泛的教育对象的入口；为提升非洲大学获得教育资源的能力和使本土生产的知识在全球范围得到共享的能力而提供的技术支持。

全非洲共有68所大学想在2007年加入AVU，其中一些大学要参加的项目不止一个。

（二）肯雅塔AVU的未来战略

作为AVU的一分子，肯雅塔AVU在实验阶段克服了各种不利条件，其坚强的发展确实鼓舞人心。随着世界银行的撤出、AVU的战略演变，肯雅塔AVU在正式运行时期仍是光明与坎坷并存。肯雅塔AVU为了继续发展，首先需要加强课程开发。不仅要开发更多自然科学领域的课程，而且为了使它们更加为非洲学生接受，非洲学者的介入是必要的。其次要加强财政管理。由于国家拨款和大学自身开销的不确定，肯雅塔AVU必须采取更多的市场策略，开展各种能产生收益的活动，包括多样化的课程、研讨会和社会咨询服务。再次要作为“教育网络工程师”加强同国内外各种教育机构的联系，结合更多传输模式，如印刷品、电视、收音机、网络等，为肯尼亚乃至非洲提供和链接国际性课程和资料信息。

第九章

肯尼亚女子高等教育的发展

就像许多发展中国家一样，“肯尼亚自殖民时期甚至更早时期以来，长期存在性别不平等的问题；这种不平等不仅发生在教育领域，而且发生在劳动力市场领域、政治领导领域及社会和经济等众多领域”。肯尼亚女子高等教育是这种性别不平等中重要的一环。本章拟研究肯尼亚女子高等教育的发展历程、不平等的表现、原因及其干预措施。

第一节　殖民时期肯尼亚高等教育发展的性别差异

1963 年以前，肯尼亚一直是英国的殖民地。由于受英国等欧洲国家的控制和影响，殖民时期肯尼亚的高等教育发展速度缓慢，大多数土著肯尼亚人是在国外获得学位的。1922 年东非成立第一所高等学校，即由当时的肯尼亚、乌干达和坦噶尼喀（现为坦桑尼亚的一部分）政府共有的马克里尔（Makerere）学院（设在乌干达）。在 1949 年，马克里尔学院获伦敦大学授权，开始提供该大学的学位课程。1956 年在内罗毕建立的皇家技术学院起初只提供低于学位水平的专业课程，后来也获伦敦大学授权，提供人文和科学领域的学位课程。1963 年，马克里尔学院、皇家技术学院以及新建的大学学院（位于坦桑尼亚首都达累斯萨拉姆）合并，成立东非大学①。

① 不同的殖民政府跨境办学的这种情况一直持续到 1970 年。该年这三个东非国家才开始建立自己的国立大学。

当时的大学中存在着严重的性别隔离制度，女生很少有接受高等教育的机会。直到 1945 年马克里尔学院才招收了第一名女性学生，其后随着人们对高等教育需求的增长和入学政策的宽松，大学女生入学人数逐渐上升，但总体处于严重不足的状况。直到 1963 年肯尼亚独立时，肯尼亚籍女大学生人数总计 28 名，占当时肯尼亚籍在校大学生总数的比例不足 15%。[①]

第二节　独立后肯尼亚高等教育发展的性别差异

独立后，国家建设和发展的使命以及人力资本理论推动了肯尼亚高等教育的发展。肯尼亚的许多官方文件都赋予教育在国家建设中的重要作用。此外，肯尼亚政府在一些国际会议和行动纲领的带动下，也逐渐认识到女子教育的重要性，并采取了一些措施促进教育公平。在这种大背景下，肯尼亚女子高等教育有了一些发展。

虽然独立后最初几年肯尼亚仍没有完全属于自己的高等学府。但政府对高等教育的重视，使从东非大学毕业的有文凭和学位的学生，从 1966 年的 125 人迅速增加到 1969 年的 368 人（约为三年前的三倍）。1970/1971 学年的毕业生上升到 667 名，1976/1977 学年则有 2093 名，是六年前的三倍多。此后，肯尼亚大学生规模不断扩大，女大学生数量也有持续增加。但肯尼亚的社会经济发展水平和传统的一些性别观念在一定程度上阻碍了肯尼亚女子基础教育的发展，进而影响了肯尼亚女子高等教育的

① Daniel N. Sifuna. *A review of major obstacles to women's participation in higher education in Kenya*. Research in Post — Compulsory *Education*. Vol. 11, No. 1, Maech 2006, pp. 85 – 105.

发展。肯尼亚女性在高等教育阶段处于明显不利的地位，性别差异比基础教育阶段更严重，表现在女生入学率、女生占大学生的比例、女生所学专业、女生成绩等方面。

一、男女生比例

表 9－1 的数据反映出，20 世纪 70 年代后半期和整个 80 年代，女生所占比例持续上升，但未超过 28%。据调查 1990～1991 学年，女生在大学生中的比例首次突破 30%。虽然在 20 世纪 70 年代男女生在大学的比例差距有所缩小，但到 1983 年后又有所扩大，此后至 80 年代末这一女生所占比例几乎都维持在 30% 的水平，而在肯尼亚 9000 个海外留学生之中，女性所占的比例仅为 11%。①

表 9－1　肯尼亚大学教育中的学生人数和性别比例（1976～1990 年）

年份	男生	女生	学生总数	女生的比例
1976	4440	1204	5204	21%
1978	5283	1723	7006	25%
1980	6123	2309	8437	27%
1984	6436	2529	8761	28%
1990	28443	11280	39723	28%

Source：*University of Nairobi Calendars* 1980/1981～1986/1987；*Kenyatta University Calendears* 1980/1981－1986/1987，*Economic Surveys* 1977～1991. Cited by Bogonko，S. N.，*A history of modern education in Kenya*（1985～1991）. Nairobi：Evans Brothers Kenya Limited. p. 156.

① Rees Hughes；Kilemi Mwiria. Kenyan Women，Higher Education and the Labour Market. *Comparative Education*，Vol. 25，No. 2（1989），pp. 179－195.

二、专业分布

肯尼亚政府调查数据显示，女生在不同专业中的分布率差别较大，她们多集中在法律、艺术、教育等文科专业，而在理科、工科、农业、医学等专业比例严重不足。1976 年至 1987 年间，在肯尼亚大学科学专业的学生中，女生从没超过 15%，工程学专业中更是从未超过 4%。至 20 世纪 90 年代中期，工程专业的学生中女生比例虽然在持续增加，但从未达到过 10% 的水平。这其中的一个原因是中学阶段女子接受的科学相关课程机会较少。中学进入科学课程班（science stream）男生与女生的比例是 5:1。[①] 在女性拥有较大优势的语言类专业方面，从 1976/1977 学年到 1986/1987 学年 11 年中，肯尼亚高校英语专业的女生所占比例却从未超过 4%（2 年为 1%，7 年为 2%，1 年为 3%，1 年为 4%）。不过，从掌握的多种资料看，1974～1994 年间，科学和工程专业的女生比例在持续缓慢地增加[②]。这是肯尼亚女子高等教育取得的不可否认的成就。表 9－2 则反映了 1990/1991 学年内罗毕大学研究生中 14 个专业的女生分布情况。该表说明女研究生在不同专业中的分布差别很大，女生多集中在新闻、非洲研究、人口研究、人文艺术等文科专业；而在理、工科专业中

---

① Fatuma Chege, Daniel N. Sifuna. *Girls' and Women's Education in Kenya. Gender Perspectives and Trends.* 2006, p. 86. 另外，关于 1993～1997 年肯尼亚中学修读科学课程的男女生人数及其比例的具体情况，可参见 Jacqueline Agesa and Richard U. Agesa. "Gender Differences in Public and Private University Enrollment in Kenya: What Do They Mask?" *The Review of Black Political Economy.* Summer 2002. pp. 36－37。

② Hughes, R. and Mwiria, K.. Kenyan Women, Higher Education and the Labour Market. *Comparative Education*, Vol. 25, No. 2 (1989), p. 182. Onsongo, J., "Gender Inequalities in Universities in Kenya." In Eunice Smith. *Gender Inequalities in Kenya.* UNESCO, 2006. p. 35. Nungu, Joseph Musembi. *Affirmative Action and the Quest for Equity in University Educaton: the Case of Kenya* (1974～1994). M. ED. Dissertation of Kenyatta University, 1997. pp. 25－29.

的比例严重不足，其中在工科的比例仅占1.2%。这种专业分布“加剧了妇女的职业分布不平等，影响到她们在社会中的地位”；因为“妇女所学的专业在社会上的报酬较低。”[1]

表9－2 内罗毕大学男女研究生在不同专业的就学人数（1990/1991学年）

专业	男生	女生	总计	女生比例	专业	男生	女生	总计	女生比例
新闻学	16	17	33	51.5%	商学	41	11	52	21.2%
非洲研究	24	18	42	42.9%	兽医学	66	15	81	18.5%
人口研究	38	19	57	33.3%	法学	10	2	12	16.7%
人文（arts）	232	105	337	31.2%	科学	205	41	246	16.7%
建筑学	59	22	81	27.2%	外交	23	2	25	8.0%
农学	163	57	220	25.9%	计算机科学	32	2	34	5.9%
医学	195	55	250	22.0%	工程学	81	1	82	1.2%
总计						1165	367	1532*	24.0%

注*：原文为15323，应为1532。

Source: Republic of Kenya. *Economic Survey* (1992) (Nairobu, Government Printer). Cited by Fatuma Chege, Daniel N. Sifuna. *Girls' and Women's Education in Kenya. Gender Perspectives and Trends.* 2006, p. 87.

三、公私立大学中的学生分布

肯尼亚的高等教育是公、私立大学并举，其中以公立大学为主，私立大学在培养高级人才中也充当一定的角色。由于公、私立大学的教育宗旨、培养目标、校园环境等方面存在一定的差

[1] Onsongo, J., "Gender Inequalities in Universities in Kenya." In Eunice Smith. *Gender Inequalities in Kenya.* UNESCO, 2006. p. 35.

异，特别是教育费用低廉、入学要求（特别是对理科课程的KCSE考试成绩要求）较低，所以肯尼亚女大学生在私立大学中的比例超过50%，而在公立大学中仅有30%～35%。[①]

女性在私立大学的比例较高对女性是不利的。因为这些大学严重偏向提供艺术、人文和社会科学课程，而公立大学多为综合性大学；乔莫·肯雅塔农业与技术大学、莫伊大学等甚至主要提供理工科或农科专业的教学，人文社科专业很少，参见表9－3。这种态势总体来说对女生毕业后的就业及收入产生负面影响，从而也影响到她们的社会地位。正如肯雅塔大学教育原理系学者欧安达（Ibrahim Ogachi Oanda）所言："肯尼亚私立大学与其说扩大了女生的入学机会，不如说趋向于产生一个排斥女性的微妙的新舞台。"[②]

表9－3　肯尼亚公、私立大学院系和课程计划一览

	大　学	系科和专业（faculties and course offerings）
私立大学	东非天主教大学	艺术和社会科学、神学
	晨星大学	艺术和社会科学、神学
	东非大学（巴拉顿）	商学、教育学院、人文和社会科学、科学和技术
	美国国际大学	艺术和社会科学、工商管理
	斯科特神学院	神学
	乔莫·肯雅塔农业与技术大学	科学、农业、工程

① 参见 Kenya. *Survey*：2000. Nairobi：Government Printer. Cited by Jacqueline Agesa and Richard U. Agesa. " Gender Differences in Public and Private University Enrollment in Kenya：What Do They Mask?" *The Review of Black Political Economy*. Summer，2002，p. 49.

② Oanda，I. O.，New Frontiers of Exclusion：Private Higher Education and Women's Opportunities in Kenya. *JHEA/RESA*. Vol. 3. No. 3，2005，p. 87.

续表

	大　学	系科和专业（faculties and course offerings）
公立大学	莫伊大学	农业、环境研究、森林资源、野生动物管理、健康科学、信息科学、科学系、技术系、社会文化和发展研究、教育、研究生院、人力资源开发研究所、法学
	内罗毕大学	农业、牙医、工程、医学、药剂学、科学、兽医、核科学研究所、艺术、商学、社会科学、教育
	肯雅塔大学	环境研究、科学、家政学、艺术、商学、教育
	埃格顿大学	农业、科学、艺术和社会科学、教育和人力资源
	马塞诺大学	教育、艺术和社会科学、科研和研究生学院、科学

Source：J. Agesa and R. U. Agesa. " Gender Differences in Public and Private University Enrollment in Kenya：What Do They Mask?" *The Review of Black Political Economy*. Summer, 2002. p. 38.

四、大学生的学习环境

进入大学后，女生比男生要遭遇更多的困难，比如卫生设施差、安全保卫措施不充分、性骚扰等。此外，学费和生活费不足意味着女大学生被迫卖淫或与有工作的男子发生不正当关系以满足自己的日常所需。这些关系容易使她们感染 HIV/AIDS 病毒。

在大学教师中，地位较高的女性管理人员比例很少，参见表 9－4。她们无论在大学层面还是在院系层面，能发挥的决策和引领作用很小。另外，在 1995 年，内罗毕大学教师中女教师只有 18%，肯雅塔大学 28.8%；女教师主要集中在教育和环境教育院系。内罗毕大学工程类院系中女教师只占 2.3%，在建筑设计和开发类院系中占 9.7%，兽医类院系中占 12.1%。此外，有证据表明，女教师和管理人员在职务任命和晋升方面往往遇到歧视性的标准。她们由于男性的阻挠而缺乏进修机会，面临敌视性的工作环境，遭遇性骚扰和传统的性别角色要求的压力。[①] 这些对女大学生的自信心和抱负都有一种负面影响。

表 9-4　　肯尼亚 6 所公立大学中各级女性管理人员及其所占比例（2002 年 7 月）

职位	公立大学			私立大学		
	男性	女性	女性比例	男性	女性	女性比例
常务副校长（VC）	6	0	—	3	1	10.0%
副校长（DVC）	13	2	13.3%	8	1	11.1%
注册处主任（Registrar）	14	0	—	2	3	5.0%
学院院长（Principal）	7	2	22.2%	—	—	—
部门主管（Director）	42	18	30.0%	2	1	33.3%
学生事务主任（Dean of Students）	3	2	40.0%	2	1	33.3%
系主任（Dean of Faculty）	38	5	11.6%	11	1	8.3%
财务官员（Finance officers）	6	0	—	4	0	—
图书馆长（Librarian）	6	0	—	2	2	50.0%

① University calendar and Staff lists. Cited from Onsongo, J.. "Gender Inequalities in Universities in Kenya." In Eunice Smith. *Gender Inequalities in Kenya.* UNESCO, 2006. pp. 36-37.

续表

职位	公立大学			私立大学		
	男性	女性	女性比例	男性	女性	女性比例
科长(HOD)	208	35	14.4%	35	17	32.7%
董事会成员(Council members)	119	18	13.1%	—	—	—
人力资源主管(Human resourse manager)	—	—	—	2	1	33.3%

Source: University calendar and Staff lists. Cited from Onsongo, J.. "Gender Inequalities in Universities in Kenya." In Eunice Smith. *Gender Inequalities in Kenya*. UNESCO, 2006. pp. 36 – 37.

五、大学生的学业成绩

肯尼亚学士学位按成绩分成四等：一等、上中等、下中等和通过。招收研究生时一般是招那些获得一等或上中等学位的学生。在内罗毕大学，在20世纪70年代获得前两种荣誉学位的女生占各等学位学生的比例低于男生该项比例：1975年低5%；1978年低8.5%。但在80年代这种差距在逐渐缩小：1981年低5.3%，1984年低5%，1987年低2.3%。[①] 在90年代，大学女生成绩比80年代有了更显著的提高：在内罗毕大学和肯雅塔大学，情况甚至倒转过来。1992年内罗毕大学获得前两种荣誉学位的女生占各等学位获得者的比例比男生该项比例高5.9%，1994年甚至高11.2%；肯雅塔大学1992年该比例高出2.9%，

① Hughes, R. and Mwiria, K. Kenyan Women, Higher Education and the Labour Market. *Comparative Education*, Vol. 25, No. 2 (1989), p. 183.

1994 年高出 4.2%①。

总体看来，肯尼亚女子教育包括高等教育都取得了重大进步，超过了非洲国家的平均水平，但也存在一些问题，与其他一些发展中国家相比，还有较大差距。特别是近年，肯尼亚出现了意想不到的退步。根据 1993 ~ 2003 年的教育性别平等指数（GEEI），肯尼亚在关键的赋予女子能力指数（women empowerment indicators）方面倒退了 28 点。肯尼亚是东非地区唯一倒退的国家——坦桑尼亚特别是乌干达这几年有很大进步。②肯尼亚这种情况在前文一些数据中也有反映。所以肯尼亚女子教育包括女子高等教育的形势还是比较严峻的。不仅涉及女生规模，更涉及女生学习成绩和教育对她们正式就业、提高收入和社会地位的影响。

第三节　肯尼亚女子高等教育发展面临的障碍

一、基础教育方面

1. 社会文化。肯尼亚是个男权主义的社会，并且这种传统从殖民地时期开始一直延续至今，这个国家普遍认为女性的主要领地是在家相夫教子，而不是像男性一样参与社会竞争。肯尼亚社会通常认为女性的地位应该依附于男性，她们无须从事一些技术含量高的工作。而且许多家长对其女儿的职业期望值偏低，认为女生接受太多的教育是一种浪费。

---

① Fatuma Chege; Daniel N. Sifuna. *Girls' and Women's Education in Kenya. Gender Perspectives and Trends.* UNESCO, 2006. p. 90.

② Oanda, I. O., New Frontiers of Exclusion: Private Higher Education and Women's Opportunities in Kenya. *JHEA/RESA*. Vol. 3. No. 3, 2005, p. 94.

2. 经济方面。一方面高中的学习费用，特别是非援助性学校的学习费用往往要高于一般家庭的收入，导致许多家长在面临送其子女入学的选择时，首先选择送儿子入学接受教育。另一方面，女生接受教育被认为势必会影响其在家里承担家务劳动的时间，从而增加家长的经济负担。

3. 高中学校的课程设置存在严重的性别取向。许多女子学校多提供与艺术等文科相关的课程，而缺少与理科相关的课程，从而影响她们随后的高等教育、职业选择和职业训练。

4. 早孕、早婚、早育导致女生的高中辍学率较高。在一些农村地区，女生 12 岁就可以结婚。有研究显示，肯尼亚大学生中有 40.3% 的人认为怀孕是女生在大学入学率低的主要原因①。

总之，基础教育阶段女生的低入学率和低保持率严重影响着女生的高等教育入学率。据 1986 年的调查显示，女生每从低一级的教育阶段上升到高一级的教育阶段，她们在整个入学人数中的比率都将下降 10% 左右。例如女生占小学生总数的比率是 49%，占中学生总数的比率是 41%，而在大学生总数中的比率仅占 30%。②

二、招生考试制度方面

许多公立大学的入学考试要求考生在 KCSE 考试中要通过一定数目的理科课程，而这些理科的课程又往往是许多女子高中的薄弱环节。导致许多女生很难通过公立大学的入学考试，从而被

---

① Nungu, J. M., Affirmative Action and the Quest for Equity in University Educaton: the Case of Kenya (1974 ~ 1994). M. Ed. Dissertation of Kenyatta University, 1997. p. 30.

② Rees Hughes; Kilemi Mwiria. Kenyan Women, Higher Education and the Labour Market. *Comparative Education*, Vol. 25, No. 2 (1989), p. 180.

拒之门外。在中学课程不能解决性别平等的情况下，招生制度应该有更多的灵活性，保证女生有相对均衡的升学机会。

三、科技课程的观念与教学方面

许多公立大学开设的课程和专业都是与理、工科相关的，而这是女生的弱势所在。有一项研究发现，肯尼亚42%的大学生认为女生在科学相关专业比例低的原因是相信科学是男人的事情，科学专业专为男人而设。这一信念从小学到中学就已经被重重灌输给女生了。女子中学的科学教师不足。莫伊大学一位接受访谈的男教师谈到独立后肯尼亚将一些公共的资源主要用于建设和装备男子中学了。内罗毕大学工程学院一位女教师把女生在科技专业比例不足的问题归咎于女生缺乏自信。[①] 女生在高中阶段理科基础的薄弱反过来又导致许多女性在大学对这些课程望而却步，转而选择法律、艺术、家政经济、教育等文科专业。这也是女生多集中在私立大学的原因。而且私立大学招生的总体数量较少。

四、社会经济文化方面

许多男性在选择伴侣时对高学历的女性持回避态度，他们往往认为高学历的女性多是不懂人情世故、不会料理家务的人，很难胜任相夫教子的重任。高等教育的高昂费用也限制和阻碍了许多优秀女性高中毕业生进一步接受高等教育的机会。当家长必须在儿子和女儿之间选择一个上大学时，他们往往会选择儿子。

---

① Nungu, J. M., Affirmative Action and the Quest for Equity in University Educaton: the Case of Kenya (1974 ~ 1994). M. Ed. Dissertation of Kenyatta University, 1997. pp. 30 – 31.

第四节　大学层面促进性别平等的措施和面临的问题①

一、大学促进性别平等的努力

肯尼亚各大学启动了促进女子高等教育公平的行动计划。这些活动得到了“非洲女教育家论坛”（FAWE）和非洲大学协会（AAU）等非政府组织的资助。这些行动包括建立性别研究中心，采取平权行动（又称肯定行动，affirmative action），提高妇女在科学相关学科的参与率。

1. 建立性别研究所或研究中心。在 AAU 的号召下，肯尼亚三所公立大学先后建立了性别研究中心。它们是埃格顿大学（1992 年建立）、马塞诺大学（2001 年建立）和肯雅塔大学（2002 年建立）。另外有 3 所大学也推行了与性别相关的计划。例如内罗毕大学提供的研究生文凭中有了“性别和发展研究”（Gender and Development Studies）专业方向。这些中心提供性别研究的文凭课程、向女生提供咨询和建议。但这些中心的运作独立于大学其他部门和主流活动，缺乏足够的教职员和资源，发挥的作用还很有限。

2. 采取平权行动。虽然没有法规要求大学执行平权行动，但肯尼亚公立大学采取了临时措施以便增加妇女接受大学教育的机会。联合招生委员会（the Joint Admission Board，JAB）是监督各公立大学招生的组织。1992 年它依据全国大学入学考试总成绩，已自行决定为女生的大学录取分数线降低了一分。这一措

① Onsongo, J., “Gender Inequalities in Universities in Kenya.” In Eunice Smith. *Gender Inequalities in Kenya.* UNESCO, 2006. pp. 40 – 45.

施增加了女子上大学的数量，使该年大学新生中女生从前一年的2547人（占总数的25.6%）上升到2771人（占总数的27.7%）。[①] 不过平权行动只限于扩大女生入学，还未涉及女子进入学术和行政岗位层面。

3. 提供专门课程计划。大学采取一些措施试图促进女生更多地学习科学、数学、信息技术和工程等传统的男生学科。乔莫·肯雅塔农业和技术大学推行了"非洲女子数学和科学教育"（FEMSA）计划、"非洲妇女科学和工程"（the African Women in Science and Engineering）计划等。肯雅塔大学有一个为期三年的计划，由福特基金会资助，旨在促进更多的女生学习科学、数学和信息技术领域。该项目的行动包括：组织职业生涯问题的研讨会，邀请男女科学家讲述科学领域中职业生涯的可能性，把女生纳入研究组织以向她们展示在科学领域中的职业可能性。不过，这些计划中大多数针对的是已经在科学相关学科注册学习的女生。

二、大学层面执行性别平等干预政策面临的挑战

一些原因导致肯尼亚大学不太愿意执行性别平等政策。其中一个原因源自建立大学的目的或大学的社会作用的观点；其他原因与社会上流行的对妇女的否定态度有关。但还有一些原因与管理者、教职工、学生缺乏性别意识（gender awareness）、缺乏法律保障、资源不足等因素有很大关系。

1. 管理者缺乏性别意识。大学决策者缺乏性别意识似乎是一个主要问题。根据对大学高级管理人员就影响妇女参与大学管理的因素的访谈，所有接受访谈的男性管理人员都强调，在招聘、晋升和任命教师及管理人员过程中性别不是他们考虑的一个

---

① Fatuma Chege; Daniel N. Sifuna. *Girls' and Women's Education in Kenya. Gender Perspectives and Trends*. UNESCO, 2006. p. 91.

问题。有些管理人员认为大学中的性别问题被夸大了。这对解决性别不平等有负面影响。管理者不支持旨在促进大学中妇女参与的项目，他们不分配必要的人力、物力来有效执行这些项目。类似性别研究中心的机构交由妇女管理，其他教职员工则视其为纯粹妇女的项目，往往置身事外。

2. 缺乏性别不平等数据。执行性别平等政策的另一个问题是没有反映大学性别差异的严重程度的性别详细数据。“非洲女子数学和科学教育计划”发现几乎没有系统的文献记录性别不平等数据。妇女发现在大学中的哪些领域有问题？那些问题领域对妇女参与和成就水平有哪些影响？研究诸如此类问题的出版物不多。这种情况妨碍了大多数非洲大学纠正性别不平等的项目的执行。

3. 难以执行国际承诺。一些国际协定和宣言旨在促进性别平等政策的执行，其重要性不言而喻。但这些宣言常常得不到很好的执行。一些国家将妇女问题作为公共关系来对待。他们在联合国协定上签字仅仅是为了获得捐助而不是要予以执行。文化差异和经济贫困是高等教育性别公平政策执行难的两个主要原因。来自政府和捐助者的有限的资源最多只能优先用于基础教育的性别公平。

4. 缺乏立法。性别平等的政策和立法，需要得到相关机制和组织的支撑。肯尼亚教育制度中没有性别平等的明确政策。只有在肯尼亚法规和国际协定基础上，平等的教育机会才能得到落实。

5. 肯尼亚大学的学术自由和自治。肯尼亚各种大学法明文规定，赋予大学学术自由和自治，这给大学自由教学和自行任命教职员的权利。所以无论大学是否坚持性别公平政策，都没有适当的监控制度。大学的大多数领导人并不把性别平等视为一个问题，大学的结构、组织和实践仍然是男性支配的。对性别差异置之不理的政策、性别歧视的政策仍然存在。

第五节　肯尼亚女子高等教育的发展战略

鉴于以上问题，东非天主教大学（肯尼亚的一所私立大学）教育系学者恩桑果（Jane Onsongo）提出的应对战略①不无道理：1. 正式将性别问题纳入国家发展的综合考虑。高等学校要将性别研究中心或研究所纳入大学正式的计划和活动之中，以便产生较大影响。2. 推行机会平等政策。在宪法所规定的条款以外，大学运行中应该确立有关机会均等的政策，并建立执行、监控和评估机制。大学应该给予这项事业一定的资源并付出长期的努力。3. 促进对性别不公平的研究和成果发表，以使决策者了解性别歧视情况并大力采取措施遏制歧视。4. 让妇女参与管理，以加快妇女地位变革的步伐。5. 为决策者举办会议、研讨班，以便加强他们的性别意识。所有妇女必须通过提出自己的观点来参与平等问题的解决，以便确保解决办法可行。6. 改革现行组织和制度。比如：给年轻的母亲弹性的工作时间；检讨委任和晋升方法是否适合妇女的需要；质疑女教职工的配偶是否和男教职工的配偶得到了同样的考虑；供应住房或提供住房补贴的规定是否有歧视；等等。7. 防止歧视性和令人不快的行为。可以通过官方政策发布声明，并在校园中广泛公布，明确处罚基于性别的恶劣行为或威胁；制定有效规定，为告发侵害、骚扰行为的师生提供保护。

这些战略从扩大认识的维度，政策的制定、实施和评估的维度，机制的保障维度等方面，围绕国家特别是高等学校层面的政策执行问题提出了较为全面的应对策略。

但除此以外，根据国际经验，肯尼亚政府、社会、学校还可

① Onsongo, J., "Gender Inequalities in Universities in Kenya." In Eunice Smith. *Gender Inequalities in Kenya.* UNESCO, 2006. pp. 45 – 46.

以做得更多。

政府在促进女子高等教育方面还可以采取的战略，包括：扭转性别平等方面立法的严重滞后局面，通过新的法规明确而全面地保障女子教育权利。政府还要加强男女平等的教育和宣传工作，营造良好的性别公平氛围，对违法行为予以严惩。在基础教育阶段政府要采取政策倾斜措施，促进女子教育的健康发展，包括在女子的上学率、毕业率、升学率、学习时间、科学及数学的课程学习和成绩、经济资助、校园安全环境等方面，采取强有力的手段，消除教育的性别不平等。政府在对企事业单位的管理中，要确保女子就业、薪金和晋升的公平环境。立法还可以就遗产继承等问题上的性别歧视做明确具体的规定，在源头上遏制父权制、男子中心的思想和制度。

学校可以通过以下手段扩大入学：1. 通过提供经济补偿的方式扩大女生的大学入学率，并在条件允许的情况下把经济补偿政策延伸到高中阶段和高职院校。2. 各高校实行学分互认制度，确保不同学校的学生间的校际交流与合作。3. 给女生提供一定数量的贷款和奖学金等经济援助。4. 改革高中和大学的课程设置，加强对女生的理科知识训练等。5. 加强远程教育，加强电子网络教育，让更多的女性有机会接受教育。

社会媒体可以对女子教育起到舆论监督作用。媒体越来越成为政府和市场之外对社会发展起调节和导向作用的力量。在促进女子高等教育方面，媒体也可以发挥这种作用。媒体对妨碍女子教育发展和女子在社会上发挥作用的传统的保守的价值观，可以进行严肃批判，对男女公平思想、女子在家庭和社会两方面的独特价值和普遍价值要进行广泛宣传，积极引导社会重视女子教育，信任女子智慧，重视女子在国家建设中的作用。家长应尽量克服困难，努力提高自身认识水平，尽可能让自己的女儿和儿子一样接受更多的教育。

第十章

肯尼亚高校科研与产业的联系

肯尼亚同非洲大多数国家一样，其高等学校的科研受国家整体发展水平特别是经济发展水平的限制，在许多方面都面临深重的危机。如何寻求出路成为肯尼亚高等教育界关注的一大问题。关注的重要结果之一是把希望寄托在与产业的联系上。莫伊大学在 1999 年和 2000 年连续两年主办“可持续的大学与产业联系”的主题论坛。影响更大的一次研讨班是肯尼亚高等教育委员会于 2002 年发起并组织的“大学—产业联系研讨会”。本章拟揭示肯尼亚高校科研危机的原因和表现，论述肯尼亚高校与企业联系的相关认识、实践以及问题所在，总结和分析肯尼亚各界提出的相关对策，最后简要分析肯尼亚和中国在高校科研及其与产业关系问题上特别是科研价值取向上的异同。

第一节　肯尼亚高等学校科研的危机

非洲教育权威人士和研究非洲教育发展的西方专家学者普遍认为，非洲大学在研究的水平和质量方面存在持续的危机。导致这些危机的因素包括：研究者之间缺乏有效的联系和组织，而且大量教授移居国外，这影响了非洲学者共同体的发展；他们常常有着他们自己的个人专业发展计划，但这些计划显然不符合非洲本土发展的需要；他们得不到所在单位的有效支持，从事科研的时间有限，由于资金不足而缺乏必要的参考书、科研材料、设备和交流服务。这些都降低了非洲大学有效研究国家政策问题的能力。[①] 肯尼亚高校科研在整个非洲高校科研危机中并不例外。

有一项关于肯尼亚大学计算机使用情况的研究[②]，从一个重要方面反映了肯尼亚大学科研基础条件的不足。该研究发现，大学大多数学术人员家中没有个人电脑，他们只能在大学或网吧使用计算机。大学很多学术人员在科研中对计算机的使用仍然局限于最基本的功能。许多人承认，除了文字处理和电子表格使用之外，他们用计算机几乎与直接的学术工作无关。肯尼亚讲师更多地把互联网用于辅助教学，因为他们用于科研的时间只占工作时间的23%。研究人员和讲师一样较少把互联网用于学术研究。较年长的高校教师的计算机知识和技能不足，但由于计算机数量有限，他们不得不与年轻的同事甚至学生共同使用计算机。一些人怕暴露自己计算机水平的不足而放弃使用计算机。由于缺乏上网条件，或者上网费用过高，计算机使用者中有一些不能利用互联网。上述调查还发现肯尼亚高校98.2%的回答者使用过计算机，但这些使用计算机的人中有6.5%从未使用互联网。[③] 据笔者所见，在肯雅塔大学图书馆，给广大师生开放的可使用互联网查阅资料的计算机不超过10台，一些计算机没有USB接口；要使用这些计算机得提前登记预约，预约成功的话，一次也只能使用一个小时。虽然有些计算机设置在高级行政人员办公室或高级

---

① Dennis Gaya. “Research Capacity at African Universities in Crisis”. *KENET NEWS & EVENTS*. Monday, 15 January 2007. http://www.kenet.or.ke/resources/index.php? yah=news&id=53.

② 该研究调查了肯尼亚6所大学的49名学术人员，并补充进行了个人访谈。这些调查的抽样考虑了不同性质的大学，不同学历和学位的教师，不同的学科和不同的性别。

③ B. Oyelaran-Oyeyinka, C. N. Adeya. Dynamics of adoption and usage of ICTs in African universities: a study of Kenya and Nigeria1. *Technovation*, 2004, (24): 841-851.

学术人员办公室，但这些计算机的利用率不高。

肯尼亚大学科研的危机还表现在很多方面。内罗毕国际发展研究中心的资深项目官员金延朱（K. Kinyanjui）博士曾评论说，非洲大学的研究能力在过去十年中下降了50%。还有人说，有关非洲的90%的信息可能依赖“西方”的数据库，而且非洲国家和它们前殖民地“宗主国”之间的交流，比非洲国家之间的直接交流更好更多。缺乏期刊、书籍、出版著作的机会与参加会议的旅费等，都导致日益增强的与国内外学术界的疏离感。如果说预算下降和教学工作量上升都对科研形成障碍，导致科研能力建设在“第一世界”成为大学的一个挑战，那么在非洲国家这一挑战则是压倒性的，因为在这里即使是常规的学术交流手段也无法得到。①

第二节　肯尼亚高校科研危机的出路——满足产业的需要

肯尼亚政府的经济实力有限，短时间内完全不可能根本改善肯尼亚高等学校的科研条件。目前肯尼亚高等学校科学研究危机的重要出路在于加强与产业的联系，满足产业的需要。

一、必要性

肯尼亚高等教育委员会主席J. 伊瑞纳（Justin Irina）教授曾经概括过肯尼亚高等学校与产业联系的背景和现状：在肯尼亚，由于贸易和服务全球化、动荡的经济状况和严峻的国际竞争带来的挑战，技术协作和革新的问题显得更为突出。而大学和产业间

① Dennis Gaya. “Research Capacity at African Universities in Crisis”. *KENET NEWS & EVENTS*. Monday, 15 January 2007. http://www.kenet.or.ke/resources/index.php?yah=news&id=53.

一直只有最低程度的联系，有时甚至完全没有联系。其中的原因，一方面是大学对它们发挥广泛作用的认识有限；另一方面是产业界有一个偏见，即认为它们的主要使命只是生产。这就是长期以来肯尼亚大学—产业关系的状况。肯尼亚大学面临经济全球化、自由化和信息技术快速发展带来的挑战。这些挑战威胁到大学使命的实现，引发大学和产业界的一种紧急需要，即尽力打造伙伴关系以便克服这些问题。有鉴于此，肯尼亚人组织和参加了一些研讨班，旨在为学术界、企业界和政府提供一个论坛，让大家交流思想，分享经验，商讨肯尼亚大学—产业关系的未来之路。其中最重要的一次研讨班是高等教育委员会于 2002 年发起并组织的“大学—产业联系研讨会”。与会者一致认为，大学—产业的伙伴关系十分重要。这种关系将在课程开发、研究和开发、资金筹集和产品及服务的改善等方面对大学和产业双方产生了巨大的利益。到 2020 年实现产业转型是肯尼亚政府的一个主要目标，而大学和产业在达成这一目标的过程中必须发挥关键作用。知识和制造间的联系可以有力提升肯尼亚在国际市场的竞争力。[①] 大家一致认为，如果大学和产业之间没有合作，那么，产业必然要去做自己并不熟悉的科学研究，会浪费时间和资源去做那些本来最适合大学去做的工作；同样，大学所做的开发研究需要产业来确认其有效性，而且大学不太适合独立做开发研究。

二、实例

目前肯尼亚大学—产业关系取得了一些进步。虽无系统的研究可供佐证，但已有一些实例。一是大学—产业合作机构的实践。一个典型的例子是蒙巴萨多科技术学院沿海产业—高校协作中心

---

① Commission for Higher Education. *University — Industry Linkage in Kenya*. A Report of the Workshop Held in Nairobi, Kenya. 18 ~ 21 November 2002. iii – v, 1.

(the Coast Industrial/Institutional Collaboration Center, CIICC)。其成员包括4个培训机构和11个企业。其协作的明确目的在于增强和促进产业—高校的联系，既让学生通过企业实习（industrial attachment）融入真正的工作领域，培育和促进学生自主经营的文化，也让高校教师融入企业工作环境，了解企业的紧迫课题，拓宽科研的项目来源。二是研究成果的商业运用。大多数公私立大学在它们的农场与工业机构合作开展了科研活动。大学农场附近地区广泛运用了出自这些农场的科研成果。大学科研成果成功运用于商业的案例包括：内罗毕大学完成的基于苏云金芽包杆菌(Bt）的生物杀虫剂的检测和生产，“柑橘类植物培养项目”；乔莫·肯雅塔农业和技术大学完成的“香蕉组织培养项目”；马塞诺大学完成的生物多样性项目、生态和环境问题的有关项目、有关食品安全的湿地和资源的可持续利用项目；肯雅塔大学完成的改善教育和文化问题的项目；埃格顿大学完成的用高粱属植物作鸡饲料的项目等。肯尼亚大学的研究人员和科学家已经对电信部门作出了巨大贡献，同时在制造业还有待他们努力。三是促进和资助产业驱动的研究和开发。莫伊大学2000年建立了大学—产业联系事务所，旨在协调大学—工业活动。2002年莫伊大学举办了主题为“用自主创新技术谋发展”的技术创新展览会。莫伊大学地处乡村，一直以来通过应用研究和实验研究促进乡村发展。早在1999年该大学就建立了克里约信风（Kerio Tradewinds）项目，该项目目前已经成为由产业资助、大学科技援助、农民执行的一个成功的乡村开发项目的典范。[①]

三、问题

虽然意识到高校科研与产业相结合的重要性，也进行了一些

---

① Commission for Higher Education. *University — Industry Linkage in Kenya*. A Report of the Workshop Held in Nairobi, Kenya. 18 ~ 21 November 2002. pp. 191 - 197.

尝试，但是，肯尼亚高等学校科研与产业的联系还存在很多问题。问题的表现是大学和产业关系难以稳定持久。其原因涉及政府政策、法规的问题，社会经济发展水平的问题，认识不足和行动不力的问题等。

1. 政府的问题。肯尼亚政府政策的制定者和执行者还没有真正看重技术在发展中的作用；政府并没有高度重视减少科学成果转化为商业应用和产品的时间，没有采取适当的政策措施来鼓励大学科研成果向产品的转化。在关于到2020年实现产业转型的1966年政府2号文件中，没有涉及技术政策，也没有提到大学—产业合作。虽然《2002～2008年国家发展规划》强调工业化，提到了把科研作为大学和政府间的合作纽带，但它忽视了私立部门，而私立部门被公认是驱动产业化的发动机。1977年出台的《科学和技术法》规定了科研和实验发展的协调问题，但是没有涉及科学和（或）技术政策；没有关于科研成果转化为商业应用和产品的制度上的安排。2001年修订的《产业财产法》（Cap. 509，Laws of Kenya）确立了促进发明和创新活动的综合体系，但政府严重缺乏执行这一法律体制的能力。大学—产业联系在设立大学的法律和规章制度中也没有被提及。此外，肯尼亚还没有关于政府、产业和学术界合作机制的论坛；还没有关于产业参与科研的政策。肯尼亚是世界上科研经费水平最低的国家之一，其研究和开发经费仅占GDP 0.4%～0.5%，[1] 而且在未来一段时间不可能达到理想的水平[2]；相反，肯尼亚政府对科研的预算经费已经在下降。有限的经费使大学实验室和其他科研资源严

---

① Commission for Higher Education. *University — Industry Linkage in Kenya*. A Report of the Workshop Held in Nairobi, Kenya. 18～21 November 2002. p. 176.

② 2005年中国研发支出占国内生产总值的1.34%，2006年上升到1.41%；根据“十一五”规划纲要，到2010年，要达到2%。目前发达国家这一比例大多在2%～3%之间。http：//cache. baidu. com. 2008－07－12.

重不足，国际开发机构主导的全国性结构调整没有考虑本土技术能力的需要。这些也制约了肯尼亚大学和产业的联系。

2. 大学自身的问题。肯尼亚产业迄今从当地大学研究活动中获得的好处太少。大学在产业遭遇进口商品严峻挑战时往往只是旁观者。产业中资源管理水平落后、技术陈旧、零配件缺乏、技术的获得和改造不充分等长期以来的问题是希望大学帮助解决的。但大学大多数时候仍然生活在象牙塔中，对社会的需要反应迟钝；中小企业不能靠它们来解决技术和发展问题。大学教师和研究人员对于他们的创新和研究成果的有效商业化缺乏企业家似的技能和经验。几乎没有大学为企业的创新和发明提供适当的援助和服务。大学没有适当的机构刺激创新和发展知识产权意识。大多数大学没有知识产权政策，而这种政策可激励创新、引导需求驱动的科研和研究成果的商业化。大学人员缺乏专利申请、创新发明商业化和合同谈判的能力。[①] 肯尼亚大学、多科技术学院的研究成果没有得到应用，主要是因为它们倾向于闭门造车，它们的研究成果并不是为了满足当地产业和用户的需要。虽然肯尼亚的小型企业（Jua kali）雇用了数以千计的人员，但几乎没用任何研究成果来改善这些企业产品的质量。他们没有对这些企业的咨询和专业服务市场进行调查。[②] 另外，由于从产业和政府得到的科学和技术研究资助水平低，肯尼亚教育体系没有鼓励高级技术发明和发现的政策。

① Ogada, T. P., "Universities, Research and Development Organizations and Intellectual Property: General Review of the Links Between Education, Research, Public Interest and Intellectual Property Rights." A Paper Presented to Regional Seminar on the Benefits of the Intellectual Property System for Universities, University Researchers and Research and Development Organizations. Dar es Salaam, June 20 to 22, 2000. 5 - 6.

② Commission for Higher Education. *University — Industry Linkage in Kenya.* A Report of the Workshop Held in Nairobi, Kenya. 18 ~ 21 November 2002. pp. 106 - 116.

3. 产业部门的问题。很多研究都显示，肯尼亚私立部门对肯尼亚全国科研经费的贡献很小。肯尼亚产业部门很少资助咨询性研究项目；捐助经费不能成为科研活动的定期的、可持续的经济基础；科研活动中的私人经费杯水车薪，而且不容易得到。而在发达国家，科研活动是政府和私人部门双方共同的责任，科研经费中私人部门贡献了50%以上。肯尼亚产业发展缓慢是肯尼亚大学与产业关系发展缓慢的一个根本原因之一。而产业发展缓慢的原因主要有：从农业出口艰难获得的外汇被工业用来进口机器设备和工业品；大多数产业是外国公司的子公司，而且依赖母公司的研究成果，使当地研究人员无用武之地；一些当地科研不是市场（产业）驱动的，不能给目标用户直接收益。①

第三节 加强高等学校科研与产业联系的对策

面对大学科研与产业关系中存在的问题，肯尼亚政府相关部门、大学和企业各界通过各种研讨班达成一些共识，针对各方的问题和责任提出了一些希望和对策。

一、政府的对策

政府必须进行有力的干预，建立有效的组织机制，鼓励合作，以便在产业、大学和政府之间发展有效的联系，对大学—产业双方的合作进行必要的引导。具体来说，为了刺激大学和产业对双方关系的兴趣，并促使这一关系更加系统化，政府必须制定综合的产业发展政策；要建立有关大学—产业关系的法规制度体

① Commission for Higher Education. *University — Industry Linkage in Kenya.* A Report of the Workshop Held in Nairobi, Kenya. 18 ~ 21 November 2002. pp. 22, 171 – 189.

系；要对投资环境和知识产权保护制度进行合理化改革；要指定各方的执行责任确保政府政策始终如一地得到执行；要制定激励方案以促进应用研究，鼓励产业加工。为了促进大学—产业关系，法律可以规定双方合作的义务；建立系统的合作规范和制度；采取激励措施以促进合作。政府还可以通过政策措施在规定和促进科研资源的运用方面发挥间接作用，比如国家可以对研发资金进行减税；可以对有贡献于科研活动的个人和公司进行表彰。

二、大学的对策

鉴于肯尼亚有些产品的技术是国际领先的①，肯尼亚高等学校在政策上应鼓励科研人员扩大这些领域的优势；同时鼓励他们有效提升相对简单的技术（例如利用石头和水泥修筑道路网络的技术），解决基本的生活福利设施和基础设施问题。因为肯尼亚目前依然纯粹是制造业产品的进口国和初级农产品和矿业原料的出口国，所以政策也应鼓励高等学校探索创造新产品和为出口的商品和服务增加附加值的发展道路。因为“大约 130 万小型企业雇用了大约 250 万名人员，60% 的专利是小企业（Jua kali）的革新”；所以肯尼亚大学科研不能忽略这些小型企业，大学科研发挥的作用应该包括服务于这些小型企业的可以商业化的新发明和新发现，促进这些企业的效率、质量、卫生和安全。大学科研人员还应该在本国科学院建设中发挥重要伙伴作用，以便减少科学发现与其转化为商业应用和产品之间的时间。大学在不牺牲教学和研究质量的前提下应开辟新的筹资渠道，创建自己的公

① 比如：在肯尼亚不同地带生长旺盛的谷物和豆类的种子；适应不同地区的各种抗病虫害的咖啡和茶叶；肯尼亚陶窑；用剑麻纤维加固的瓦片；香蕉组织培养；浅井水泵等。

司，以开发由自己支配的巨大的知识和创新资源；应至少把预算收入的20%用于资助科研；也应该更多地关注市场和公共关系，以强化它们公司的良好形象。大学应该鼓励校内科研人员发表和传播其科研成果。不过，肯尼亚关于大学科研有一个清醒的认识：虽然高等学校应该和产业界协同工作，但不应该迷失教育学生和从事基础科学研究的基本目的；为了反映和推动伴随知识爆炸而来的技术革新，大学必须进行课程结构、教学方法的基本变革，必须让学生获得新技能。大学研究和生产实践之间的隔阂可以通过教学医院、教学公司和咨询来消除。

三、产业的对策

各方一致认为肯尼亚的大学—产业联系应该更多地由私立部门驱动。在大学所进行的产业培训和研发活动中，产业界应承担更多的责任。这样，大学也能利用自己的专家意见帮助产业界确定它们的研究需要。产业界应与大学合作研究工业污染和环境恶化问题；应把大学专家纳入企业的咨询委员会；应帮助高等教育机构增加仪器设备、设立捐助教授职位，以促进这些高等学校的教学和研究；帮助高校设立企业奖学金；私人部门和产业界应改变对本土培养的毕业生的态度，为他们创造更多的就业机会，努力遏制人才流失；私人部门也需要大力支持政府改善投资环境（比如克服国家不安全因素）。不过，学术界也建议，在与大学合作中，企业不要试图让大学完全替代自己从事科研。

四、综合对策

肯尼亚有一定的产业基础，有潜在的全国、地区和国际市场，但产业繁荣需要一个有力的智力和政策支持环境。为了达成强大的大学—产业联系，需要建立各种战略联盟和网络，以便形成一种强大的声音进行宣传和游说。例如，要私人部门向大学科研提供资源，就需要对私人部门进行一系列的刺激和鼓励。需要建立国家级和地区级的协调机制，由利益攸关各方组成联络委员会，由官方提供支持，法律为大学—产业联系的可持续发展提供保障。高等教育委员会应该委托人员进行大学—产业联系的可行性研究，包括将肯尼亚实践与发达国家和发展中国家大学—产业联系的比较研究，以便借鉴国外最好的做法。

大学和产业的联系重点应放在双方有巨大合作潜力的领域，主要包括制药、医疗和卫生、农业和食品加工、工程、电和电子。这是因为致命的艾滋病、肺结核和热带疾病已经出现对传统药物越来越强的抗药性；迅速增长的人口引起食品安全威胁；信息和交流技术的迅猛发展。此外，大学在应用社会科学领域，比如对市场的调查和研究，也要加强为产业的服务。

科学园（或科技园、研究园、技术园）是加强大学科研与企业联系的重要依托。肯尼亚科学园建设中首先必须确保必需的基础设施到位①。科学园建设应优先鼓励和支持高级专家的技术援助和服务，优先扶持他们的科技知识的应用。科学园应包括基于企业的研究和开发、孵化计划、展览厅、配备旅店和饭店的科学会议中心。科学园的重点应是自然产品、草药、生物技术、环境保护、污水处理、资源的产业应用、数字交互信息系统、产业仪器和灾害管理手段的开发等肯尼亚急需研究和开发的领域。大多数大学已经有了启动研发和孵化器的后援实验室。另外建议在肯尼亚出口产业加工区成立技术园。不过，与会者强调小企业是

① 初步建立起来的肯尼亚科学园，目前还有很多问题，即使一时间吸引一些国外企业进驻也无力长期留住它们。总部设在哥斯达黎加的一家公司 EcoPlasma Alianza 在 2007 年从肯尼亚研究园撤出了其通信工程公司，原因是该研究园杂乱无章的基础设施和电力配给，民众骚乱，以及控制该园不同方面的不同政府部门之间的钩心斗角。—— http：//www. spectrum. ieee. org/may07/5066. 2008 -07 -13。

肯尼亚经济中最富活力的部门，肯尼亚无论如何不能忽略这一点。①

计算机网络将使研究人员能够不受时间和距离限制而有效地与同行交流。广泛的信息技术应作为克服学术人员交流障碍的一个手段。应该利用计算机技术建立和维持高校教师的跨国交流。非洲学者可以借助网络与他们在世界其他较发达地区的同行进行大量有效的交流。比如，非洲教育家可以借助互联网络通过其在美国、加拿大、英国和西欧国家的伙伴分享有关复杂教育过程的丰富的概念和原理。如果接受和使用电子信息交流的基础能够牢固地建立起来，那么金延朱博士所说的非洲学者与国内外同行的学术疏离至少可以部分地得到减轻；研究人员之间的交流就不会单一地依赖只有少数非洲学者能出席的一年一度的会议，对来自发达国家和地区的期刊的极端依赖也可以减轻。②

第四节 结 语

一方面，我们要承认，由于社会发展水平和民族国家发展使命的阶段性差异，在我国高校科研所面临的问题中，与产业的联系虽然是一个重要方面，但与肯尼亚等非洲国家相比，目前这个问题不是压倒性的。在对科研课题优先选择上或者在科研价值取向上，我国高校科研在强调应用科技研究的同时，也高度强调民族文化传统的研究，强调涉及国计民生的重大理论问题的研究。

① Commission for Higher Education. *University — Industry Linkage in Kenya.* A Report of the Workshop Held in Nairobi, Kenya. 18 ~ 21 November 2002. pp. 1 – 21, 135 – 140.

② Dennis Gaya. "Research Capacity at African Universities in Crisis". KENET NEWS & EVENTS. Monday, 15 January 2007. http://www.kenet.or.ke/resources/index.php?yah=news&id=53.

我们既强调高校科研为企业的生产服务，也强调高校科研为社会的和谐发展服务，强调全方面为中华民族的伟大复兴服务。这些无疑都是正确的。肯尼亚高校科研势必经由目前重点为生产服务而逐渐走向更全方位的服务，比如为科学文化知识的本土化服务，为肯尼亚民族国家意识的巩固及其长治久安和全面繁荣富强服务。

但另一方面，值得指出的是，同发达国家甚至一些发展中国家相比，我国大学科研与产业的联系的确有很多不足。在科学技术化、技术科学化、经济市场化、科研市场化的趋势下，肯尼亚高等院校的科研及其与产业联系所存在的问题，在我国多多少少也存在。肯尼亚各界从经验和教训中得出的许多结论和建议对我们也有借鉴意义，比如他们所提出的缺乏经费导致科研人员同国内外学术界的疏离，科研基础设施的改善，科研中信息技术的应用，科研课题与本地产业（包括小型企业）需要和产业优势的结合，高校与企业联系中各自的问题、责任和对策，高校与企业合作的潜在优先领域的预判，政府在组织、鼓励和规范方面作用的发挥，等等，都值得我们深思。虽然其中很多结论和建议还只是方向性的，不够细致和缜密，甚至离国际先进潮流有一定差距①，但还是有一些具体的东西为我们敲响了警钟或提供了参考。

---

① 国际上这种细致、缜密和先进性从美国工程研究中心的发起、运作和结果中可见一斑，参见莫少群《工程研究中心：美国大学与工业关系的新模式》，《科学管理研究》2001 年第 4 期，第 73—77 页。

第十一章

艾滋病:肯尼亚高等学校面临的挑战与对策

全球艾滋病感染率目前已经稳定下来，但感染人数从2001年的2900万上升到2007年的3320万。2007年新感染艾滋病的人数约为250万，同年因艾滋病死亡人数为210万。[①] 全球艾滋病最严重的地区仍然是撒哈拉以南非洲地区。

肯尼亚作为这一地区的国家之一也遭受了艾滋病的沉重压力，它对于形成较晚的肯尼亚高等教育体系更是雪上加霜。大学的人力、财政、教学、科研、管理、文化无一不受到了艾滋病的严重影响。对此，大学采取各种应对措施，从认识的提升到校园健康文化环境的塑造等各方面来减轻艾滋病造成的破坏性影响。

第一节　肯尼亚艾滋病状况及其对社会经济产生的影响

一、肯尼亚艾滋病状况

2007年撒哈拉以南非洲地区新感染艾滋病的人数为170万（占全球的68%），使该地区感染艾滋病的总人数达到了2250万（占全球的67.8%）。2007年，全球艾滋病感染人数中三分之二以上

① UNAIDS and World Health Organization. *Key facts by region — 2007 AIDS Epidemic Update*. UNAIDS and World Health Organization. 2007. 1.

（68%）生活在该地区；同年全球因艾滋病而死亡的人数中有四分之三以上（76%）生活在该地区。[①] 2005年全国成人（15～49岁）艾滋病感染率在15%以上的国家有8个，包括博茨瓦那、来索托、莫桑比克、纳米比亚、南非、斯威士兰、赞比亚和津巴布韦。[②]

肯尼亚艾滋病状况也非常严重。自第一例艾滋病于1984年在肯尼亚发现以来，艾滋病曾经以令人吃惊的速度在这里增长。第一例艾滋病患者于1984年在肯尼亚发现，但1993年患艾滋病的人数已激增至39000人，到1998年为87000人。到2000年肯尼亚有19万人感染了艾滋病，其中包括10万儿童。[③] 预计到2005年这一数字将上升至300万。官方数据表明全国有50%的床位是被艾滋病晚期和中期病人占用，许多患者在感染后三到五年就会恶化成晚期，许多农村及城市居民缺乏基本的健康食品保障，全国每天有500～700人死于艾滋病及其并发症。[④]

20世纪90年代艾滋病疫情迅速蔓延，成人感染者中约2/3是妇女；孤儿问题严重，社会经济影响显现。[⑤] 尽管城市感染比例远远高于农村，但由于肯尼亚80%以上为农村人口，农村实际患者人数比城市患者多得多。根据肯尼亚艾滋病监控委员会的报道，到2000年6月已有150万肯尼亚人死于艾滋病。

---

① UNAIDS and World Health Organization. *Key facts by region — 2007 AIDS Epidemic Update*. UNAIDS and World Health Organization. 2007. 1.

② UNAIDS and World Health Organization. *Sub-Saharan Africa AIDS epidemic update: Regional Summary in* 2007. UNAIDS and World Health Organization, 2008. 1～2.

③ Charles Nzioka. *The Impact of HIV/AIDS on the University of Nairobi*. A Report Submitted to the Association for the Development of Education in Africa (ADEA) on Behalf of The World Bank. 2000.

④ Asenath J. Sigot. *Maseno University' Response and Current Activities on HIV/AIDS*. International Center for Research in Agroforestry (ICRAF), Nairobi, Kenya. 2001.

⑤ 余冬保：《非政府组织参与艾滋病防治——来自肯尼亚的经验》，《全国艾滋病综合防治资讯交流暨媒体报道研讨会论文》2005年版。

然而，值得一提的是联合国艾滋病防治协会2005年11月25日发布报告称肯尼亚成人感染率已降至7%，成为发展中国家控制艾滋病传播的典范。特别是在纳库鲁、梅鲁等地，成人感染率由1999年28%下降到2003年9%。[①]

2006年5月13日联合国秘书长非洲艾滋病特使斯蒂芬·路易斯在结束对肯尼亚艾滋病防控工作的考察后表示，肯尼亚政府和人民在防控艾滋病方面取得的成效令人瞩目。[②] 根据最新的资料，在大多数南部非洲国家艾滋病感染率稳定不变的情况下，肯尼亚2008年一直呈现出缓慢但稳定的下降趋势。2006年该国100万成人中艾滋病感染率为5.1%[③]。

肯尼亚取得的成绩同政府采取的一系列措施密不可分。到2005年肯尼亚全国约有9.5万艾滋病患者得到了治疗，肯尼亚政府希望到2006年年底将这一数字提高到14万。人民自我保护意识提高、女性更加注意使用安全套、更多的人选择单一性伴侣、群众自愿接受检查以及死亡人数高于新感染者等均是艾滋病感染率下降的原因。[④]

不过，许多报告提出，肯尼亚目前艾滋病防治形势仍很严峻，政府需继续加大力度，采取有效措施并确保落实到位。

二、艾滋病对社会经济产生的影响

（一）艾滋病对社会经济的影响

艾滋病对社会经济具有破坏性的影响这是不言而喻的。肯尼

---

① http：//www.fmprc.gov.cn/ce/ceke/chn/xw/t224180.html

② 梁涛：《联合国特使称赞肯尼亚防控艾滋病成效》，《云南日报》2006年5月14日版。

③ UNAIDS and World Health Organization. *Sub-Saharan Africa AIDS epidemic update*: *Regional Summary in* 2007. UNAIDS and World Health Organization, 2008. 13.

④ http：//www.fmprc.gov.cn/ce/ceke/chn/xw/t224180.html

亚 1970～1990 年 GDP 平均年增长 1.2%，但 1990～2005 年却是 0.2% 的负增长[①]。这与肯尼亚 20 世纪 90 年代至本世纪初艾滋病肆意蔓延不无关系。艾滋病不仅影响到每个感染艾滋病的个体，它还影响到每个家庭、社区、组织机构乃至政府部门。即便是从国家层面上来看，艾滋病所带来的这种累积性的延续破坏也不容忽视。它影响着整个社会的健康状况，它导致从小家庭到大政府的整体开支增加，生产力下降、国家发展减速，给人力资源和社会发展造成倒退。

（二）艾滋病对生产力的影响

由于艾滋病患者和死亡人群的年龄主要集中在 15～49 岁，这些人正值生产劳动旺盛时期，这给肯尼亚生产力带来的破坏非常严重。由于艾滋病造成生产力下降的来源主要有：长期旷工、技术工人的损失和非技术劳动力的减少。长期旷工作为一种损失是指旷工者不能履行其工作职责但仍领取报酬；尤其是当工人可能感染艾滋病需旷工寻求治疗时，同时给身体健康的工人带来了额外的工作负担。超时的工作或加大的工作强度会使人过度劳累，带来生产力的下降。

（三）艾滋病对人口的影响

2005 年联合国开发计划署称艾滋病造成了人类发展历史上最大的一次倒退。1990～2003 年，因为艾滋病许多国家的人口发展系数在全球排名迅速下降，其中肯尼亚排名下降了 18 位。[②]1970～1990 年肯尼亚人口年增长率为 3.7%，而 1990～2005 年为 2.5%[③]。很多关于人口学的研究对于艾滋病对人口发展产生的影

① http：//www.unicef.org/infobycountry/kenya_ statistics.html.

② *The Impact of AIDS on People and Societies* Available from http：//www.unicef.org/publications/index.html.

③ http：//www.unicef.org/infobycountry/kenya_ statistics.html.

响意见虽各不相同，但他们一致认为到2010年非洲地区的人口年增长率会不断下降。一些研究者还认为艾滋病可能使人口在未来几十年内出现负增长。肯尼亚一些人口学研究者虽不支持这一观点，但他们提出，对于肯尼亚需要强调的是艾滋病患者死亡率在上升，情况最糟糕的是青年人。艾滋病死亡人口集中在这一年龄层意味着人口模式的不稳定，整体人口质量低下，发展性下降。

（四）艾滋病对各生产部门的影响

医疗卫生部门资源短缺，医疗卫生开支增加是艾滋病带来的直接影响。2005年肯尼亚用于艾滋病的总支出占肯尼亚GDP的15%。各公司、组织机构在员工招聘、培训、丧葬、医疗费用及福利费用上的开支上涨。这些开支的多少与员工感染艾滋病的比率成正比。肯尼亚从1992年到2005年间，重工业企业用于艾滋病的开支从20339美元上升至48402美元；交通运输企业由67183美元上升至163685美元；木材加工企业由184543美元上升至533054美元……肯尼亚公司平均每年用于每个员工的艾滋病开支为25美元，世界银行估计到2000年将会上升至每人56美元。①

艾滋病的出现对教育目标的达成和“千年发展目标”形成威胁。掌握经济命脉和养育下一代的大量青年人受害，艾滋病正侵蚀人们努力赢得的发展成果，它削减教育投入所带来的回报，先前用于教育及人力培养的稀有资源由于艾滋病回报率在下降或无法带来回报。它也威胁着优质教育的传播和延续。

根据联合国教科文组织的研究，艾滋病对教育系统的影响最直接、最明显。许多一出生就感染艾滋病的儿童不能注册入学，

---

① Japhet K. Magambo. HIV/AIDS in Jomo Kenyatta University of Agriculture and Technology: A Case Study. Commissioned by Association for the Development of Education in Africa (ADEA), Higher Education Working Group.（该报告发表的时间不详，报告引用的最新数据为2000年的。）

很多学生因需要照顾家人或亲属而辍学，越来越多的教师感染艾滋病或因艾滋病死亡。总之，教育系统受到了极大的影响。

第二节 艾滋病对肯尼亚高等学校的影响

杰菲特·K. 迈甘博（Japhet K. Magambo）在对1986年至1998年肯尼亚全国艾滋病的分析表明有超过75%的艾滋病患者及死者是在20~45岁[①]。大学的教师员工、学生及其他辅助人员大多是处于这一年龄段的人。如内罗毕大学每年因艾滋病而死亡的教学、非教学人员及学生有100人，每周有2名成员因艾滋病的关系离开学校，这种人力资源的损失对于那些花费了巨大财力和资源长时间才能培养出来的高层管理者和学者而言影响更为严重。[②] 这一阶段是人最具经济效力的阶段，这一阶段也是教育投入刚刚能得到回报的阶段，艾滋病感染和死亡给经济带来沉重影响的同时也给高等教育以严重的打击。由于艾滋病所造成的患病率、死亡率的上升给大学整体运行的各个方面都带来了巨大的压力。

一、艾滋病与大学的关联

首先，艾滋病影响大学人力的发展与培养。大学的生命力就在于注册入学的学生，这些18~28岁的年轻人是社会上最有潜力和前途的人，他们代表着一个国家未来的经济。但由于大学是与社会频繁交流的场所，这些年轻人又处在性活跃期，使得他们成了最易感染艾滋病的危险人群，他们的艾滋病预防和控制显得

---

① Japhet K. Magambo. HIV/AIDS in Jomo Kenyatta University of Agriculture and Technology: A Case Study. ADEA, Higher Education Working Group.

② Charles Nzioka. The Impact of HIV/AIDS on the University of Nairobi. A Report Submitted to the Association for the Development of Education in Africa (ADEA) on Behalf of The World Bank. 2000.

尤为重要。

其次，创造并传播艾滋病最新相关知识需要大学。有效成功的社会行为需要明智的领导者。大学有来自全国各地或其他非洲国家的学生和教师，通过向其师生传播艾滋病知识可以达到向全肯尼亚人甚至是全非洲人传播艾滋病知识的目的。毫无疑义，大学在阻碍艾滋病传播及艾滋病相关研究中起重要作用。它代表着对抗艾滋病的一些价值取向、影响着决策者的态度、左右政策的定位。

再次，艾滋病不仅是一个健康问题，也是一个发展问题。它不仅关系到个人的身体健康状况，它也关系到社会、经济，甚至是整个社会系统（当然其中包括大学）。大学作为社会部门之一有义务置身于对抗艾滋病的斗争中去，大学作为知识生产和创造的主要部门，应当在解决社会问题中积极带头引导。

二、艾滋病对大学各方面的影响

由于肯尼亚14%的人口感染率，大学的人力、财政、教学、科研、管理、文化无一不受到了艾滋病的严重影响。

（一）人力

尽管各大学在人员上的损失各不相同，有些大学甚至没有明确的数据说明相关的损失，但所有的大学都因艾滋病而遭受了人力上的削弱这是事实，尤其是教学岗位上人员损失所带来的影响最为明显。一些学术专业教师的病弱和死亡使得学校无法开展高质量的课程。[①] 正如内罗毕大学（以下简称内大）副校长所说：

① Charles Nzioka, Allan Korongo, Roseanne Njiru. Planning for Education In the Context of HIV and AIDS: Mitigating the Impact of HIV and AIDS in Teacher Trainning Colleges in Kenya. A Report Prepared for the International Institute for Educational Planning. 2006.

"艾滋病造成的最大损失在学术高层人员。因为他们的培养是花费了很多时间、资源的，不仅有公共资源的投入，也有个人本身的投入。因此，失去一名教学人员影响是巨大的。而对于那些基层员工，我们甚至可以讽刺地说艾滋病带来的影响是正面的，它帮助大学进行了裁员，因为很多大学都有基层聘用过量的现象。"[①] 尽管内大的情况在其他高校并不一定是事实，但所有的研究都证明所有大学成员（无论教师、员工、管理者、学生还是其他辅助人员）都能与艾滋病扯上关系，平均有10%～20%的感染率，如乔莫·肯雅塔农业和科技大学有11.7%～13.5%的艾滋病感染率，[②] 于2001年通过议会法案成立的马塞诺大学平均每年要损失7名员工，[③] 内大每年因艾滋病而死亡的教学、非教学人员及学生有100人，肯尼亚艾滋病协会成员索比木琳迪（Sobbie Mulindi）称内大学生及教职员工的艾滋病感染率估计在10%～20%。内大副校长弗兰西斯·吉查伽（Francis Gichaga）说感染艾滋病最为严重的是处于教职基层的员工。这与其他大学研究发现一致，即基层及底层员工的艾滋病感染率在整个大学群体中最高，但由于他们的工作可替代性强，造成影响最为严重的还是学术高级人才和高层管理者的损失。

（二）财政

艾滋病给大学造成的经济损失是巨大的。

---

① Charles Nzioka. The Impact of HIV/AIDS on the University of Nairobi. A Report Submitted to the Association for the Development of Education in Africa (ADEA) on Behalf of The World Bank.

② Japhet K. Magambo. HIV/AIDS in Jomo Kenyatta University of Agriculture and Technology: A Case Study. ADEA, Higher Education Working Group. 2000.

③ Asenath J. Sigot. *Maseno University's Response and Current Activities on HIV/AIDS*. International Center for Research in Agroforestry (ICRAF), Nairobi, Kenya. 2001.

1. 学生学费支付的困难

有越来越多的学生交不起学费，而这多数都是因为学生的父母或监护人感染艾滋病或因艾滋病死亡造成的。学生交不起学费会削弱学校的经济基础进而给学校财政带来影响。有的学生直接辍学，有的学生通过贷款来交纳学费，还有一些学生通过非正常的渠道获取资金来交纳学费及维持个人生活。有相当一部分的研究表明来自贫困家庭的女大学生是最易感染艾滋病的高危人群，因为她们很多从事非法性交易行为，这些关系复杂的性行为使她们成为艾滋病的受害者。

2. 大学丧葬相关费用的上涨

大学用于成员死亡的丧葬及相关费用的数额是惊人的。例如，乔莫·肯雅塔农业和科技大学 1998 ~ 2000 年仅用于教职员工的丧葬及福利费用就达 139 万肯先令，一名员工去世，学校要支付 5000 肯先令的棺木费，提供交通运输工具运送员工尸体及参加葬礼的亲属，支付汽油费。如果员工家眷去世，学校也要提供交通运输工具运送死者及参加葬礼的家属。同样，内罗毕大学 1998 年仅用于葬礼的开支加上因死亡而追不回的贷款就有 317 万肯先令，另外还有交通运输费、丧葬相关工作人员的补贴费等。无论是交通运输费、棺木购买费，还是丧葬工作人员津贴，许多大学对此早已不堪重负。

3. 艾滋病治疗和检查费用的增加

随着艾滋病患者人数的增加，用于艾滋病治疗的药物和设备变得越来越短缺，越来越昂贵，而与艾滋病有关的其他疾病如性病、结核病也越来越多，消耗原本就不充裕的医疗资源。这使得治疗艾滋病变得越来越昂贵，1992 年平均每个艾滋病人的开支为 27200 肯先令，1997 年上升到 34680 肯先令，如果加上治疗期间的间接开支即工资损失，治疗一位艾滋病人的总开支为

573240肯先令（8190美元）[①]。按感染率10%计算，各大学少则上百多则几千的患者需要治疗，加上其他艾滋病相关疾病压得校医院、医务室喘不过气来。增添更新医疗设备、购买医药物资、聘请更多的医护人员使得学校在这些事务上的开支越来越多，财政支出急速上升。

4. 特殊用餐人数及费用的增多

由于感染艾滋病和相关疾病人数的增加，需要特殊用餐的人数也在增多。不仅是患者本人需要花更多的钱去购买昂贵的特殊食品以保障身体，学校在准备这些特殊食物时费用也会增加，一些大学不得不将其他方面的资金挪向营养项目上来以确保师生员工的身体健康。[②]

上升的疾病感染率和死亡率给大学财政造成的负面影响是巨大的。暂不说感染者们没能履行他们的工作职责，仅工资、医疗费、交通运输费、棺木购买费、丧葬工作人员津贴就已使许多大学不堪重负。由于财政问题，很多学校已无力聘请员工来补上已故员工的职位，即便是有填充，也是在一些教学岗位才有，对于那些非教学岗位的员工来说，他们常常会被晋升来接管死去同事的事务。大学往往都是用这种方法来调整各岗位，因为它只需对被晋升员工的待遇稍做增加，比起另聘人员这不会给学校财政带来很大的影响。

（三）教学、科研

教学与科研是大学的主要任务，然而艾滋病使得大学的教学

① Japhet K. Magambo. HIV/AIDS in Jomo Kenyatta University of Agriculture and Technology: A Case Study. ADEA, Higher Education Working Group.

② Charles Nzioka, Allan Korongo, Roseanne Njiru. Planning for Education In the Context of HIV and AIDS: Mitigating the Impact of HIV and AIDS in Teacher Trainning Colleges in Kenya. A Report Prepared for the International Institute for Educational Planning. 2006.

以一种无关紧要的方式进行着，教师的学术访问和科学研究也锐减。如内罗毕大学 1995 ~ 2000 年教师的学术访问减少了一半。学生们也由原来的学校资助变为自费参加一些学术研讨。由于疾病、死亡，教师效率和能力下降，一些课程不得不分配到一些相关的初级课程中去，高深学问的教学与研究严重不足。有些教师因其同事病弱而不得不承担起更多的教学任务，这从另一个方面削弱了教学质量。尽管还很少有因课程教师的病弱、死亡而取消课程的事件报道，但由经验不足的教师代任是事实；也很少有因员工疾病减少或取消服务活动的，但如同教学一样，资质稍差的来承担这些服务或增加某些员工工作量也是存在的。

有很多资料显示，学生因生病、照顾病人或出席葬礼而在课程出勤率和完成学习任务方面受到影响。老师们不得不额外抽空给那些缺课的学生补课以完成工作任务。也有学生因个人或亲属生病而长期缺课以至于不能参加或不能通过考试，需要老师另外安排补考。还有一些学生因父母或监护人亡故而付不起学费，在学习期间要花上很多精力和时间来筹集自己的学习费用，这些学生无论是在生活开支上还是在学习花费上都无法与那些没受到艾滋病影响的学生相提并论。也有许多教师因艾滋病影响到工作的例子。如学生、同事、亲人、朋友的病弱、死亡，出席葬礼、工作量的增加，家庭负担的增加，等等。

因为艾滋病，许多原本用于教学和研究的资源不得不转而投入到医疗、福利等与艾滋病有关的事务上来。如内罗毕大学由于艾滋病死亡人数的增加，学校交通运输部关于学术访问的工作变得很少。其中一名职员这样说，“由于死亡人数的上升，我们除了跑丧葬什么也做不了。我们就曾经有过这样的先例，由于交通工具的缺乏，学术访问被取消。”

（四）管理

教学管理上，教职员工因病旷工、学生因病旷学已变成平常事。由于大学巨大的学生规模想检查学生的缺席情况不容易。学生会因个人、亲属或其家庭成员的患病而旷课。但这一情况，学校教师和管理人员只有在学生缺席考试的情况下才能得知。同样，教职员工如因长期病弱而无法正常工作的话，像肯尼亚其他公立机构一样，大学就聘用大量的基层职员，极个别旷工是很难被发现的。

学生们患上长期疾病后通常都搬到校外亲属或密友那里住。这就使他们到校上课变得更为困难。而那些在学校附近没有亲属的学生不得不搬回农村老家去住，停止学校的学习。教师因葬礼而面临的缺席也越来越多。一旦学生去世，一些教职员工就需要安排运送死者到乡村进行葬礼。这些员工要在学生来源地与学生所在系之间奔忙。员工病逝对学校的正常运作所产生的影响会更大。因为员工们要参加葬礼，当有教学人员牵涉进来时，管理者需要安排人替岗。

（五）文化

艾滋病对肯尼亚大学的校园文化产生的影响是深刻的，歧视、鄙视、猜测、不信任充斥校园。尽管有些学校出台政策规定不允许猜测和怀疑他人的身体健康状况，但是艾滋病造成的影响已深入人心，私下的猜疑和不信任并不是政策所能抑制的。大学人与人之间的关系，包括师生关系、生生关系及师师关系受到极大的负面影响。

1. 歧视、鄙视充斥校园

虽然随着人们对艾滋病研究的增多、认识的提高，现在艾滋病在大学已不是谈论的禁区，但人们对艾滋病本身所持有的鄙视态度还没改变，潜在的歧视和对艾滋病患者的疏远还是存在，加上患者本人的担忧使得其不敢公开自己的病情。尽管大家都不知道谁感染了还是没感染，但那些被怀疑感染和被讨论的成员还是会受到歧视。

2. 猜测、议论成为校园文化的主要特征之一

患者们一般不公开他们的病情，因此人们的身体状况和变化成为大家讨论和怀疑的外在标准。体重下降，或经常咳嗽，或患有明显的皮肤病等都会让人嘲弄。而这些嘲弄与讽刺往往会造成人们之间的关系紧张。师生中某某被怀疑感染了艾滋病是常有的事。似乎对艾滋病的诊断不是来自医疗诊断而是来自社会诊断。受害者的性生活遭人质疑。猜测及谣言充斥整个校园。感染了艾滋病的师生常常会被冠上各种歧视性的绰号。这些无聊的称呼和嘲笑常常会制造紧张，对人与人之间的交往产生负面影响。

3. 恐惧、害怕成为校园师生的重要特征

没感染艾滋病的学生因各种原因害怕与艾滋病患者接触或交往，感染了艾滋病的学生因为害怕受到歧视而不敢与他人交往。怀疑猜测成为学生们乃至师生交流的障碍。

第三节 肯尼亚高等学校应对艾滋病的对策

一、制定艾滋病相关政策，形成对抗艾滋病的运行机制

肯尼亚几乎所有的大学都成立了艾滋病控制小组、艾滋病调控委员会或反艾滋病俱乐部，对全校的艾滋病防御和控制进行引导和协调。尽管肯尼亚教育部有专门的艾滋病政策，[①] 但为了更有效地在高等教育领域对抗艾滋病，大学出台对抗艾滋病的相关政策也是十分必要的。它不仅可以引导各大学根据自己的实际情

① 肯尼亚政府2000年9月在联合国教科文组织的帮助下起草了“教育部艾滋病政策”。该政策正式规定了教育部门内每一个直接或间接涉及的人的权利和责任。这些人包括全国教育系统内所有公立、私立，正式和非正式各层学习机构中的学生、学生父母及监护人、教育者、管理者、行政人员和其他辅助人员。

况朝着明确的目标前行，而且可以避免大学在内涵宽泛不具针对性的教育部艾滋病政策下模糊行事。一些大学正是基于这样的考虑，积极制定出自己的艾滋病条例。例如蒙巴萨多科技术学院就制定了自己的艾滋病政策，主要包括以下四方面的内容：1. 受艾滋病危害和影响的师生员工的权利和责任；2. 学院各项活动和课程对艾滋病的整合；3. 学院提供的预防、治疗和帮助服务；4. 政策落实的监督及评价。[①] 非洲教育发展协会高等教育工作组对一些有明确艾滋病政策的大学给予资金上的支持，尽管数额不大，但这充分显示了该组织对此事的明确态度。

大学通常在制定艾滋病政策前都会做一个全校性的调查，了解学校艾滋病的实际状况，了解师生们对艾滋病的认识程度和态度，评估学校管理部门对艾滋病的参与及投入程度，以此作为政策制定的基础。艾滋病政策一般包括：1. 整体上陈述学校将会如何应对艾滋病并预期取得怎样的成效；2. 具体说明学校对艾滋病患者和受害者的医疗及帮助措施；3. 阐释学校将采取何种方式或方法进行艾滋病预防；4. 详述学校围绕艾滋病开展的各项活动以及教学、科研活动中融入艾滋病知识的问题；5. 说明学校与社区、社会团体、政府组织及非政府组织在艾滋病上的合作和努力；6. 说明对策实施的机制，如何对整个实施过程进行管理等。

二、提升全体成员对艾滋病的认识

对艾滋病认识不足是艾滋病患病率不断上升的主要原因。肯尼亚艾滋病的历史在不断提醒着人们，要想很好地攻克艾滋病，首先就要接受它，认识它。只有提高人们对它的认识和了解，才能更好地控制它的传播。

---

① The Mombasa Polytechnic. The Mombasa Polytechnic HIV/AIDS Policy. 2004.

在形成并提升师生们的艾滋病意识方面，各校的形式不尽相同，主要有以下几种。

1. 对新进成员的教育。肯雅塔大学、马塞诺大学、内罗毕大学等对所有新进的成员都会进行一次特殊的教育，尤其是针对全体新生的艾滋病意识教育。艾滋病控制小组会召开一个特殊的会议，讨论有关艾滋病问题，副校长也会在开学典礼上专门就这一问题进行强调。

2. 制作并出版各种艾滋病文字材料。通过海报、宣传手册、杂志专刊及其他教育材料提高成员及社区居民的艾滋病意识是大学最常用的艾滋病意识培养方法。在艾滋病活动日、宣传日，在旨在提高成员艾滋病意识的各种体育竞赛、文艺比赛及演出活动场合都有大量的针对艾滋病的海报、传单及宣传手册发放。肯雅塔大学艾滋病控制组每年都出版一份年度艾滋病快报，公布学校相关艾滋病信息。还有些大学出版专刊以向成员及社区居民提供艾滋病信息和知识。如马塞诺大学为处理公共健康咨询问题而成立的同伴教育者俱乐部的出版物《私人侦探》（*Private Eye*）就是用于向学生团体传达艾滋病信息的读物；乔莫·肯雅塔农业和科技大学每年根据当年的数据出版一本包含艾滋病信息的《学生文摘》（Student's Digest）发放给所有学生，还会送一些给其他大学及中等院校。这些都是向年轻人传递艾滋病信息的有效途径。

3. 协调各类组织主办各种塑造和提升艾滋病意识的活动。各校在塑造和提高师生们的艾滋病意识上形式多样，一些富有创造性的文艺形式如舞蹈、戏剧、绘画等被注入了艾滋病信息，有的体育比赛也将艾滋病宣传很好的融入其中，邀请专人演讲、开展专题研讨会或讨论会，确立艾滋病活动日、宣传日，这些都为师生们讨论和交流艾滋病信息提供了机会。还有各种针对艾滋病的咨询服务活动，大学利用影像对学生进行艾滋病知识的宣传也十分有效，主办这些活动的组织有俱乐部、咨询中心、研究学会、社团等。

三、加强对艾滋病的预防

如果艾滋病还会持续以目前这种惊人的速度传播的话，那么艾滋病给大学带来的影响将是极其严重的。因此大学正在采取一些措施减缓它的传播速度，预防成为各大学应对艾滋病的主要策略。由于性传播较母婴传播和血液传播是艾滋病传播的主要方式，占90%，因此预防的重点是加强对学生的性安全教育和道德教育，提倡节欲和相互忠诚，加大避孕套的发放和提供。通过行为改变、加强避孕套使用来预防艾滋病，要比对艾滋病人进行治疗来预防艾滋病传播来得现实和有效得多。正如J. K. 马甘博（Japhet K. Magambo）在《乔莫·肯雅塔农业和科技大学艾滋病个案研究》一文中所陈述的那样，由于肯尼亚贫困率很高，很多人支付不起艾滋病的治疗费用，因此未来的趋势表明大学应更注重艾滋病的预防控制而不是治疗。[①] 几乎所有的大学医务室、学生公寓甚至是公共厕所都有免费的避孕套提供，有些大学在提供避孕套的地点还展出或发放一些关于艾滋病的教育资料和图片。有些学校围绕艾滋病预防制定了一系列措施，例如蒙巴萨多科技术学院的预防措施结合对师生的艾滋病教育主要从以下几个方面进行：提倡有责任的性行为，包括节欲、相互忠诚、减少乱性行为，提倡坚持正确使用避孕套；校艾滋病控制中心提供各类艾滋病材料；利用各种小册子、宣传海报进行艾滋病预防的文化宣传；主办戏剧、辩论等各类艾滋病教育活动；组织各种针对各活动负责人的培训来协助学校艾滋病教育；从师生中挑选同伴教育者进行培养以便对其他员工和学生就艾滋病预防进行意识灌

① Japhet K. Magambo. HIV/AIDS in Jomo Kenyatta University of Agriculture and Technology: A Case Study. ADEA, Higher Education Working Group.

输；组织各种提高师生艾滋病预防意识的活动；增强性病意识及其预防与治疗；积极抵制性骚扰；全校范围地免费提供避孕套。

四、巩固医疗卫生及咨询服务

大学医院和医务室为所有师生员工及员工家属提供医疗卫生服务，服务内容涵盖广泛，有妇幼卫生服务、计划生育服务、精神病咨询服务、常规检查服务、药房服务、牙医服务、小型手术服务、急救服务、激光和理疗服务与义务辅导和检测（Voluntary Counselling and Testing，VCT）服务，等等。一些大学在资金紧缺的情况下也不惜增添更新医疗设备、购买医药物资、聘请更多相关医护人员，提高自己对师生的服务能力。

咨询服务是为帮助学校师生因艾滋病而要应付重大的情感及心理挫折时所提供的一种帮扶服务，有些大学将之称为牧师服务。这类咨询服务通常由校医院、学生办公室或学生俱乐部举办。有些学校还成立专门的指导和咨询办公室来进行包括艾滋病和性病咨询及管理在内的咨询服务。这些服务都由专业培训人员免费向师生提供。他们能给予精神上的支持与引导。另外，有些学校提供的 VCT 服务中的咨询服务更专业详细，对艾滋病患者的帮助更具针对性。

五、鼓励并支持艾滋病教学及研究

很多大学尽管没能真正做到将艾滋病知识融入到专门的课程教学中去，但能将它糅进某些相关的课程中。在这些课程中，生殖健康是教授的重要内容，艾滋病知识受到了特别的强调。大学一年级期间，几乎所有的学生都要学习一门教授健康知识的通识课程，其中艾滋病知识是重点内容。课程变化较明显的是营养科学、健康科学及类似专业中一些如社区营养学（Community Nutrition and Development）、社区关系及其发展（Community

Partnership and Development)、人口和出生率（Population and Fertility）等课程上。

目前，各大学有由各学科及跨学科的师生进行的大量关于艾滋病的研究。本科阶段，学校鼓励学生对艾滋病进行研究并撰写论文，并将此作为他们学术要求的一部分。研究生阶段，学校更是积极宣传和鼓励他们进行艾滋病实验和研究，把这作为他们硕士或博士重要的学习和研究内容。尽管学校各系都在进行艾滋病相关研究，但主要研究还是在文学系、理学系、医学系、牙医学系、医药系和教育系进行。

一些大学在国际力量的帮助与合作下积极投入到艾滋病的研究中去，如内罗毕大学目前与英国牛津大学科学家共同承担的艾滋病项目正在进行。项目由牛津大学的安德鲁·麦克·迈科尔牵头，旨在开发一种疫苗提高身体免疫系统的抵抗能力。研究主要在几个尽管多次接触艾滋病但仍未感染艾滋病的内罗毕妓女身上进行。该种疫苗是专门针对导致非洲数百万人死亡的 HIV-1 设计的，疫苗实验在几个来自两国的志愿者身上进行。[①] 还有一些大学和学院在日本和美国等大学的帮助下也在积极进行艾滋病研究。

六、积极成立各类俱乐部、协会协助抗击艾滋病

各大学由学生或学校相关组织成立的各类协会、俱乐部等组织在抵抗艾滋病上也起到了不小的作用。如马塞诺大学的“同伴教育者俱乐部”（Peer Educator Club），内罗毕大学的“学生福利协会”（Students' Welfare Association），肯雅塔大学的“肯雅

① Charles Nzioka. The Impact of HIV/AIDS on the University of Nairobi. A Report Submitted to the Association for the Development of Education in Africa (ADEA) on Behalf of The World Bank. 2000.

塔学生艾滋病控制协会”（Kenyatta University Students Aids Control Organization, KUSACO），等等。这些组织在艾滋病问题上不仅在校内开展活动，在校外也开展各种针对艾滋病的宣传教育活动，为学校自身和社会抗击艾滋病起到了积极的作用。以下对马塞诺大学的“同伴教育者俱乐部”进行简要的介绍以了解该类组织的运行。

“同伴教育者俱乐部”成立于1990年，其成立目标是进行公共健康的同伴咨询。1993年该俱乐部将以下两项活动纳入日程：一是进行关于艾滋病的教育；二是将活动延伸至肯尼亚西部学校去。

自1993年发起艾滋病教育活动以来，该俱乐部在学生的校园生活中一直扮演重要角色，在学校广为人知。在校内俱乐部的日常活动是进行一对一的咨询，不同患者的艾滋病情况在此会得到讨论，必要时，团体会议也会召开。俱乐部还利用各类打印材料就艾滋病各个方面对同伴进行教育。这些活动在很大范围内塑造了学生们的艾滋病意识。俱乐部向所有的学生开放，将来访的学生一一安排到他们的活动中去。这是学校获取艾滋病信息的一支强大的学生力量。俱乐部还确定了艾滋病活动日，活动当天，俱乐部邀请专家和其他兄弟院校同类组织参加活动，谈论一些关于艾滋病的有用话题。俱乐部有自己的出版物《私人侦探》用于传达艾滋病信息。1995年该出版物被推荐为有利于向学生团体传播重要信息的读物。

俱乐部不仅在校内运作，它还通过多种途径向校外提供免费的服务：一是访问其他学校，提高他们对艾滋病的认识，对他们进行性预防教育；二是鼓励其他学校也成立类似的俱乐部，开展类似的活动；三是从其他学校挑选学生对他们进行培训，教授他们向同伴提供咨询和引导的必备技能。

除访问学校，俱乐部还持续在不同社区中对其成员开展各种活动提高他们的艾滋病意识。除认识上的问题，俱乐部还致力于艾滋病的预防宣传，提倡人们行为上的改变。俱乐部将沟通和多媒体科技的运用作为他们发展的主力来实现其艾滋病“预防宣传、行为改变”的目标。因此，俱乐部从各科系吸收新成员，整合跨学科资源，利用多学科手段来宣传和传播艾滋病信息。另外，俱乐部还认识到了网络的价值，建立了一个用于相互交流和俱乐部整体状况回顾的网络系统，并于每年举行一次会议。会议将要求所有公立大学和私立大学参加，分享各校在艾滋病预防方面的经验。

在俱乐部努力去实现其目标时也面临各种阻力。由于同伴教育者俱乐部是一个自发组织，其成员提供的服务都是志愿性质的。因此，财政上的压力使俱乐部运行受阻。在一些对外活动中，俱乐部交通费用成为问题，用于教育宣传材料的印制也困难。俱乐部曾试图通过放映收费电影、开展收费娱乐活动来缓解这些压力，但这些收入是微薄的。俱乐部表示一旦获取到更多的赞助时，俱乐部希望扩展其对外活动。

俱乐部每年纳新，对其新成员进行培训以维持俱乐部的延续。目前，俱乐部的主要任务是实现师生们的“行为改变”。俱乐部希望以后有更多的同伴加入其中为马塞诺大学乃至全国抗击艾滋病出力。

第四节　问题及趋势

一、大学抵御艾滋病存在的问题

在了解了艾滋病对发展具有破坏性影响的情况下，大学付出了不小的努力进行一系列预防和教育策略。然而，大学对艾滋病的回应还是不够的，主要表现在以下几个方面。

1. 政策不够明确。抵御艾滋病面临各种挑战，其中有社会文化上的也有财政经济上的，但最大的障碍是人们对它的无视和拒绝。高等教育领域也存在逃避态度，有些高等教育机构没有艾滋病预防的相关政策出台，也没有与其他机构关于艾滋病问题合作配合的努力，对于预防艾滋病投入很少或没有投入，只是在内容宽泛的教育部艾滋病政策下模糊行事，而教育部的艾滋病政策对高等教育不具有针对性，并且也没有明确的指标来评价各教育机构的实施程度与效果。有些教育机构甚至看不出艾滋病政策落实的任何痕迹，只认为艾滋病问题是属于政府或卫生部门或其他一些非政府机构的事情。政策的缺失导致了行为上的盲目和不作为，使得抵御艾滋病成为短期或临时的个别行为，没有工作中心和重点。

2. 数据的收集不够系统。目前肯尼亚各大学还没有建立艾滋病数据收集系统。所有高教领域艾滋病问题的研究都只是依靠先前的经验和部分人员的数据进行的，缺少这些数据是很难确切地评估艾滋病对大学的真实影响，缺少这些数据甚至都不能准确地了解艾滋病的传播程度。因此需要一个可以掌握当前及最新艾滋病动向的检测机制和系统，以便更具针对性地、适时地抵御艾滋病。

3. 资金缺乏，无法形成物质保障。资金不足可以被认为是各大学迟迟没有行动的原因之一。在大多数学校运行中，没有专项的资金用于艾滋病预防与治疗。大多数学校的实际情况是通过挪用其他教学或管理上的资金来应对抗击艾滋病所需的资源，而这些挪用来的资源通常都不足以各校抗击艾滋病。资金的不足导致医疗设施缺乏、治疗药物短缺、相关医护人员配备不够。这使得抗击艾滋病从根本上得不到保障。当然，这一问题的克服不是大学系统本身所能解决的，它需要社会和政府的不断支持和持续投入。

4. 艾滋病相关课程开发和教学进展缓慢。大学抗击艾滋病面临的挑战之一是开发新课程教育学生为现实社会做好准备，这就是说在艾滋病的压迫下，大学要引入新的研究学习领域。但各大学由于教学任务和教学时间的限制，倾注于课程改革上的努力不多，艾滋病相关教学材料匮乏。抗击艾滋缺乏系统性、联系性的载体。

5. 师生的艾滋病认识到行为改变的转化效果不明显。各大学在提升师生对艾滋病的认识和预防上都作出了不小的努力，大学成员对艾滋病的认识也毋庸置疑的有所提高。然而，从思想上的认识到行动上的改变的痕迹在大学成员身上体现不明显。师生们对艾滋病潜在的歧视还都存在，对患艾滋病的成员还保持着以往的疏远和逃避。一些大学员工尤其是基层员工及辅助人员在个人行为上由于各种原因仍将其自身置于艾滋病感染的危险中。

二、主要趋势

正如一些研究者所指出的那样，艾滋病的影响是一步步深入的，第一步是艾滋病病毒的感染，几年之后就是疑似疾病的出现，随后是大量艾滋病的出现和死亡，最后艾滋病才在各个层面上，从单个的家庭到社区到全国乃至全球范围地影响社会和经济的发展。目前，所有感染艾滋病的国家中没有哪一个已经达到艾滋病第三阶段的巅峰。因此，艾滋病给社会和经济造成的影响才刚刚开始。[①] 世界各国尤其是撒哈拉以南的非洲国家如肯尼亚应做好充分的准备和计划，加强对艾滋病的预防，万不可低估轻视它。撒哈拉以南非洲地区的所有大学应将对艾滋病的研究视为他们最主要的任务之一。因为艾滋病正给这些大学带来越来越严重

① *The Impact of AIDS on People and Societies.* http://www.unicef.org/publications/index.html.

的损失。教学经验丰富的学者的亡故，作为国家未来人才的青年学生也正在受到艾滋病的威胁，这意味着包括肯尼亚在内的撒哈拉以南非洲地区的大学应严肃地意识到自己的危险处境，应加大力度抵御艾滋病。从目前肯尼亚各高校的状况来看，以下几个方面将是其抗击艾滋病的主要走向。

首先，各高校制定出各自明确的抵抗艾滋病的政策，在行政上对抵抗艾滋病作出承诺。缺少好的行动计划，没有行政上的承诺，大学很难有具体的作为。因此，各高校根据各自的实际情况制定出各自的切实可行的政策和行动计划是各校对抗艾滋病的行动指南和保障，也是各高校在抵抗艾滋病中取得成效的必然趋势。

其次，建立一个可掌握最新艾滋病动向、获得艾滋病相关信息的监测机制。没有系统地收集艾滋病数据是大学对抗艾滋病斗争没有根基的主要原因。只有了解了各自的艾滋病的真实状况和特征，高校才能针对各自的情况制定出具体的对策、采取具体的行动。因此，大学要兑现其满怀斗志的承诺，建立艾滋病信息及数据收集系统则是有效抵抗艾滋病的自然过程。

再次，加强艾滋病相关课程的开发及教学。高校通过对艾滋病的研究，开发相应的课程对其学生进行必要和有效的教学是预防艾滋病的重要策略之一。当前肯尼亚各高校在课程开发上都略显不足，虽有艾滋病知识在某些课程中的融合，但还没有专门的艾滋病课程系统地对学生进行教育。因此，加强艾滋病相关课程的开发及教学是高校提高其艾滋病预防效果的必然走向。

最后，注重在抗击艾滋病过程中对人权的尊重和对职责的明确。艾滋病防治的公共健康目标能否达成，与人权有着本质的联系。很多研究都表明那些具有强迫性和惩罚性的艾滋病预防和治疗活动会造成人们不愿意参与、形成抵触，从而排斥更多易感染艾滋病的危险人群。因此，对那些受艾滋病影响者人权的尊重和保护是必须的，由此可以减少艾滋病给患者及相关人员带来的负面影响，鼓励个人或社区积极对抗艾滋病及其目标的取得，从而降低公众感染艾滋病的可能性。明确个体在抗击艾滋病中的责任和权利，一方面能对师生的不利行为进行约束，另一方面能为抗击艾滋病取得成效形成保障。那么大学师生在抗击艾滋病时享有哪些权利，又需要履行哪些责任呢？蒙巴萨多科技术学院艾滋病政策中对师生权利和责任的规定可为各高校参考（见以下附录）。只有明确了自己在抗击艾滋病过程中的权利和义务，师生才能主动地将自己的行为和思想上的认识紧密联系起来，有效地参与到抵抗艾滋病的斗争中来。

总而言之，艾滋病不仅仅是在肯尼亚大学或非洲大学出现的疾病，它是一种全球性疾病。肯尼亚高等学校与艾滋病的斗争虽然有待进一步加强，但其中许多经验和教训值得其他国家借鉴。

附：蒙巴萨多科技术学院艾滋病政策中师生的权利和责任[①]

一、员工权利

1. 患艾滋病员工与学校其他员工一样享有同等权利、享有同样福利及待遇；

2. 不强迫任何员工进行艾滋病检测或公开其艾滋病状况；

3. 不因员工患艾滋病拒签或改签合同；

4. 希望了解自己艾滋病状况的员工有权寻求免费的咨询和检测；

5. 艾滋病状况不能成为选择员工去培训、进修或其他人力

① The Mombasa Polytechnic. The Mombasa Polytechnic HIV/AIDS Policy. 2003.

发展机会的标准；

6. 校管理层在相关医疗权威部门建议下将允许任何患艾滋病员工在其身体状况允许的情况下继续履行其工作职责；

7. 聘用关系不能因艾滋病被解除，艾滋病更不能成为聘用期减短或聘用终止的基础。除非医学鉴定患者身体或精神上已不能继续工作；

8. 当患者因身体状况不能继续承担以前的工作时，管理部门应考虑给予其他时间可以灵活安排的工作，像政府聘用政策规定的一样，员工可以离岗求医；

9. 在没有得到员工同意的情况下，不得向任何团体或个人公开其艾滋病状况；

10. 员工的艾滋病状况不应被记录在个人档案内；

11. 当行政管理部门被告知某员工被诊断为艾滋病确诊病例时，应极度机密地对待，并确保只有授权人员才可获知这些信息；

12. 员工有权在一个艾滋病人不被排斥和歧视的安全环境中工作；

13. 员工有权知道其工作环境及工作本身感染艾滋病可能存在的风险；

14. 员工有权获得一些教育资料和信息科学地武装自己，确保不会被艾滋病患者感染的风险；

15. 除治疗所需外，员工有权不向行政管理层公开其艾滋病状况。对艾滋病状况的保密不应受到纪律处罚；

16. 学校全力为员工提供安全的工作环境确保感染系数大大减小并提供必备的预防设施。

二、学生权利

1. 入学前不要求任何学生进行艾滋病检测或公开其艾滋病

状况；

2. 蒙校不强迫任何学生进行艾滋病检测或公开其艾滋病状况，任何想了解自己艾滋病状况的学生可以到义务辅导和检测中心去进行自愿性的咨询和检测；

3. 艾滋病不能成为招生、学生贷款、获取公费、奖学金或筛选优秀学生干部的标准；

4. 行政部门不能通过学生的艾滋病状况决定学生是否能住学校公寓及在校就餐；

5. 学校不会因学生的艾滋病状况而终止其学业，除非学生本人因身体或精神上的原因而自动退学；

6. 在校医疗中心检测的艾滋病状况只给被测学生和授权告知检测结果的相关人员知道；

7. 在没有得到学生同意的情况下，不得向他人公开其艾滋病状况；

8. 学生有权在一个艾滋病人不受歧视而是得到帮助的环境中学习和娱乐；

9. 学生有权拥有一个有适当咨询，必要时还有保护设施的，艾滋病感染几率被减小的学习环境。

三、师生责任

1. 学校每一位成员有责任保护自己不受艾滋病的侵害；

2. 学校里患有艾滋病的成员有特殊的义务确保自己不会传染他人；

3. 学校医务员工、医疗专业人员有责任选择专业途径消除将艾滋病传染给其病人、同事及其他成员的危险；

4. 除非医学需要外，任何员工或学生不得将艾滋病作为迟到、缺席、完成不了工作任务、旷课、缺考等的借口；

5. 学校成员有义务不歧视艾滋病患者，而应努力关爱他们。

后　记

历时一年半，本书终于定稿了。

首先要感谢教育部、国家留学基金委、浙江师范大学对本研究的大力资助。感谢徐辉教授、顾建新教授和楼世洲教授对本研究的有效组织和大力推动。其次要感谢中国驻肯尼亚使馆韦宏添参赞和邓志先生的热情接待和为我们顺利访问肯尼亚各机构所进行的牵线搭桥。再次要感谢肯尼亚共和国的有关官员、学者、大学师生和普通人民，包括教育部分管大学的教育副主任（Deputy Director of Education for universities，MoE）Agnes K. Sila女士，高教司副司长Ongonga先生，肯雅塔大学学术副校长Geoffrey M. Muluvi博士，肯尼亚高等教育委员会文献学家John M. Murage等人，内罗毕大学校长办公室副主任C. E. Sikulu，肯雅塔大学研究和开发中心主任Charity Gichuki博士，肯雅塔大学教育学院院长J. Ogeno教授及几位系主任，以及各大学的注册主任、图书馆长、高级馆员等人。他们都热情接待我们并接受了我们的访谈。肯雅塔大学教育学院还安排我们走进学生课堂，听教师上课，和师生交流。其中Gichuki博士还邀请我们到她家，亲手为我们烹制肯尼亚特色风味的晚餐。她对肯尼亚穷人的深切关怀和为他们所付出的艰辛努力深深打动了我们。司机Pius Mulu先生的真诚、友好、敬业也给我们留下了深刻的印象。最后要感谢参与本书撰写的几位作者，特别是马小丽。从一开始，她就和我一起收集肯尼亚高等教育资料，后来和我一起到肯尼亚进行了观察、访谈和资料收集，体现了良好的英语交流能力和教育学专业素养。

虽然完成了书稿的撰写，但我们仍有一些遗憾和彷徨。这主要是因为肯尼亚高等教育资料本来就贫乏，而资料的收集又很困难。在肯尼亚访问的时间只有1个月，而肯尼亚的互联网络设施很差。所以书中有些地方不得不使用比较旧的资料，有的节点过于依赖某种文献。另一个问题是我们中国人对非洲国家教育研究的目的或价值取向问题。这一问题值得讨论，因为很多非比较教育界的学者对比较教育研究的价值有着错误、狭隘的认识。以非洲高等教育研究而论，作为基础的信息介绍本身不无价值，否则谈不上交流和研究。另外，非洲高等教育有很多值得我们借鉴的元素，其中特别是一些发轫于西方影响的制度背后所体现的思想观念层面的东西，比如高等教育民主管理理念、知识产权意识。这种“借鉴”意义同研究其他地区教育的目的和价值是一样的。但非洲教育与其他地区相比，其落后性是显而易见的，特别是物质基础和管理水平上的落后，因此我国和其他相对先进的国家有很多经验可以“奉献”。这样，我们这些研究人员在权衡研究的价值取向时，要如何摆正“借鉴”（输入）和“奉献”（输出）的位置？作为发展中国家的比较教育研究人员，我们是不是首先要服务于本国教育理论和实践的提升（也就是要以“输入”目的为主）呢？作为国际大家庭的一员，特别是随着中国发展水平的迅速提高，中国是否有能力也有责任为其他国家的发展贡献一份力量，把自己的经验向国际推广呢？特别是在我国政府大力扶持对非教育援助的大背景下，我们是不是要在强调“输入”的同时越来越多地考虑“输出”的目的呢？具体到每项研究，是不是应该依据该研究主题的不同而做出不同的目的选择，也就是该强调输入时强调输入，该强调输出时就毫不犹豫地选择输出？这样，在评价对非洲教育研究的价值取向时是不是应容许这两种选择？

本书各章撰稿人为：第一章万秀兰（金楠部分参与），第二章、第三章马小丽，第四章万秀兰，第五章傅淑琼，第六章李薇，第七章、第八章高莹，第九章万秀兰和余小玲，第十章万秀兰，第十一章王银霞。全书大多数资料由万秀兰和马小丽搜集，全书由万秀兰统稿。

万秀兰

2008 年 7 月 22 日